KB113745

어둠 속에서도
바다는 푸르다

1

어둠 속에서도
바다는 푸르다

1

이철환 장편소설

특별한서재

차례

1

　고래처럼 크게 번창하라는 기원을 담아 용팔은 가게 이름을 '고래반점'이라 지었다. 영선이 한쪽 손에 힘겹게 삽을 들고 가게 안으로 들어왔다. 용팔은 테이블에 앉아 물끄러미 영선을 바라보았다. 영선이 인상을 찌푸리며 한쪽 손으로 허리를 짚고는 말했다.

　"사람 잡네, 사람 잡아. 뭔 놈의 눈이 이렇게 꽁꽁 얼어붙었는지…….."

　용팔은 무심히 영선을 바라보았다. 영선이 불평 섞인 목소리로 용팔에게 말했다.

　"눈 치우는 일은 남자가 좀 해야지, 힘없는 여자가 꼭 해야겠어?"

　"당신이 나보다 힘 좋잖아. 팔씨름하면 내가 질걸."

　"그걸 말이라고 해?"

　영선이 용팔을 흘겨보며 말했다.

"그러니까 놔두라고 했잖아. 내가 이따가 치운다고 분명히 말했는데."

"그렇게 늑장 부리다 누구 하나 넘어지기라도 하면 어쩌려고. 그러지 않아도 눈만 내리면 뼈 부러진 사람들이 병원에 줄을 선다는데."

영선은 잠시 사이를 두고 혼잣말을 했다.

"자기 집 앞에 쌓인 눈이라도 치우면 좋을 텐데 모두들 못 본 척하잖아……. 세상인심이 왜 이렇게 사나워졌는지 몰라."

"길바닥에 얼어붙은 눈 떼어내려면 개고생이거든. 그러니 안 치울밖에."

난롯가에 서서 손바닥을 비비는 영선을 바라보며 용팔이 말했다. 용팔의 말이 끝나기가 무섭게 영선이 용팔을 향해 쏘아붙였다.

"눈이 처음부터 얼어? 미리미리 치우면 얼어붙을 눈도 없잖아."

"말 잘했다. 당신도 얼어붙기 전에 눈 좀 치우지 그랬어? 꽁꽁 얼어붙은 눈 치우려니 개고생이지."

용팔이 빈정거렸다. 영선이 눈을 부라리며 성난 목소리로 말했다.

"당신이 어제 눈 치운다고 약속했잖아. 약속을 안 지켰으면 말이나 말아야지."

"오늘따라 참 말 많네. 말 많아……."

용팔은 할 말이 없다는 듯 영선을 외면했다. 잠시 후 영선이 또다시 혼잣말을 했다.

"가난하게 살았어도 옛날이 좋았어. 눈 내린 길이 얼어붙으면 너 나 할 것 없이 연탄재 들고 나와 빙판길 위에 깔아놓았는데……. 생각해보면 그 시절이 좋았어."

영선의 말이 끝나기가 무섭게 용팔이 말했다.

"좋기는 개코가 좋냐. 옛날엔 모두가 가난해서 서로 비교할 것도 없고 질투할 것도 없으니까 그냥 좋아 보였을 뿐이야. 내 집에 자가용이 없는데 옆집도 자가용이 없으니까 서로 마음이 편했겠지. 그런 거 아냐?"

"그래도 옛날 인심이 좋았어. 옛날엔 이웃끼리 음식도 자주 나눠 먹고 그랬잖아."

"그건 집집마다 냉장고가 없었기 때문이야. 음식이 남았는데 놔두면 상하거든. 그래서 이웃집 준 거야. 이 집 저 집 냉장고가 생기면서부터는 음식 같은 거 나눠 먹지 않잖아. 냉장고에 넣어두면 몇 달 동안 두고두고 먹을 수 있는데 아깝게 남 줄 이유가 없어진 거지."

"하여간에 당신은 꼬여도 한참 꼬였어. 내가 말을 말아야지."

"근데 이 사람이 남편 알기를 우습게 알아. 내가 틀린 말 했

어? 꼬이긴 누가 꼬였다고 그래? 그렇지 않아도 손님은 없고
파리만 날려 속 쓰려 죽겠구만."

"용팔 씨, 됐어. 이제 그만하셔."

영선은 그렇게 말하고 주방 안으로 쏙 들어가버렸다. 약이
오른 용팔은 어이없다는 표정으로 영선을 바라보았다.

잠시 후 주방 안에서 와장창 그릇 무너지는 소리가 들렸
다. 용팔은 서둘러 주방 안으로 들어갔다. 뒷문 밖으로 고양
이 한 마리가 쏜살같이 도망쳤다. 영선이 놀란 눈빛으로 소
리쳤다.

"저놈의 도둑고양이!"

"무슨 일이야?"

"저놈의 고양이가 이 아래서 갑자기 튀어나오잖아. 간 떨
어질 뻔했네. 이게 뭐야? 설거지 다 해놨는데 저놈의 고양이
때문에 다시 해야 하잖아."

"깜짝 놀랐잖아! 큰 소리가 나서 당신 넘어진 줄 알았어."

"하마터면 넘어질 뻔했어."

"안 넘어졌으면 됐어. 설거진 이따가 내가 할 테니까 그만
나가자고."

용팔은 영선의 손을 잡고 주방 밖으로 나왔다.

"저놈의 고양이를 어떡하지? 나는 고양이가 너무 싫어."

"저 고양이는 나름대로 기품이 있던데."

"기품 있는 놈이 날마다 사람 놀라게 하냐?"

"당신보다 고양이가 더 놀란 거 아닐까?"

"지금 나 약 올려?"

"그럴 리가."

"나는 고양이 무서워. 고양이 싫어. 요즘 웬 놈의 도둑고양이들이 이렇게 많아."

"고양이 많다고 불평하는 사람은 머지않아 쥐 많다고 불평할걸."

"불평이고 나발이고 나는 고양이 싫어. 밤마다 울어대는 고양이 울음소리도 너무 싫고……. 고양이는 왜 밤마다 우는 거야. 우는 소리도 재수 없어. 꼭 아기 우는 소리 같잖아. 당신이 툭하면 저 고양이한테 먹을 것 주니까 매일 오는 거잖아. 앞으로 먹이 주지 마."

"배고파서 오는데 어떻게 그냥 보내."

"당신은 개는 싫어하면서 고양이는 좋아하더라."

"나는 개보다 고양이가 백 배는 더 좋아. 인간에게 알랑거리는 개보다 인간 따위는 개무시하는 고양이가 더 믿음직스러워. 인간들이 안락한 집도 주고 먹이까지 주는데 대부분의 고양이들은 개무시하고 뛰쳐나가거든. 개들은 인간의 명령을 따르지만 고양이들은 하늘의 명령을 따르는 거야. 인간

따위에겐 길들여지지 않겠다는 깡다구가 있는 거지. 멋있지 않아?"

"멋있긴 개코가 멋있어. 하나도 안 멋있다."

"아직도 이 사람이 내 말뜻을 모르네. 밤마다 울어대는 고양이를 보며, 고양이는 왜 밤만 되면 저렇게 우냐고 사람들은 말하잖아. 공포 영화를 보는 것처럼 으스스해진다고, 고양이 우는 소리는 꼭 아기 울음소리 같아 소름이 끼친다고 말하는 사람들도 있고. 하지만 모든 사람들이 그렇게 말하진 않아. 고양이는 야행성 동물이니 밤에 우는 것이 당연하다고, 사람들이 기쁠 때 웃고 슬플 때 우는 것처럼, 화났을 때 소리를 지르는 것처럼, 고양이도 기쁨과 슬픔이 있지 않겠냐고, 고양이들이 밤마다 무슨 이야기를 하는지 궁금하다고 말하는 사람들도 있어. 누군가에겐 기분 나쁜 고양이 울음소리가 또 다른 누군가에겐 뮤지컬 〈캣츠〉가 되는 거야. 어때? 근사하지?"

"하여간에 말은 잘해요."

"고양이 너무 미워하지 마. 개소리하지 말라는 욕은 있어도 고양이 소리 하지 말라는 욕은 없잖아. 그치?"

용팔은 배시시 웃으며 영선에게 말했다. 잠시 후 용팔이 다시 말했다.

"우리도 서울로 이사 갈까?"

"뜬금없이 뭔 개소리야?"

영선은 웃으면서 반문했다.

"개소리? 하여간 애들 앞에선 냉수도 함부로 못 마신다니까."

"갑자기 이사 가자는 말을 하니까 그렇지."

"서울 변두리로 가면 전세든 월세든 우리 살 집 한 칸 못 마련하겠어? 동현이, 동배 교육 문제도 서울이 더 낫지 않겠어?"

"낫긴 개뿔이 나아. 지난달에 서울 갔을 때 죽는 줄 알았어. 지하철 노선도 보니까 겨울잠 자는 구렁이 백 마리가 서로 뒤엉켜 있더라. 서울은 너무 어지러워. 난 여기가 좋아. 손만 뻗으면 남한강이 있고 소백산이 있는 내 고향이 좋아. 대한민국 다 뒤져봐. 가까운 곳에 시냇물이 있고 반딧불이가 살고 있는 마을이 몇 곳이나 있겠어?"

영선은 흐뭇한 표정을 지으며 말했다. 용팔이 맞장구쳤다.

"당신 말이 맞지. 눈앞에 남한강이 굽이쳐 흐르고 소백산이 보이는 여기만큼 좋은 곳이 어디 있겠어? 근데 가끔씩 서울 살아도 좋겠다는 생각이 들더라고. 어쩌다 서울 가서 지하철을 타면 서울 사람들 눈빛에서 불안 같은 게 느껴지더라. 보기 안쓰러울 정도야. 서울 사람들도 자신들의 모습이 그렇다는 거 알고 있겠지?"

"알고 있을 테지. 그걸 모르겠어?"

"동물은 먹이경쟁을 할 때 눈빛이 불안해진대. 먹이가 풍성할 땐 고요했던 눈빛이 먹이가 모자랄 땐 금세 사나워지거든. 아무리 서울이라 해도 먹을 것은 요만큼일 텐데 그 많은 사람들이 치열하게 먹이경쟁을 해야 하니 눈빛이 불안할밖에. 나도 여기가 좋아. 옥탑방 위에 서서 저 멀리 밤 기차 지나가는 걸 보면 마음이 아련해져. 이런 곳이 또 있겠어?"

용팔의 목소리는 담담했다. 그 순간 생각 하나가 머리를 스치고 지나갔다. 용팔은 윗주머니에 있는 스프링 수첩과 볼펜을 서둘러 꺼냈다. 용팔은 자리에 선 채로 써내려갔다.

그는 타인의 말을 좀처럼 믿지 않는다. 많이 속았기 때문일까? 많이 속였기 때문일까?

2

교실에 앉아 동현은 꾸벅꾸벅 졸고 있었다. 문학 수업을 하다 말고 담임이 동현을 향해 소리쳤다.

"장동현, 지금 잠이 오냐? 잠이 와? 성적은 바닥을 헤매는 놈이."

담임 목소리에 동현은 소스라치게 놀랐다. 동현은 담임을 흘긋 바라보고는 이내 고개를 숙였다. 담임은 화난 목소리로 동현을 향해 다시 말했다.

"장동현, 너는 밤에 뭐 하고 수업 시간에 조나? 병든 닭 새끼마냥."

담임의 말에 동현은 더욱 난감해졌다. 서연이 자신을 바라보고 있을 것만 같았다. 담임은 아이들을 향해 큰 소리로 말했다.

"너희들 공부 열심히 해라. 공부 안 하면 사회 나가서 이놈 저놈한테 발길질당한다."

담임은 동현을 향해 다시 말했다.

"장동현, 공부 안 하면 그냥 쓰레기 취급받는 거야. 쓰레기. 쓰레기 알지?"

담임의 말에 동현은 아무 말도 하지 않았다. 바로 그때 동현의 짝 정태가 담임에게 웃음 섞인 목소리로 물었다.

"공부 안 하면 정말 쓰레기 되나요?"

정태의 물음에 아이들은 일제히 웃음을 터트렸다. 담임은 마뜩잖은 표정으로 정태를 바라보며 말했다.

"김정태, 정말 몰라서 묻는 거냐?"

"네. 그렇습니다."

"김정태, 대답해봐. 공부 안 하면 쓸모없는 사람 취급받겠지?"

"아니요."

웃음 섞인 정태의 대답에 아이들은 또다시 웃음을 터트렸다. 담임은 성난 목소리로 정태에게 말했다.

"가재는 게 편이라더니 장동현 편드는 거냐? 김정태, 너도 똑같은 놈이야. 알고 있나?"

"네! 알고 있습니다. 가재는 게 편입니다."

고압적인 담임의 물음에 정태는 큰 소리로 대답했다. 정태 목소리에 반항의 기색이 역력했지만 담임은 더 이상 트집을 잡을 수도 없었다. 담임은 아무렇지도 않은 척 애써 감정을 누르며 아이들에게 말했다.

"너희들 공부해라. 공부 안 하면 평생 무시당한다. 너희들 주변에 거지처럼 사는 사람들 있지? 딱 봐도 후줄근하게 사는 사람들 있잖아? 그 사람들이 왜 그렇게 사는 줄 아나? 공부 안 해서 그렇게 사는 거야. 너희들은 다를 것 같나? 공부 안 하면 너희도 그렇게 사는 거야. 거지처럼. 후줄근하게……."

담임은 확신에 찬 목소리로 말하더니 잠시 후 더 큰 목소리로 말했다.

"학교에서 친구들끼리 어울려 있으면 공부 못해도 표시 안 나지? 스무 살 넘어 세상 밖으로 나가봐. 공부 안 한 놈들은 사람 취급도 못 받아. 그게 너희들이 살아갈 세상이다. 조선 시대 천민들은 태어날 때부터 천민으로 태어난 거니까 사람들에게 손가락질은 당하진 않았다. 하지만 요즘은 가난하게 살면 게을러서 가난하다고 사람들이 손가락질해. 손가락질 당하고 싶나? 이놈들아, 편의점 알바나 하면서 나이 먹은 꼰대들한테 반말이나 찍찍 들으며 살고 싶나?"

"선생님은 편의점 알바한테 반말 찍찍 하시나요?"

정태가 장난스럽게 담임에게 물었다.

"뭐? 김정태, 이놈이 보자 보자 하니까. 인마! 너 지금 나하고 장난쳐?"

"장난친 거 아닙니다. 궁금해서 질문한 겁니다."

"야, 인마! 내가 편의점 알바한테 반말할 것 같니?"

"네."

정태의 당돌한 대답에 아이들은 또다시 웃음을 터트렸다. 책상을 두들기며 웃는 아이도 있었다.

"김정태, 수업 끝나면 교무실로 와. 알았어?"

"네!"

김정태는 군인처럼 큰 소리로 대답했다. 정태의 대답에 아이들은 또다시 웃음을 터트렸다.

"빵빵 터지는구만."

정태는 흐뭇한 표정으로 아이들을 둘러보며 혼잣말을 했다.

"김정태, 너 지금 뭐라고 했나?"

"저 혼자 말한 겁니다."

담임은 정태를 노려보았을 뿐 더 이상 추궁하지 않았다. 잠시 후 민망한 기색을 감추며 담임이 아이들을 향해 말했다.

"너희들도 내년이면 고3이다. 이제 낮잠 한숨 길게 자고 나면 고3이야. 우리 반에서 서연이 말고 좋은 대학 갈 놈 누가 있나? 변변히 사람 구실 할 놈 누가 있냐고? 공부 좀 해라. 제발 공부 좀 해. 너희들이 함부로 건넌 시간의 대가, 반드시 받는다. 이게 다 너희들 위해 하는 말이다. 대학 안 갈 거냐? 한심한 놈들……."

담임의 말이 끝나자마자 서연이 담담한 목소리로 말했다.

"선생님, 공부 못하면 쓸모없는 사람 되나요?"

"쓸모없는 사람 된다고 말하지 않았다. 쓸모없는 사람 취급받는다고 했지……."

담임은 정색하고 서연을 바라보며 말했다. 서연이 다시 물었다.

"공부 못하면 거지처럼 후줄근하게 사나요?"

담임은 어이없다는 표정으로 서연을 바라보았다. 잠시 후 담임이 고압적인 목소리로 말했다.

"최서연, 너 지금 나한테 따지는 거냐?"

"따진 게 아니라 질문 드린 겁니다."

"네가 질문한 것에 대해 네가 답해봐. 네 얼굴 보니까 알고 있는 것처럼 보인다."

잠시 침묵이 흘렀다. 서연은 침착한 목소리로 그러나 단호하게 말했다.

"대학 안 나와도 행복한 사람들 많아요. 질문 하나 더 있습니다. 학교가 학생들 대학 보내는 곳인가요? 학교는 동네 학원과 뭐가 다른가요? 학교 선생님들은 학원 선생님들과 뭐가 다른가요?"

담임은 서연을 멀뚱히 바라보았다. 교실 여기저기에서 쿡쿡 웃음소리가 터졌다.

3

"저 아이가 골든 벨을 울릴 수 있을까?"

텔레비전을 바라보며 용팔이 영선에게 물었다.

"글쎄. 이제 한 명 남았네."

방송국 카메라는 골든 벨을 울릴 최후 1인의 모습만 보여
주지 않았다. 골든 벨이 울리기를 바라는 학교의 모든 사람
들을 번갈아가며 세심히 보여주었다. 마지막까지 남은 그를
응원하는 사람들의 눈빛은 간절함으로 가득했다. 기도하듯
두 손을 모은 사람들도 보였다. 용팔이 빙긋이 웃으며 영선
에게 물었다.

"저 사람들 모두가 골든 벨 울리기를 바랄까?"

"뭔 뚱딴지같은 소리야. 당연히 바랄 테지. 아무 상관없는
나도 골든 벨 울리길 바라는데."

영선은 텔레비전에 시선을 고정한 채 말했다. 잠시 후 용
팔이 말했다.

"교장, 교감, 교사들은 저 아이가 골든 벨 울리기를 진심으로 바랄 거야. 제자의 성취는 스승의 성취이기도 하니까. 나머지 사람들 중엔 골든 벨을 바라지 않는 사람들도 있어."

"하여간에 당신은 부정적이야. 왜 그렇게 꼬였어?"

"당신처럼 세상을 그렇게 달착지근하게만 보는 것도 문제 아냐? 친한 친구라 해도 저 아이가 골든 벨 울리지 않기를 바랄 수 있어. 나는 그 친구가 형편없는 친구라고 생각하지 않아. 인간은 그럴 수 있잖아."

용팔은 담담하게 말했다. 영선은 용팔의 말에 귀 기울이지 않았다. 골든 벨에 도전한 최후의 1인은 마지막 문제를 풀지 못했다.

"당신 때문에 김샜잖아."

영선이 눈을 흘기며 용팔에게 말했다. 용팔은 어이없다는 표정으로 영선을 바라보았다.

바로 그때 출입문을 열고 초라한 차림의 남매가 들어왔다. 용팔은 달갑지 않은 눈빛으로 아이들을 바라보았다. 아이들은 주방 바로 앞쪽 테이블에 자리를 잡았다.

"누나, 짜장면 정말 맛있겠다. 그치?"

남동생으로 보이는 아이가 말했다.

"응…… . 근데 오늘은 인석이 너만 먹어. 누나는 점심 먹은 게 체했나 봐."

"인혜 누나, 그래도 먹어. 짜장면이 얼마나 맛있는데."

"아냐. 누나는 아까부터 배가 아파서 그래. 지금은 아무것도 못 먹겠어. 오늘은 인석이 네 생일이니까 네가 맛있게 먹으면 돼. 누나는 정말로 배 아파서 그래."

남동생으로 보이는 아이가 작은 목소리로 누나에게 말했다.

"누나도 먹지. 짜장면 정말 맛있는데."

"다음엔 꼭 같이 먹을게."

"인혜 누나, 다음엔 꼭 같이 먹어."

"응, 약속할게."

그들과 멀찍이 떨어진 테이블에 앉아 있던 동배가 영선의 귓가에 입을 대고 속삭이듯 말했다.

"엄마, 쟤네들 우리 학교 애들이야."

"그러니?"

"근데 쟤네들 엄마 아빠가 없대. 할머니랑 같이 살았는데 얼마 전에 할머니도 돌아가셨대."

"네가 어떻게 알아?"

"친구들한테 들었어."

동배는 확신에 찬 표정으로 영선에게 말했다. 영선은 검지를 자신의 입술 위에 대며 "쉿! 작은 소리로 말해."라고 속삭이듯 말했다. 잠시 후 영선이 동배에게 다시 말했다.

"동배야, 혹시 저 여자아이가 너하고 같은 반이니?"

"아니. 같은 반은 아니고 같은 학년이야. 아이들도 다 알아. 쟤네들 엄마 아빠 없다는 거."

"동배야, 너는 친구들한테 그런 말 하지 마. 가엾은 애들이구나."

영선은 그렇게 말하고는 앞치마를 두르고 주방으로 들어갔다. 용팔은 두 아이가 앉아 있는 테이블로 성큼성큼 걸어갔다.

"뭐로 줄까?"

"……짜장면 하나 주세요."

여자아이가 작은 목소리로 말했다.

"짜장면 하나?"

용팔은 여자아이에게 다시 물었다.

"네. 저는 배가 아파서요. 배가 아파서 저는 아무것도 못 먹어요."

여자아이는 잔뜩 주눅 든 표정을 지으며 말했다. 바로 그때 남동생이 여자아이를 바라보며 말했다.

"누나, 누나도 짜장면 먹어."

남동생은 간절한 눈빛으로 말했다. 용팔은 성큼성큼 주방 앞으로 걸어가 주방 안쪽을 향해 "2번 테이블에 짜장면 하나요."라고 큰 소리로 말했다. 용팔은 출입문 쪽에 있는 계산대 의자에 앉아 책을 읽었다. 남동생이 작은 목소리로 여자아이에게 말했다.

"누나, 우리도 엄마 아빠 있었으면 좋겠다. 그치?"

그렇게 말하는 남동생의 눈에 눈물이 맺혀 있었다.

누나는 남동생에게 타이르듯 말했다.

"인석아, 그런 얘기 하지 않기로 누나랑 약속했잖아."

"알았어, 누나. 다시는 안 할게."

바로 그때 주방 안에서 일하고 있던 영선이 주방 밖으로 서둘러 나왔다. 영선은 아이들 앞에 서서 놀란 듯 표정을 지으며 고개를 갸웃거렸다. 용팔이 영선에게로 다가와 영문을 모르겠다는 눈빛으로 물었다.

"당신 왜 그래? 아는 애들이야?"

"글쎄. 아무리 봐도 그 집 애들이 맞는 거 같은데."

"어느 집 애들인데?"

영선은 다시 한번 고개를 갸웃거리고는 아이들을 향해 물었다.

"너 혹시 인혜 아니니? 인혜 맞지?"

"……네, 맞는데요……. 누구세요?"

"맞구나! 인혜 맞구나! 너희들이 하도 많이 커서 하마터면 몰라볼 뻔했어."

영선은 환하게 웃으며 말을 이었다.

"아줌마는 너희 엄마 친구야. 예전에 우리 같은 동네에 살았었잖아. 아줌마 기억 안 나니? 아줌마 모르겠어? 영선이 아줌마야."

영선의 말에 두 아이는 당황하며 고개를 갸웃거렸다. 영선이 아이들을 향해 말했다.

"오래전에 우리 같은 동네에 살았어. 너희들이 어릴 때라서 기억이 잘 안 나는 모양이다. 그나저나 엄마 아빠 없이 어떻게들 사니? 동생도 많이 컸네. 네 이름이 뭐였더라?"

영선은 따뜻한 눈빛으로 남동생을 바라보며 물었다.

"인석이요."

"맞다. 맞아. 인석이……. 옛날에는 걸음마도 잘 못했는데 몰라보게 많이 컸구나. 이렇게 다시 만나서 반갑다. 정말 반가워. 인혜야, 인석아, 조금만 기다려. 아줌마가 맛있는 거 만들어줄게. 조금만 기다려. 알았지?"

어리둥절해하던 인혜와 인석의 얼굴이 조금은 환해졌다.

인혜와 인석은 영선이 만들어준 짜장면을 맛있게 먹었다. 영선은 고래반점 출입문 밖까지 아이들을 따라 나갔다. 영선에게 아이들이 작별 인사를 했다.

"아줌마, 안녕히 계세요. 감사합니다."

"인혜도 잘 가고 인석이도 잘 가라. 차 조심해. 짜장면 먹고 싶으면 언제든지 아줌마한테 와. 알았지?"

영선의 말에 인석이만 큰 소리로 "네."라고 대답했다. 영선은 아이들의 뒷모습이 어둠 속으로 지워질 때까지 아이들을 향해 손을 흔들어주었다.

아이들이 가고 난 뒤 용팔이 영선에게 물었다.

"도대체 어느 집 애들이야? 어느 집 애들인데 짜장면을 공짜로 줘? 난 아무리 생각해도 기억이 안 나는데……. 어느 집 애들이야?"

잠시 침묵이 흘렀다. 영선은 슬픔을 누르며 작은 소리로 말했다.

"나도 모르는 애들이야. 엄마 아빠 없는 아이들이라고 음식을 그냥 주면 아이들이 상처받을 것 같아서……. 그래서 그냥 엄마 친구라고 말했던 거야."

용팔이 눈을 부라리며 영선에게 말했다.

"뭐야? 모르는 집 애들이라고? 아니, 그러면 애들 이름은 어떻게 알았어?"

"어떻게 알긴 뭘 어떻게 알아. 아이들이 말하는 소리 듣고 알았지. 아이들이 주방 바로 앞에 앉아 있어서 말소리가 주방 안까지 또렷하게 들리더라고."

용팔은 헛기침을 하며 말을 더듬기 시작했다. 흥분하거나 당황하거나 미안함에 면목이 서지 않을 때면 자신도 모르게 나오는 용팔의 버릇이었다.

"……으흠, 으흠……. 그러면 그 아이들이 엄마 아빠 없는 애들인지 당신이 어떻게 알았어? 애들끼리 온다고 전부 엄마 아빠가 없는 애들은 아니잖아. 으흠, 으흠……. 안 그래?"

용팔의 물음에 영선이 대답했다.

"조금 전에 동배한테 들었어. 동배랑 같은 학교 다닌대."

영선과 용팔을 지켜보고 있던 동배가 말했다.

"아빠, 쟤네들 진짜로 엄마 아빠 없는 애들이야. 할머니랑 같이 살았는데 얼마 전에 할머니도 돌아가셨대. 엄마한테 아까 내가 말해줬어."

용팔은 기막히다는 눈빛으로 잠시 한숨을 몰아쉬고 영선을 향해 단호한 목소리로 말했다.

"불쌍한 애들이라고 음식을 공짜로 주면 우린 뭘 먹고 사냐? 밀가루 값이며 고기 값이 하루가 멀다고 치솟는 판에 가게 문 닫고 싶어?"

용팔을 물끄러미 바라보며 영선이 말했다.

"가엾은 애들한테 짜장면 몇 그릇 준다고 우리 가게 문 닫지 않아. 오늘이 남동생 생일이었나 봐. 자기는 먹고 싶어도 먹지 못하고 어린 동생만 짜장면을 시켜주는 모습이 어찌나 안돼 보이던지……. 꼭 어릴 적 나를 보는 것 같아서 그랬어."

영선의 목소리는 담담했다. 용팔이 혀를 끌끌 차며 영선을 향해 말했다.

"지랄을 해라. 지랄을 해."

"뭐? 지랄? 그거 언어폭력이야. 말 다했어?"

영선이 화난 목소리로 말했다. 용팔도 질세라 화난 목소리로 대꾸했다.

"그래. 다했다. 당신도 아이들한테 툭하면 그런 말 쓰잖아. 아냐?"

"내가 아이들한테 그런 말 하는 거하고 당신이 나한테 그런 말 하는 거하고 같아? 내가 당신 애야?"

영선이 소리쳤다. 용팔도 큰 소리로 맞받아쳤다.

"엄마가 아이들한테는 그런 말 써도 되고, 남편은 아내한테 그런 말 쓰면 안 되는 거냐? 그게 바로 권위주의야. 말도 안 되는 소리 하지 마. 잘 생각해봐. 당신도 나한테 지랄한다고 말한 적 있어. 기억 안 나?"

"그때는 장난이었잖아."

"당신이 하면 장난이고 내가 하면 언어폭력이네?"

"그런 말 하고 싶으면 장난칠 때나 해. 싸울 때 하지 말고."

"당신이 아이들한테 지랄한다고 말할 때 장난으로 한 말이었어? 장난 아니었잖아."

"그래. 잘났다. 나 이기니까 좋냐?"

영선은 그렇게 말하고 씩씩거리며 가게 문을 걷어차고 밖으로 나갔다. 용팔은 그런 영선을 물끄러미 바라보았다. 영선의 마지막 말이 자꾸만 마음에 걸렸다.

용팔은 윗주머니에 있는 스프링 수첩과 볼펜을 꺼냈다. 용팔은 기억 저편에서 다가온 말을 한 줄 한 줄 써내려갔다.

사소한 일로 싸웠다고, 싸울 일도 아니었다고, 사람들은 말한다. 정말 사소한 일로 싸운 것일까? 정말 사소한 일이었다면 싸움까지 갔을까?

4

영선은 식탁 위에 앉아 젖은 접시를 마른 행주로 닦고 있었다. 용팔은 계산대 앞에 책을 펴놓고 앉아 멀뚱히 문밖을 바라보고 있었다. 영선이 용팔에게 말했다.

"또 하루가 끝났네."

"눈 깜짝할 사이에 하루가 갔어."

"당신도 그랬구나. 오늘같이 바쁜 날 배달까지 몰리면 우리 둘이 할 수 있겠어? 배달 알바 뽑아야 하는 거 아냐?"

"오늘 같은 날이 많진 않잖아."

"당신 배달 나가고 오늘같이 손님 몰리면 나 혼자 감당이 안 돼서 그래."

"당신 고생하는 건 알겠는데, 우리 둘이 감당할 만하니까 할 수 있을 때까진 해보자고. 아직은 배달 손님이 훨씬 더 많잖아. 내가 번개처럼 배달 다녀올게."

용팔은 달래듯 영선에게 말했다.

"하기야 배달 손님이 훨씬 더 많지."

영선은 고개를 끄덕이며 말했다. 잠시 후 영선이 쓸쓸한 표정을 지으며 다시 말했다.

"어제 왔던 아이들이 자꾸만 눈에 아른거리네."

"어떤 아이들이 눈에 아른거린다는 거야?"

"누군 누구겠어. 어제 왔던 여자아이하고 남자아이 말하는 거야."

"짜장면 공짜로 준 아이들?"

"그래. 그 아이들……. 그 아이들을 보니까 어릴 적 나를 보는 것 같았어. 어릴 적에 내 동생하고 중국집 문밖에 서서 짜장면 냄새 맡은 적 많았거든. 아무리 먹고 싶어도 돈이 있어야 먹지. 부모 없는 애들이 돈이 있을 턱이 있나. 그 시절 생각하면 지금도 눈물 나와."

영선은 잠시 사이를 두었다가 슬픔 어린 목소리로 말을 이었다.

"내 동생 살아 있으면 짜장면 실컷 먹게 해줬을 텐데. 당신도 가끔씩 옛날 생각나지?"

영선이 묻는 말에 용팔은 머뭇거렸다. 용팔은 잠시 후 비장한 표정으로 말했다.

"옛날 생각? 나는 옛날 생각하기 싫어. 생각만 해도 지긋지긋해. 어려서 부모 잃고 누나랑 달랑 둘만 남았을 때 누구 하

나 도와준 사람 없었거든. 도와주기는커녕 도와달라고 할까
봐 가까이 다가오는 사람들도 없었어. 가까운 친척들도 모두
들 모른 척했다니까. 나는 그때 결심했어. 오직 나만 생각하
면서 살 거라고. 나는 앞으로도 나만 생각하면서 살 거야. 사
랑? 사랑 같은 건 개나 물어가라고 해."

용팔의 거친 말에 영선은 아무 말도 하지 않았다. 영선은
연민의 눈빛으로 용팔을 바라보았다. 잠시 후 영선은 따뜻한
목소리로 용팔을 향해 말했다.

"당신 마음 나는 이해해. 내 어린 시절도 당신하고 비슷했
는데 당신 마음 모를 리 없잖아. 당신의 어린 시절 상처가 쉽
게 지워지겠어? 그래도 보육원에서 나 같은 복덩어릴 만났으
니 얼마나 다행이야. 안 그래?"

영선의 말이 끝나기가 무섭게 용팔이 당황스러운 눈빛으
로 반문했다.

"복덩어리?"

"응, 복덩어리……. 나, 복덩어리 맞잖아."

"복덩어리는 무슨……. 그냥 덩어리겠지."

"헐!"

영선은 기가 막힌다는 눈빛으로 용팔을 노려보았다. 영선
의 따가운 시선을 피하려고 용팔은 얼른 화제를 바꿨다.

"그나저나 가겟세 내려면 돈을 더 벌어야 할 텐데 큰일이

네. 온종일 짜장면이나 팔아가지고 어느 세월에 돈을 벌지. 갑갑하다. 갑갑해."

"장용팔 씨, 당신도 그놈의 돈타령 좀 그만해."

"그놈의 돈타령? 당신 지금 돈을 깔보는 거야?"

"세상에 돈 깔보는 어른이 어디 있나? 어린애들도 돈맛을 아는데. 허구한 날 돈타령한다고 돈이 하늘에서 뚝 떨어지냐? 기왕에 돈타령할 거면, 거 누구냐, 빌게이츠처럼 돈이라도 왕창 벌든지. 빌게이츠는 하루에 얼마 버는지 알아?"

"그걸 내가 어떻게 알아. 당신은 알아?"

"나도 몰라. 빌게이츠가 제일 부자라는 것만 알아."

"아니, 비교할 사람을 비교해야지. 세계 제일 부자하고 나를 비교하냐?"

"기왕에 부자가 되려면 세계 제일이 돼야지. 우리 집 이름도 '고래반점'이고 세상에서 가장 큰 동물도 흰수염고래잖아. 흰수염고래는 몸길이가 얼마라고 하더라. 아마 30미터도 넘을걸."

영선은 고개를 갸웃하며 말했다.

"이 사람아, 부자 되는 게 그렇게 쉬운 줄 알아?"

"누가 쉽댔어? 뭐 그렇단 얘기지."

영선은 짜증스러운 목소리로 대꾸했다.

"그만하자, 그만해."

용팔은 그렇게 말하며 문밖을 바라보았다. 잠시 후 용팔은 짜증 섞인 목소리로 영선을 향해 말했다.

"지금보다 더 아껴야 돼. 요즘 같은 불경기에는 한 푼이라도 아끼는 게 돈 버는 거니까. 전기세 수도세도 아끼고, 아낄 수 있는 건 모두 아껴야 돼. 당신도 정신 바짝 차려. 만날 어려운 사람 퍼줄 생각만 하지 말고."

"걱정하지 마셔. 당신만큼 나도 정신 차리고 있으니까. 그리고 아낄 걸 아껴야지, 손님상에 내놓을 음식 재료비 좀 아끼지 마. 음식값 비싸게 받아도 맛있으면 손님들 와. 부탁인데, 새우나 홍합 같은 건 떨이로 사오지 마. 비싸도 싱싱한 거 사와야 음식이 맛있지."

영선의 말에 자존심이 상한 용팔이 버럭 소리쳤다.

"당신 오늘 말 함부로 하는 거 아냐? 내가 언제 시들어빠진 재료로 음식 만드는 거 봤어?"

"지난번에도 떨이로 사왔다고 좋아했잖아. 기억 안 나?"

"그때 딱 한 번 새우와 홍합 떨이로 사왔다. 단골 아주머니가 치과 가야 한다고 펄펄 뛰는 놈들을 떨이로 주더라. 나만큼 싱싱한 재료 사용하는 사람도 별로 없어. 그러니까 배달 전화가 그렇게 많은 거야. 내가 시들어빠진 재료를 음식에 넣었냐? 아니면 손님들이 남기고 간 반찬을 재활용했니? 보자 보자 하니까. 이 사람이······."

용팔은 성난 목소리로 말했다. 분이 풀리지 않은 듯 용팔이 다시 말을 이었다.

"음식만 맛있으면 비싸도 손님들 온다고 그랬지? 짬뽕 값을 500원 올리겠어, 600원 올리겠어? 올린다면 1,000원은 올려야 되는데 우리 동네엔 1,000원이 부담되는 사람들이 생각보다 많아."

"당신 말도 맞는데, 당신이 이 가게 처음 열 때 자신과 약속했던 말 기억나?"

"내가 뭐라고 했는데?"

"당신이 정직한 재료로 음식 만들겠다고 약속했어. 내 기억이 정확하지는 않지만 당신이 이런 말도 했던 것 같아. 누군가 '비밀의 문'을 통해 항상 나를 바라보고 있다고 생각해야 한다고. 누군가 비밀의 문을 통해 나를 바라보고 있으니 정직하게 살아야 한다고……. 내가 무슨 생각을 하는지 세상 사람들은 내 속마음을 환히 다 알고 있다는 뜻이었어. 근사하게 속여도 근사하게 속는 사람들은 별로 없다는 말이었던 것 같아."

"와! 오영선이 그걸 다 기억하네."

"가끔씩 쓰는 내 일기장에 써놓았거든. 좋아서 가끔씩 읽었는데 저절로 외워지더라고."

"오영선, 나 지금도 그 약속 지키고 있거든. 음식 만들 때

정직한 재료 사용하고 있어. 너도 알잖아?"

"당연히 알지."

"근데 왜 그렇게 말해?"

"더 잘하라고."

"지금보다 더 잘하면 이 가게 망해. 더 이상 어떻게 잘해."

"알았다. 알았어. 지금만큼만 해라. 됐지?"

"근데 이 사람이 나를 가지고 노네."

용팔은 어이없다는 표정으로 영선을 바라보았다. 영선이 용팔을 바라보며 히죽 웃었다. 잠시 후 용팔이 혼잣말을 했다.

"근사하게 속였다고 생각하지만, 근사하게 속아주는 척했을 뿐 근사하게 속는 사람들은 별로 없다는 말 좋다. 내가 그런 말도 했구나. 장용팔, 훌륭하다."

용팔은 과장된 목소리로 자화자찬을 늘어놓았다. 영선이 용팔에게 말했다.

"장용팔 씨, 초심 잃지 마."

"나 아직 초심 잃지 않았다니까."

"당신이 요즘 사용하는 음식 재료가 처음 시작할 때보다는 못해. 크게 차이나는 건 아니지만 손님들은 그 미묘한 차이를 분명히 알 거야."

"재룟값은 터무니없이 올랐는데 음식값을 올리지 않았으니 음식 재료를 처음처럼 사용할 순 없지. 타산이 안 맞으니 어쩔 수 없는 일이잖아. 나도 최상품 재료들만 사용하고 싶지 않겠어? 열심히 일해도 저축 한 푼 못 하고 우리 네 식구 겨우 먹고살고 있잖아. 내가 음식 재료 형편없이 썼다면 이 가게 벌써 망했어. 우리 정도면 단골 많은 편이야. 배달 손님들이 끊이질 않잖아."

용팔의 말에 영선은 고개를 끄덕였다. 조금은 단단한 목소리로 용팔이 다시 말했다.

"중국집 배달일 하며 피땀 흘려 번 돈으로 겨우겨우 이 가게 차린 거야. 어떻게든 살아보려고 목숨 걸고 차린 거니까 생판 모르는 애들한테 공짜 음식 주지 마. 공짜 음식 줘 버릇하면 습관 돼. 나중엔 고마운 줄도 모르고 당연한 건 줄 알걸. 그 아이들이 매일 오면 매일 짜장면 줄 거야? 당신도 그렇게는 못 하잖아. 매일 짜장면 주면 나중엔 탕수육이나 팔보채 달라 그럴 거야. 그걸 알아야지, 이 사람아. 당신은 아직 세상을 몰라. 세상을 알려면 아직 멀었다고. 그리고 당신처럼 이 사람 저 사람 다 퍼주고 나면 언제 집 살 거야. 당신은 가게에 딸린 코딱지만 한 단칸방에서 사는 거 지겹지도 않아? 건물 주인은 틈만 나면 가겟세 올리려고 눈이 빨개. 정신 차려."

용팔의 얼굴은 금세 붉어졌다. 영선도 용팔을 향해 단단하게 말했다.

"부모 없는 아이들한테 짜장면 몇 그릇 준다고 우리 가게

망하지 않아. 걔네들이 오면 앞으로 몇 번이나 오겠어. 큰아이는 벌써 속이 꽉 찼던데. 여보…… 나는 때때로 당신이 무서울 때가 있어. 이런 말까지 해서 미안하지만 당신은 너무 독한 것 같아. 당신 마음속엔 뾰족한 가시가 있어. 당신도 신앙을 가졌으면 좋겠어."

부부 싸움을 할 때마다 신앙 들먹이는 영선이 용팔은 몹시 못마땅했다. 용팔은 낮은 목소리로 그러나 단호하게 영선을 향해 말했다.

"당신 화만 나면 신앙 들먹이는데 그렇게 말하는 거 아니야. 당신이 믿는 신앙의 기준으로 다른 사람을 함부로 깔보지 않았으면 좋겠어. 잘은 모르겠지만 당신이 믿는 하나님도 자신의 기준으로 다른 사람을 깔보진 않을 거야. 내 말이 맞지 않나?"

용팔의 말을 듣고 영선은 아무 말도 하지 않았다.

"기왕에 시작한 말이니까 한마디만 더 할게."

"해봐."

영선이 빈정거리듯 대꾸했다.

"당신은 은근히 인간의 욕심을 깔보는 것 같은데, 인간의 욕심을 깔보는 사람이 인간을 이해할 수 있겠어? 나는 내가 욕심이 많다고 생각하지 않아. 남의 것 탐한 적도 없고 주제 파악 못 하고 분에 넘치는 것을 욕심내지도 않았어. 하지만 단칸방은 면해야지. 지지리 가난해서 코딱지만 한 방에서 평생 궁상이나 떨고 살면 슬프잖아. 다시 한번 말하지만 누가 와도 공짜 음식은 주지 마. 나는 그런 꼴 절대로 못 보니까."

"어느 세월에 부자 될지 모르겠지만 당신 말도 틀린 말은 아니네."

영선은 빙긋이 웃으며 농담처럼 말했다. 영선이 용팔을 바라보며 말했다.

"근데 당신 화 많이 났나 보네?"

"당신이 그런 식으로 공격하는데 화나는 게 당연하지 뭐……. 으흠, 으흠……."

용팔은 머쓱한 표정으로 헛기침을 하며 말했다. 잠시 사이를 두었다가 용팔이 다시 말했다.

"당신도 생텍쥐페리가 쓴 『어린 왕자』 읽어봤지?"

"몇 년 전에 읽었지. 내용은 가물가물하네."

"책 속에 나오는 장미 이야기 생각나?"

"아니."

영선은 고개를 가로저으며 말했다. 용팔이 진지한 얼굴로 말을 이었다.

"책 속에 장미 이야기, 여우 이야기, 보아뱀 이야기, 뭐 그런 이야기 많이 나오잖아. 나는 그 책에서 장미의 가시 이야기가 제일로 마음에 와닿았어."

"어떤 이야긴데? 나는 통 기억이 안 나네."

"어린 왕자가 사랑했던 장미는 자신이 가진 보잘것없는 가시 네 개로 세상과 맞서야 했거든. 장미가 가진 네 개의 가시는 세상과 대적하기엔 너무 나약했지만, 그것마저 없었다면 세상은 장미를 송두리째 삼켜버렸을 거야. 나도 『어린 왕자』에 나오는 장미처럼 내가 가진 몇 개의 가시로 나 자신을 겨우 지키고 있을 뿐이야. 당신, 툭하면 나한테 마음속에 뾰족한 가시가 있다고 말하는데 당신 마음속엔 뾰족한 가시 없는 것 같아?"

"있겠지. 난들 왜 없겠어. 가시가 있어야 자신을 지킬 수 있으니까."

잠시 침묵이 흘렀다. 영선이 상냥한 목소리로 용팔에게 말했다.

"여보, 당신도 테레사 수녀 알지? 당신은 책을 많이 읽는 사람이니까 나보다 더 잘 알겠다."

"알지. 테레사 수녀 모르는 사람이 어디 있냐."

"그건 그렇다. 테레사 수녀 모르는 사람은 없지. 아무튼 며칠 전에 신문에서 테레사 수녀에 대한 기사를 읽었는데 정말 마음에 와닿는 말이 있었어. 우리들 주변에서 누군가가 병들고 배고파 죽어갈 때 하나님이 계신다면 그 사람들이 그렇게 비참하게 죽어가진 않을 거라고 말하는 사람들도 있잖아."

"그렇게 생각하는 사람들 많을걸. 솔직히 말하면 나도 그런 생각 한 적 있으니까. 세상이 이렇게 병들고 썩어가고 있는데, 가난 때문에 핍박받고 억울한 일 당하는 사람들이 이렇게나 많은데, 인간을 만든 하나님은 뭐 하고 있냐고 생각하는 사람들 많지 않겠어?"

"그런데 그게 아니라는 걸 알았어."

"그럼 뭔데?"

"하나님이 병들고 배고픈 자, 핍박 받는 자의 모습으로 우리 곁에 오신 건데, 우리가 그들을 돕지 않기 때문에 그들이 고통받고 죽어가는 거래. 그 글을 읽는데 어찌나 마음이 찔리던지……."

용팔은 영선의 말에 무덤덤했다. 잠시 후 용팔이 영선을 향해 말했다.

"당신이 무슨 말 하는지는 알 것 같은데 당신이 방금 전에 한 테레사 수녀 이야기 말이야. 하나님 믿지 않는 사람들이 들으면 웃기는 얘기라고 할걸……."

어깃장이 담겨 있는 용팔의 말에 영선은 아무런 대꾸도 하지 않았다. 잠시 후 용팔이 말을 이었다.

"어찌됐건 우리가 가진 게 조금은 있어야 누구든 도와줄 수 있는 거잖아. 안 그래?"

"마음만 있다면 가난한 사람이 더 가난한 사람을 도울 수도 있어."

"어휴! 앓느니 죽지."

용팔은 길게 한숨을 내쉬며 말했다. 잠시 후 영선이 긴 하품을 하며 용팔에게 물었다.

"안 들어갈 거야?"

"당신 먼저 들어가. 나는 조금 있다 들어갈게."

영선은 긴 하품을 하며 방으로 들어갔다. 초심을 잃지 말라고 했던 영선의 말이 자꾸만 용팔의 명치끝에 걸렸다.

용팔은 윗주머니에서 스프링 수첩과 볼펜을 꺼냈다. 용팔은 마음이 불러주는 대로 수첩 위에 써내려갔다.

불이 발명되기 이전, 번개로 얻은 불씨는 인간에게 얼마나 소중한 것이었을까? 불씨를 꺼뜨리지 않기 위해 인간들은 교대로 잠에서 깨어나 불씨를 지켰을 것이다. 졸린 눈을 비비며 사위어가는 불씨 위에 마른 장작을 놓았을 것이다.

5

용팔이 젖은 손을 앞치마에 닦으며 주방 안에서 걸어 나왔다. 용팔은 한쪽 테이블에 앉아 짬뽕을 먹고 있는 정인하 앞자리에 앉았다. 정인하의 짬뽕 그릇은 바닥이 보일 만큼 텅비어 있었다.

"정 선생, 오늘 짬뽕 어땠어? 맛있었지?"

"최고였습니다. 사장님의 짬뽕은 언제 먹어도 맛있어요."

"정 선생 줄 짬뽕은 내가 특별히 신경 쓰거든. 해물도 듬뿍넣고 말이야. 오늘은 다른 때보다 더 맛났을 거야. 큼지막한전복도 하나 넣었거든."

"그렇게 하시면 남는 게 없잖아요."

"전혀 문제 될 거 없어. 유일하게 정 선생만을 위한 서비스니까."

"고맙습니다. 장 사장님의 짬뽕은 제게 보약입니다. 하도맛있어서 국물까지 다 먹어요."

인하는 희고 고른 치아를 보이며 환하게 웃었다. 인하의 웃는 얼굴은 작약 꽃을 닮았다고 용팔은 늘 생각했다.

"정 선생, 아직 시일은 많이 남았지만 내가 이 가게 주인을 만나 협상을 해야 하는데 조언 좀 해줄 수 있겠어? 가게 주인이 아주 까칠해."

"협상이요? 무슨 협상인데요?"

"뻔하지. 가겟세 올려달라는 협상이지. 직장 다니는 사람들 연봉 협상 하는 거나 마찬가지야. 내 입장은 가겟세 동결을 원하지만 주인 입장은 가겟세 인상을 원하겠지. 요즘엔 장사도 시원치 않은데 가겟세를 왕창 올릴 것 같아서 요사이 며칠 동안 잠도 설쳤어."

"그러셨군요. 협상에 대해서 제가 아는 게 있어야지요."

"아니, 정 선생도 모르는 게 있어?"

"과찬이시죠. 협상에 대해서 제가 뭘 알겠어요."

"괜히 그러지 말고 잘 생각해봐. 정 선생이라면 분명히 협상에 대한 아이디어가 있을 거야."

"글쎄요. 제가 어떤 조언을 해드릴 수 있을지 모르겠네요."

인하는 잠시 침묵했다. 난감한 기색으로 머리를 긁적이던 인하가 말했다.

"오래전 대학 다닐 때 경북 청송에 있는 주왕산으로 여행을 갔어요. 그때 민박집 처마 밑에서 제비집을 보았습니다.

민박집에는 할아버지와 할머니 두 분이 살고 있었어요. 저는 스케치북을 펼쳐 처마 밑에 있는 제비집을 그렸습니다. 할아버지는 민박집 안방에서 밖으로 난 문을 열어놓고 제비집을 그리는 저를 물끄러미 바라보고 있었습니다. 빛바랜 꽃무늬 남방에 양복바지를 말끔하게 차려입은 할아버지는 한 걸음도 걸을 수 없는 분이셨어요."

"할아버지가 장애인이었구나?"

"네."

"목발을 짚고도 걸을 수 없었나?"

"네. 목발이 없었어요. 마당 한쪽에 휠체어는 있었지만 요즘 같은 전동 휠체어는 아니었습니다."

"장애가 심했던 모양이네."

"네. 그러신 것 같았어요. 할머니가 밭일을 나가면 온종일 방에서 혼자 논다고 할아버지는 제게 말했습니다. 제비집을 그리고 나서 방으로 들어가려는데 할아버지와 눈이 마주쳤어요. 저는 무언가에 이끌려 할아버지가 있는 방으로 걸어가 '할아버지, 여쭐 게 있어요. 제비가 비행하는 모습을 보면 비가 올지 안 올지 알 수 있다고 하는데 어떻게 아는 거예요?'라고 물었습니다. 할아버지는 겸연쩍게 웃으며 '그게 왜 궁금해요?'라고 저에게 반문해서 '그냥 알고 싶어서요.'라고 대답했어요."

"정 선생, 제비가 비행하는 모습 보면 비가 올지 안 올지 알 수 있다는 게 과학적 근거가 있는 거야?"

"네. 과학적 근거가 있습니다."

"나도 오래전부터 그게 정말 궁금했거든. 그냥 어른들이 엉터리로 말하는 건 줄 알았는데 과학적 근거가 있구나."

"네. 있어요. 제가 그것이 궁금해 물었을 때 할아버지는 싱겁게 웃으며 느릿느릿 이렇게 말했습니다. '제비가 날아다니는 모양을 보면 비가 올지 안 올지 대번에 압니다. 제비가 땅을 향해 낮게 날면 비가 올 가능성이 아주 높아요. 비가 오기 직전엔 습기가 많아져 공기가 눅눅해지잖아요. 그러면 곤충들의 날개도 습기를 잔뜩 먹어 무거워진 탓에 높이 날지 못하고 낮게 날 수밖에 없어요. 그러니까 곤충들을 먹는 제비도 낮게 날아야 먹고살지 않겠습니까? 반대로 햇볕 쨍쨍한 날은 공기 중에 습기가 없으니 곤충들의 날개가 무거워질 리 없지요. 곤충들은 자기가 가진 힘만큼 하늘을 날아오를 수 있으니 제비 또한 굳이 낮게 비행할 이유가 없는 거지요.' 할아버지의 이야기는 설득력 있었습니다. 이 정도면 과학적 근거 있는 거 아닌가요?"

"아아, 그렇구나. 이제야 궁금증이 풀렸네. 그 정도면 허튼 말 아니네."

"그때 할아버지에게 들은 이야기인데 제비는 집을 지으려고 흙을 물어 나를 때 빼고는 땅에 잘 앉지 않는대요. 날아다니는 곤충들을 공중에서 곧바로 잡아먹는답니다. 그때 만난 할아버지 덕분에 저도 몰랐던 걸 알게 됐어요. 장 사장님, 제비들은 민가 처마 밑에 용감하게 집을 짓잖아요. 제비들은 왜 사람들을 무서워하지 않았을까요?"

인하의 물음에 용팔은 알쏭달쏭하다는 표정을 지으며 고개를 갸웃거렸다.

"글쎄……. 생각해보니까 이상하네. 제비는 왜 사람을 무서워하지 않았을까?"

"제비들은 민가라고 다 집을 짓지 않는대요. 제비들은 사람들이 살고 있는 집에만 집을 짓는대요. 고래 등 같은 집이 있어도 사람이 살지 않는 집에는 제비가 둥지를 틀지 않는답니다."

"제비가 사람 사는 집에만 둥지를 트는 이유가 뭘까?"

"분명한 이유가 있었어요."

정 선생은 마른침을 삼키고 나서 말을 이었다.

"제비는 둥지를 틀면 날이 추워질 때까지 보통은 두 번 새끼를 친다고 합니다. 아무 곳에나 새끼를 까놓으면 구렁이나 뱀이 다가와 몽땅 잡아먹잖아요. 쥐나 족제비들도 슬금슬금 다가와 새끼 제비들을 잡아먹을 테고요. 제비들은 영리해서 나름대로 전략을 세워 가장 안전한 곳에 새끼를 까놓는 것입니다. 용감한 뱀이나 족제비들도 사람이 살고 있는 집 처마 밑까지 쉽게 다가오지 못합니다. 먹음직스러운 새끼 제비들이 있다 해도 생태계 최상위 천적인 사람이 살고 있는 곳으로 쉽게 다가올 수 있겠습니까? 어림없지요. 간혹 앞뒤 분간 못하는 뱀이나 구렁이들이 겁 없이 제비집 근처로 기어오면 사람들이 가만둘까요?"

정 선생의 물음에 용팔은 호들갑스럽게 대답했다.

"그걸 가만두겠어. 기다란 작대기를 들고 와 후려치겠지. 그래야 제비가 박씨 물어올 거 아냐?"

"하여튼 인간의 감시로 뱀이나 구렁이는 제비집에 얼씬도 못 합니다. 그러니까 제비들이 새끼 기르며 살기에 가장 좋은 곳은 사람이 살고 있는 집입니다. 그곳만큼 안전한 곳이 없다는 것을 제비들은 알고 있는 것입니다."

"아아, 그렇구나. 몰랐네. 이래서 사람은 평생 배워야 해. 정 선생 덕에 오늘 좋은 거 배웠다."

용팔이 인하를 향해 웃으며 말했다.

"저도 주왕산에서 만난 할아버지를 통해 알게 된 것입니다."

인하 얼굴엔 신명 난 기색이 역력했다. 용팔이 진지한 표정으로 인하를 향해 물었다.

"근데 이상하다. 제비는 사람들 덕에 '생존'이라는 엄청 큰 것을 얻었는데 사람들은 제비를 통해 이득 보는 게 없잖아.

흥부놀부 이야기에 나오는 제비처럼 박씨를 물어다 줄 리도 없고."

"처음엔 저도 그렇게 생각했는데 그때 할아버지 말을 듣고 나서 그렇지 않다는 것을 알았어요. 사람들도 제비에게 얻는 게 있었어요. 사람들이 아무런 이득도 없이 손해 볼 리 있겠어요?"

"그렇지. 손해 볼 리 없지. 제비들이 주는 날씨에 대한 정보 때문인가? 아니면 가까운 곳에서 제비들을 바라볼 수 있다는 정서적 유대감 때문인지도 모르겠다. 집에서 키우려고 돈 주고 새를 사는 사람들도 있으니까."

용팔은 호기심 어린 눈빛으로 말했다.

"그것도 이유가 될 수 있겠지만 더욱 분명한 이유가 있었어요. 대부분의 새들은 농작물에 피해를 준다고 합니다. 사람들이 애써 농사지은 들판의 곡식을 쪼아 먹기도 하고 과수원의 과일을 쪼아 먹기도 하는데, 제비는 절대로 사람들이 경작한 농작물들을 쪼아 먹지 않는대요. 제비들은 그 대신 농작물에 피해를 주는 해충들만 골라서 먹이로 삼는 것입니다. 제비들이 하루 동안 잡아먹는 해충의 양이 실제로 어마어마하대요. 농업혁명이 일어난 것은 1만 년 전인데 농약이 생긴 것은 고작 수백 년 전입니다. 농약이 없었던 그 오랜 시간 동안 제비는 사람들을 위해 매우 유익한 일을 해준 것입니다.

그러니 사람들은 이런저런 불편함을 감수하면서까지 제비를 반갑게 맞아주었던 것입니다."

인하는 웃음 띤 얼굴로 나직이 말했다. 용팔은 고개를 끄덕이며 인하의 말을 받았다.

"아아, 그렇구나. 정말 신기하다. 근데 농약이 나온 뒤로는 제비를 반갑게 맞아주는 사람들이 점점 줄었겠다. 사람이 원래 그렇잖아."

"그랬겠지요."

"농약 때문에 먹이도 줄었을 테고 사람들 인심도 박해졌을 테니 제비도 굳이 다시 올 이유가 없었겠네. 나 어릴 적엔 제비들이 참 많았거든. 아무튼 제비들은 사람과 함께 살아가기 위해 오랜 진화 과정 속에서 맛있는 열매와 곡식들을 포기한 거구나. 제비 그놈 머리 좋네."

"제비들 중에도 시대를 앞서간 제비가 있었겠죠."

인하가 싱겁게 웃으며 말했다.

"하여간에 정 선생은 학생들을 오랫동안 가르쳐서 그런지 설명을 참 잘해. 귀에 쏙쏙 들어온다니까. 학교에서 몇 년 근무했다고 했지?"

"9년이요."

"거의 10년이네. 역사 선생님이었지?"

"네."

인하는 쓸쓸한 목소리로 대답했다.

"내가 괜한 걸 물어봤나?"

"아니에요."

잠시 침묵이 흐른 뒤 인하가 말했다.

"제비 이야기는 오래전 주왕산에서 들은 이야기인데 시간이 지날수록 선명해지네요. 말끔하게 외출 복장을 하고도 밖으로 나가지 못하는 민박집 할아버지의 모습이 지금도 잊히질 않아요. 어쩌면 지금은 돌아가셨겠네요."

잠시 후 인하가 조금은 어리둥절한 낯빛으로 용팔에게 물었다.

"그런데 제가 장 사장님께 제비 이야기를 왜 했을까요? 그걸 모르겠네요."

"글쎄. 나도 모르겠네."

용팔도 영문을 모르겠다는 낯빛이었다. 잠시 후 용팔이 환하게 웃으며 말했다.

"생각났다! 가겟세 협상 때문에 내가 집주인을 만나야 한다고 정 선생에게 말했잖아. 생각나지?"

"아아, 생각나요. '협상' 때문에 제비 이야기가 떠올랐거든요. 한참 돌아왔네요. 지금부터 제가 드리는 말씀이 장 사장님께 도움이 되실지 모르겠어요. 미국 펜실베니아 대학교 와튼 스쿨에 세계적인 협상 전문가 스튜어트 다이아몬드라는 교수가 있어요. 이름 들어보신 적 있으시죠?"

"이름은 들어봤어. 아직 책은 못 읽었고."

"저는 그의 책을 통해 중요한 협상 법칙 몇 개를 알게 됐습니다. 협상은 특별한 사람들만 하는 게 아니잖아요. 협상은 우리 일상에서 흔히 있는 일입니다. 부부 사이에도, 부모와 자식 사이에도, 친구들 사이에도 협상은 일상적인 일입니다."

"맞아. 아내와 남편 사이도 얼마나 협상을 많이 하는데. 자식 놈들하고도 만날 협상하잖아. 자식 교육엔 당근과 채찍이 필요하다는 말도 따지고 보면 협상에 대한 이야기고. 정 선생, 하던 말 계속해봐. 재밌네."

용팔은 진지한 표정을 지으며 말했다. 용팔의 말에 인하의 목소리는 더욱 고양되었다.

"스튜어트 다이아몬드 교수가 말한 협상법 중에서 제게 의미심장한 것은 두 개였어요. 그중 하나만 말씀드릴게요. 사람들은 대부분 협상하기 전에 자신이 원하는 것을 어떻게 설명할까 그것만 생각한다고 합니다. 그런데 성공적인 협상을 하려면 그것보다 우선할 것이 있었습니다. 그게 뭔지 짐작하실 수 있겠어요?"

"그게 뭘까? 모르겠는데. 닭대가리가 그걸 알겠냐?"

용팔은 큰 소리로 너털웃음을 웃었다. 용팔의 너털웃음에 주방 안에 있던 영선이 눈을 동그랗게 뜨고 고개를 빼꼼히 내밀었다. 잠시 후 인하가 말했다.

"협상에 대한 스튜어트 다이아몬드 교수의 통찰은 남달랐어요. 협상에서 중요한 것은 내가 원하는 것을 어떻게 설명할까 고민하기 전에, 상대방이 진짜로 원하는 것이 무엇인지를 먼저 알아내는 거라고 그는 말했습니다. 내가 원하는 것을 아무리 근사하게 설명해도 상대방이 원하는 것을 해주지 않으면 협상은 성사될 리 없습니다. 협상에서 가장 중요한 것 중 하나는 상대방이 진짜로 원하는 것이 무엇인지 알아내는 것이었습니다. 그것을 아는 사람은 내가 원하는 것과 상대방이 원하는 것의 평균을 제시할 수 있으니 협상을 성공시킬 가능성이 훨씬 높다는 것입니다."

인하의 말이 끝나기가 무섭게 용팔이 맞장구쳤다.

"그거 말 되네. 사람들은 협상할 때 자신이 원하는 것만 설명하느라 똥줄 타잖아."

"실제로 대부분의 사람들은 자신이 원하는 것만 이것저것 늘어놓으며 협상을 망친다고 합니다. 제비는 사람들과의 협상에서 자신이 원하는 것만 이것저것 늘어놓지 않았잖아요. 제비는 사람이 날짐승에게 진짜로 원하는 것이 무엇인지를 알아냈던 것입니다. 그래서 제비는 자신뿐 아니라 사람들에게도 유익한 평균점을 제시할 수 있었던 것입니다. 참새나 까치처럼 사람들이 애써 기른 농작물을 먹는 대신 농작물에

해를 끼치는 곤충과 벌레 들을 잡아먹으며 제비는 민가의 처마 밑에 최고로 안전한 집을 지을 수 있었던 것입니다."

"말하자면 제비는 인간하고 협상을 한 거네."

"그렇죠. 무언無言의 협상을 한 거죠. 제비는 상생과 공존의 의미를 알고 있었던 것입니다."

"제비가 생존을 위해 자신을 진화시킨 거겠지?"

"다른 새들과 차별화된 방식으로 자신을 진화시킨 거겠죠."

잠시 후 인하가 말을 이었다.

"저도 협상에 대해 잘 모르지만 제비를 비유로 말씀드리면 좋을 것 같았어요. 단순한 문장으로 인식하는 것보다 경험이나 비유, 은유나 코드로 인식하는 게 훨씬 더 구체적이고 기억에 오래 남잖아요. 마네와 모네는 동시대를 살다간 화가입니다. 마네가 여덟 살이 더 많아요. 두 사람은 이름이 비슷해 혼동하는 사람들이 많습니다. 같은 인상주의 화가지만 모네가 그린 그림과 마네가 그린 그림은 많이 다릅니다. 마네와 모네의 그림을 구분할 때 사용되는 미술계의 유명한 이야기가 있어요. 혹시 들어보셨어요?"

"아니. 못 들어봤는데. 나는 왜 이렇게 모르는 게 많냐?"

"사람이 많으면 마네의 그림이래요. 사람이 '많아'서 '마네'라는 것입니다. 모네 그림에도 사람은 나오지만 실제로 마네 그림 속에 사람들이 훨씬 더 많이 나오거든요. 저도 유튜브

방송을 통해 들은 이야긴데 한 방에 기억됐습니다."

"재밌네. 누가 생각해냈는지 기발하다. 정 선생 말이 맞아. 우리 기억 창고엔 문장보다 스토리가 훨씬 더 오래 남으니까."

"독일 건축가 미스 반 데어 로에Mies van der Rohe는 '단순한 것이 더 아름답다Less is more.'고 말했습니다. 저는 그 말에 공감합니다. 그가 말한 단순함은 단지 단순한 문장이나 단순한 이야기를 의미하는 것이 아닐 거예요. 적절한 비유나 은유나 코드로 본질적인 것을 더욱 명료하게 하는 것이 그가 말하는 단순함이라고 저는 생각했습니다. 아무튼 자연 속엔 신비가 가득한 것 같아요."

인하가 웃으며 말했다. 용팔은 감동 어린 눈빛으로 인하를 바라보며 말했다.

"정 선생, 나는 정 선생이 참 부러워. 역사면 역사, 시사면 시사, 정치면 정치, 철학에서 과학, 문학까지 정 선생은 두루두루 모르는 게 없잖아. 정 선생도 당장 소설 집필 시작해. 아 참, 내가 착각했다. 정 선생 요즘 소설 쓰고 있다고 했지?"

인하는 대답 대신 고개를 끄덕였다.

"장 사장님, 가겟세 협상은 언제예요?"

"한참 남았어. 미리 준비해서 나쁠 것 없잖아. 고마워. 정 선생."

"아닙니다."

인하는 수줍게 웃었다. 잠시 침묵이 흘렀다. 용팔은 관심도 없는 텔레비전 화면에 시선을 고정한 채 생각에 잠겼다.

인하의 말대로 자연 속엔 신비가 가득했다. 지구의 패권을 쥐었다고 우쭐거리는 인간 또한 자연일 뿐이다. 자연은 더 이상 종교가 될 수 없지만 자연 속엔 종교적 제의가 가득하다. 제비의 생존 방식에도 자연의 말씀은 있고, 제비가 낮게 날면 비가 오는 연유 속에도 자연의 말씀은 있다. 집을 짓기 위해 흙과 지푸라기를 물어 나를 때 이외에는 인간에게 오해 받기 싫어 땅에 잘 내려앉지 않는 제비의 강박적인 일상 속에도 자연의 말씀은 있고, 흙과 지푸라기를 자신의 침으로 비벼 한 조각 한 조각 정성껏 붙여나가는 제비의 집 짓는 방식에도 자연의 말씀은 있다. 겨울이 가고 삼월 삼짇날이면 어김없이 돌아왔던 제비가 더 이상 오지 않는 이유 속에도 자연의 말씀은 있다. 그래서 자연을 제2의 성서라고 말했던 것일까?

바로 그때 영선의 목소리가 크게 들렸다.

"장용팔 씨, 배달 있어요."

"어?"

용팔은 깜짝 놀라 영선을 바라보았다.

"뭘 그렇게 놀라? 배달 있다고요."

"배달? 하필 왜 지금 배달이냐? 정 선생하고 한창 재밌게 이야기하고 있는데."

영선이 웃으며 두 사람이 있는 테이블로 걸어왔다. 영선이 용팔을 향해 장난 섞인 목소리로 물었다.

"무슨 이야기가 그렇게 재밌어?"

"내가 얼른 배달 다녀와서 얘기해줄게. 정 선생, 우리 얘기 다 끝난 거지?"

"네."

"정 선생, 오늘 고마웠어."

용팔은 배달을 가기 위해 서둘러 자리에서 일어섰다. 영선이 인하를 향해 다정히 말했다.

"정 선생님, 제가 군만두 금방 구워올 테니까 드시고 가세요. 군만두는 서비스입니다."

"그거 좋은 생각이다. 정 선생, 군만두 먹고 가."

영선의 말에 용팔이 재빠르게 맞장구쳤다.

"저 오늘 짬뽕 곱빼기 먹었어요. 배불러서 더는 못 먹어요."

"여보, 그럼 포장해드려. 시간 지나면 눅눅해지겠지만 밤에 출출할 때 먹으면 꿀맛일 거야."

달뜬 용팔의 얼굴을 영선은 가만히 바라보았다. 신기하게도 용팔은 인하에게만큼은 인색하지 않았다. 인색하기는커녕 지나치게 후했다. 영선도 그 까닭을 짐작할 수 없는 바는 아니었지만 용팔에게 인하는 분명 다른 사람이었다.

"정 선생, 나 배달 갈게. 미안해. 다음에 봐."

용팔은 빠른 동작으로 배달할 음식을 철가방 안에 넣고 출입문을 빠져나갔다.

용팔은 시원한 바람을 가르며 오토바이를 몰았다. 자신도 모르게 콧노래가 나왔다. 용팔은 머릿속에 입력된 배달 주소지에 거의 이르렀을 때 오토바이를 잠시 세우고 주소가 적힌 종이를 다시 펼쳤다. 처음 배달 가는 집이었다. 아파트나 빌라 밀집 지역이 아닌 터라 집을 찾느라 애를 먹을 수 있겠다 생각했는데 주소지의 집을 쉽게 찾을 수 있었다. 배달 오토바이를 타고 수도 없이 오갔던 지역이었다. 올망졸망 서 있는 주변의 남루한 집들에 비하면 비교적 넓은 양옥집들이 여러 채 서 있는 조용한 동네로 올라갔다. 대문이 열려 있었다. 집 안에서 화들짝 웃음소리가 들려왔다. 용팔은 마당으로 들어서며 웃음소리가 들려오는 곳을 향해 소리쳤다.

"배달 왔습니다."

마루 문턱으로 한 노인이 걸어 나왔다. 웃음기가 채 가시지 않은 노인이 용팔을 향해 말했다.

"여기 놓아주세요."

용팔은 단번에 노인을 알아볼 수 있었다. 여러 날 전 음식값이 없어 쩔쩔매는 사내를 위해 기꺼이 자신의 카드를 내밀었던 노인이었다. 용팔은 조금은 어색한 목소리로 노인을 향해 말했다.

"여기 사시는군요."

"네. 여기 산 지 오래됐어요."

그때 방 안에서 주인집 여자가 하품을 하며 걸어 나왔다.

"아버님, 제가 할게요. 빨리도 왔네요."

"아니다, 내가 하면 돼. 자다 말고 왜 나왔어?"

"저 안 잤어요. 제가 할 테니까 아버님은 그냥 계세요."

마루 위에 배달 음식을 재빠르게 꺼내놓으며 용팔이 말했다.

"빈 그릇은 문 앞에 놓아주시면 저녁에 가져가겠습니다."

"네, 그렇게 하겠습니다. 고맙습니다. 안녕히 가세요."

"감사합니다. 맛있게 드세요."

용팔은 노인에게 어정쩡하게 고개인사를 하고 서둘러 그 집 마당을 걸어 나왔다. 등 뒤로 노인의 달뜬 목소리가 들려왔다.

"얘들아, 어서 이리 와. 따끈할 때 먹자. 아주 맛나겠구나."

용팔은 놀란 눈빛으로 고개를 갸웃거리며 오토바이 시동을 걸었다. 마음씨 좋은 노인을 그 집에서 만난 것도 의외였지만 굳이 보고 싶지 않은 인혜와 인석이가 그 집에 살고 있다는 것이 더욱 의외였다. 용팔은 자신에게 인사를 하려고 눈을 맞추려는 아이들을 끝끝내 모른 척 외면한 것이 조금은 마음에 걸렸다. 그렇다고 아이들과 억지로 인사를 나누고 싶지도 않았다.

　용팔은 오토바이 시동을 걸기 전 윗주머니에 있는 스프링 수첩과 볼펜을 꺼냈다. 용팔은 불현듯 다가온 문장을 그 자리에 선 채로 수첩 위에 써내려갔다.

　　서울 가서 지하철을 탔을 때 칸을 옮긴 적이 있다. 내가 유난히 싫어하는 향수 냄새 때문이다. 얼마 전 지인으로부터 향수를 선물 받았다. 자신이 가장 좋아하는 향수라고 그는 말했다. 버릴 수도 없는 그 향수를 나는 한 번도 사용한 적이 없다. 먼지 뽀얗게 내려앉은 향수를 바라볼 때마다 허수아비 팔뚝 위에 내려앉은 참새가 보였다.

　　그 무엇도 확신하지 말자. 노랑과 빨강의 경계에 서면 주황을 만난다. 파랑과 노랑의 경계에 서면 초록을 만난다. 경계에 서면 보이는 것이 있다. 경계에 서야 보이는 것이 있다.

　용팔은 스프링 수첩과 볼펜을 윗주머니에 다시 넣고 오토바이 시동을 걸었다. 탈탈거리는 오토바이를 타고 집으로 오는 내내 용팔은 노래를 흥얼거렸다. 배달 간 집에서 우연히 마음씨 좋은 노인을 만났다고, 그 집에 인혜와 인석이가 함께 살고 있었다고 영선에게 말하고 싶진 않았다.

6

용팔이 심각한 표정을 지으며 영선에게 물었다.

"당신도 KDI라고 들어봤지?"

"들어봤지. 가끔 뉴스에서 들었는데 KDI가 뭐 하는 곳이야?"

"한국을 발전시키기 위한 씽크 탱크Think Tank야."

"씽크 탱크가 뭔데? 탱크 이름은 아니지?"

영선이 웃으며 농담조로 물었다.

"설마 탱크 이름이겠냐? 씽크 탱크를 우리말로 번역하면 '지식집단'쯤 되겠다. 아무튼 한국을 발전시키기 위해 각 분야의 전문가들이 모여 아이디어를 만드는 곳이 KDI야. 우리말로 '한국개발연구원'이고. 아무튼 KDI는 신뢰할 수 있는 기관이야. 오영선, 내가 골 때리는 이야기 해줄까?"

"뭐가 골 때리는데?"

"'한국개발연구원'에서 한국, 미국, 중국, 일본 4개국 대학생 1,000명에게 설문조사를 했는데 그 결과가 아주 골 때려. 질문 내용은 '당신은 고등학교 시절을 어떤 곳으로 기억하는가?'였어. '나의 고등학교 시절은 사활을 건 전쟁터였다.'고 대답한 미국 대학생은 40.4퍼센트였고, 중국 대학생은 41.8퍼센트였어. '나의 고등학교 시절은 사활을 건 전쟁터였다.'고 대답한 한국 대학생은 몇 퍼센트였을 것 같아?"

"뻔하지. 어마어마하게 많았겠지. 몇 퍼센트야?"

"80.8퍼센트야. 한국 대학생 100명 중 81명이 자신의 고등학교 시절을 목숨 걸고 싸운 전쟁터라고 말한 거잖아. 애들이 사회로 진출하면 사회를 뭐로 보겠냐?"

"전쟁터로 보겠지."

"당연하지. 전쟁터로 볼 수밖에 없잖아. 경쟁자는 무조건 때려눕혀야 할 적으로 보일 텐데 그들이 서로 연대하고 협력할 수 있겠어? 생각해봐. 기업이 아무리 협동을 강조하고 소통을 강조하면 뭐 해? 스무 살이 될 때까지 전쟁터에 있던 청년들이 기업에 들어온다고 서로 협동하고 소통할 수 있겠어? 서로 물어뜯지 않으면 다행이지."

용팔은 비장한 표정으로 말했다. 영선도 사뭇 진지한 표정으로 맞장구쳤다.

"하여간에 그놈의 대학 입시가 문제야. 우리나라도 유럽처럼 대학 입시가 없어져야 돼."

"바로 그거야. 유럽 대부분의 나라에 대학 입시 같은 거 없어. 우리보다 인구가 많은 독일, 프랑스도 대학 입시 없고. 프랑스도 우리나라처럼 대학 서열이 있었는데 대학생들과 고등학생들이 거리로 나가 시위하면서 대학 서열 구조를 붕괴시켰거든. 시험 성적으로만 평가된 엘리트 대학의 순위를 가지고 자신들의 능력을 평가하지 말라고 고등학생들이 시위를 한 거야."

"고등학생들이?"

"그렇다니까."

"대단하네."

"선거권을 가진 아이들도 있는데 못 할 게 뭐가 있어?"

"우리나라도 독일이나 프랑스처럼 될 수 있을까?"

영선이 고개를 갸웃거리며 물었다.

"독일이나 프랑스에서 가능했던 것이니까 우리에게도 가능한 거잖아. 우리나라 경제력이 세계 10위야. 우리가 유럽보다 못할 게 없어. 오직 미국만 '글로벌 스탠더드global standard'라고 착각하고 주야장창 미국 뒤꽁무니만 따라가다가 우리가 이 꼴 된 거야. 미국은 배울 게 많은 나라야. 우리나라를 가장 많이 도와준 나라이기도 하고. 하지만 무조건 미국만 따라가면 되냐? 배울 건 배우고 버릴 건 버리고, 시야를 더 넓게 봐야지. 내가 놀란 건 일본 대학생의 설문조사 결과야."

"어떻게 나왔는데?"

영선이 호기심 가득한 눈빛으로 물었다.

"일본 대학생 중에 자신의 고등학교 시절을 전쟁터라고 말한 사람은 고작 13.8퍼센트였어. 일본 대학생 중 75.7퍼센트가 자신의 고등학교 시절을 '함께하는 광장'이었다고 대답했다는 거야. 놀랍지 않아?"

"그러게. 뜻밖이네. 일본 사람들의 행복지수가 우리보다 높은 이유가 있었구나."

"우리도 언젠가는 바뀔 거야. 지금도 여기저기에서 대학입시를 폐지하자는 목소리가 들리고 있어. 교육혁신을 위해 지금껏 많은 사람들이 노력했지만 지금처럼 대학 입시가 존재하고 대학 서열화가 존재하는 한 근본적인 교육혁신은 어려워. 생각해봐. 네이버나 구글 검색하면 다 나오는 지식의 파편들이나 가르치려고 학교가 있고 교사가 있는 건 아니잖아. 대학 입시가 없어지면 교실에서 진짜 교육이 이루어질 수 있어. 학생들에게 가르쳐야 할 건 경쟁지상주의가 아냐. 부당한 억압을 비판할 수 있는 힘을 가르쳐야 하고, 약자를 배려할 수 있는 감수성을 길러줘야 돼. 무엇보다도 대한민국의 학교는 학생 한 명 한 명이 강한 자아를 가진 자존감 높은 아이가 될 수 있도록 교육의 방향을 대전환해야 돼. 학교는 그런 사람들을 길러내는 곳이잖아. 차기 대통령을 뽑는 다음

대선이나 아니면 그다음 대선 땐 '대학 입시 폐지'나 '대학 서열화 폐지' 같은 대선 공약을 정면으로 들고 나오는 후보가 있을 거라고 말하는 사람들이 많아."

용팔이 확신에 찬 목소리로 말했다.

"그게 현실적으로 가능해?"

"그럼. 가능하지. 내가 말한 게 유럽 대부분 나라에선 이미 현실이야. 대학 입시 없고 대학 서열화 없는데도 유럽은 여러 면에서 세계 최고잖아. 안 그래?"

"그거야 그렇지만. 우리 현실은 유럽과 다르잖아."

영선이 맥없이 말했다. 답답하다는 표정을 지으며 용팔이 말했다.

"인간 문명의 대부분은 불가능했던 것을 가능한 것으로 바꾼 역사잖아. 비행기, 자동차, 컴퓨터, 스마트폰도 오래전엔 상상도 못 했던 것들이었어. '그게 현실적으로 가능해?'라고만 묻는 현실주의자들은 세상을 못 바꿔. 돈키호테처럼 엉뚱한 놈들이 세상을 바꾼다고. 세르반테스가 허구한 날 좌충우돌이나 하고 무모한 짓거리나 하는 정신이상자 돈키호테를 괜히 소설 주인공으로 썼겠어? 세르반테스는 돈키호테를 통해 난공불락의 거대한 벽이 눈앞에 있어도 누군가는 돈키호테처럼 무모하게 도전해야 한다는 메시지를 던진 거야. 철옹성 같은 난공불락의 거대한 벽을 향해 누군가는 돌멩이를 자꾸 던져야 돼. 던지고 또 던지다 보면 아무리 거대한 벽도 서서히 금이 가거든. 우리나라 사람들이 마음만 먹으면 못 하는 게 없잖아."

"어느 세월에? 공부 못하는 우리 동현이 생각하면 나는 잠이 안 와."

영선은 한숨을 내쉬며 말했다. 잠시 후 영선은 활짝 열린 주방 뒷문을 바라보았다. 산수유나무 숲에서 함박눈을 맞으며 뒹굴고 있는 고양이들을 바라보며 영선이 말했다.

"눈 참 예쁘게 내린다. 여보, 쟤들 좀 봐. 저놈들도 눈 내려서 좋은가 보네."

"고양이는 겨울 싫어해. 쟤네들 조상이 사막에서 살았거든. 고양이들이 왜 자동차 밑으로 뻔질나게 기어들어가는 줄 알아?"

용팔의 물음이 끝나자마자 영선이 호들갑스럽게 말했다.

"내가 당신한테 말하지 않았나? 지난번에 손님이 타고 온 자동차 밑으로 저놈들이 겁 없이 기어들어가더라고. 깜짝 놀랐어. 왜 그러는 거야? 이유가 있어?"

"이유가 있어. 자동차 시동 꺼지면 엔진이 뜨겁잖아. 엔진 열기 아래서 고양이가 사우나 하려고 기어들어가는 거야. 엔진 아래가 고양이에겐 찜질방이야. 고양이들은 자기 조상을 닮아 뜨거운 곳을 좋아해."

"그렇구나. 몰랐네."

영선이 가만가만 고개를 끄덕이며 말했다. 용팔은 윗주머니 속에 있는 스프링 수첩과 볼펜을 서둘러 꺼냈다. 불현듯 떠오른 문장이 기억의 저편으로 사라지기 전에 써놓아야 했다. 용팔은 자리에 선 채로 빠르게 써내려갔다.

1980년대의 불평등과 2020년대의 불평등은 엄연히 다르다. 고전평론가 고미숙 선생의 말에 의하면 1980년대는 가난한 사람들과 부자들의 꿈이 달랐지만 2020년대는 가난한 사람들과 부자들의 꿈이 같다. 2020년을 살아가는 사람들은 가난한 사람이든 부자이든 좋은 집과 좋은 차, 명품과 맛있는 음식 그리고 낭만적인 여행을 꿈꾼다. 함께 잘 사는 세상을 만들기 위해 시위했던 1980년대의 청년들이 2020년엔 없다. 도시엔 아파트 투기꾼들만 가득하다. 사회 변혁의 불씨가 없는 2020년의 불평등은 갈수록 심화될 것이다.

용팔은 그렇게 쓰고 나서 스프링 수첩과 볼펜을 윗주머니 속에 다시 넣었다. 영선이 용팔에게 물었다.

"길게 쓰네. 오늘은 뭐 쓴 거야?"

"갑자기 생각난 게 있어서."

"소설 속에 넣을 거야?"

"아직 모르지. 들어갈 수도 있고 안 들어갈 수도 있어. 언젠가는 긴요하게 쓰이겠지. 아님 말고. 아무튼 수첩에 써놓지 않으면 대가리 나빠서 금방 까먹어."

"당신 대가리 나쁘지 않아. 아는 게 그렇게 많은데 대가리 나쁘겠어? 대가린 내가 나쁘지. 우리 애들이 내 대가리 닮으면 안 되는데."

"대가리 타령 그만하고 가게 문 닫을까? 손님 올 리 없잖아."

"문 닫으려면 아직 30분이나 남았어. 왜? 어디 아파?"

"아프긴 내가 왜 아파. 그냥 답답해서 옥상에라도 올라가 보려고."

"옥상에 눈 쌓였을 텐데 자빠지면 어쩌려고? 위험해. 오늘은 옥상에 올라가지 마."

영선은 고개를 절레절레 저었다.

"날이 이렇게 푹한데 눈이 왜 쌓여? 밖을 봐. 눈 다 녹았잖아."

"그럼 올라가시든지."

용팔은 서둘러 주방 뒷문으로 나갔다. 눈을 맞으며 까불대는 고양이들이 한눈에 들어왔다. 용팔은 녹슨 철 계단을 올랐다. 이따금씩 불어오는 바람에 눈송이들은 이리저리 휘몰아쳤다. 용팔은 옥탑방 지붕 위로 오르기 위해 나무 사다리를 세웠다.

옥탑방 지붕 위에서 바라본 어둠 내린 마을은 온통 눈송이로 가득했다. 눈앞에 보이는 남한강의 불빛 속으로 눈송이들은 음표처럼 고요히 내리고 있었다.

7

고래반점 출입문을 활짝 열고 동현이 성큼성큼 들어왔다. 주방에 있던 용팔이 음식 출구로 얼굴을 빼꼼히 내밀며 동현에게 말했다.

"동현아, 오늘 바쁘냐?"

"왜?"

"바쁜 일 없으면 이따가 아빠하고 얘기 좀 하자."

"무슨 얘기?"

"그냥. 재밌는 얘기하자고."

"언제 하자고?"

"장동현, 말 좀 무뚝뚝하게 하지 마라. 너는 누굴 닮아 그렇게 무뚝뚝하니?"

용팔의 말이 끝나기가 무섭게 계산대에 앉아 있던 영선이 거들었다.

"동현이가 나 닮아서 무뚝뚝하겠어? 장용팔 당신 닮아 무뚝뚝한 거지. 말은 바로 하자."

용팔은 활짝 웃으며 동현에게 물었다.

"동현아, 너 누구 닮아서 무뚝뚝한 거니?"

"엄마."

동현은 1초의 고민도 없이 대답했다. 용팔은 고소하다는 표정을 지으며 영선을 향해 웃어 보였다. 영선은 풀죽은 얼굴로 어이없다는 듯 용팔과 동현의 얼굴을 번갈아 바라보았다.

"동현아, 아빠 설거지 10분이면 끝나. 지금 9시니까 9시 10분에 나오면 되겠다."

"알았어."

동현은 여전히 무뚝뚝하게 말하고 자신의 방으로 들어갔다.

잠시 후 용팔이 앞치마에 손을 닦으며 나왔다. 영선이 용팔에게 물었다.

"당신 보기에도 내가 아이들한테 무뚝뚝해?"

"응."

"정말?"

"정말이라니까. 당신만 모르는 거야."

"아닌데. 나는 애들한테 살갑게 대한다고 대하는데."

"똥빼에겐 살갑지. 동현이에겐 무뚝뚝하고."

"똥빼는 아직 초등학생이잖아. 동현이는 고등학생이고. 어떻게 똑같이 대해?"

"아무리 그렇다 해도 무뚝뚝하다는 소린 듣지 말아야지. 안 그래?"

용팔의 물음에 영선은 아무런 대답도 하지 않았다. 용팔이 영선에게 다정히 말했다.

"좀 있으면 동현이 나올 텐데 당신은 방에 들어가 있으면 안 돼?"

"왜? 내가 들으면 안 되는 이야기야?"

"그건 아닌데. 동현이하고 둘이서만 이야기하고 싶어서."

바로 그때 반바지 차림의 동현이가 걸어 나왔다.

"안 춥냐?"

"응."

"젊음이 좋다. 허긴 동현이 네 나이 땐 아빠도 그랬어. 한겨울에도 빤쓰만 입고 다녔거든."

"동현아, 속지 마. 아빠 뻥까는 거야."

"뻥 아니라니까?"

"한겨울에도 빤쓰만 입고 다니면 그게 또라이지, 정상적인 인간이냐? 뻥깔 걸 뻥까야지."

영선이 지청구하듯 용팔에게 말했다. 그런 영선을 향해 동현이 말했다.

"타잔……. 타잔은 항상 빤쓰만 입고 다니잖아. 아 참, 타잔 사는 곳엔 겨울이 없나?"

영선은 동현의 말에 아무런 대꾸도 하지 않고 빙긋이 웃으며 방을 향해 걸어갔다. 잠시 후 용팔이 동현에게 말했다.

"저녁은 먹었냐?"

"응."

"군만두라도 만들어줄까?"

"아니. 됐어."

"금방 만들어. 먹고 싶으면 말해."

"나중에 먹고 싶으면 말할게."

동현은 시무룩한 얼굴이었다.

"동현이 너 요즘 힘든 일 있니? 많이 지쳐 보여서."

"아니. 없어."

"힘든 일 있으면 아빠한테 말해. 엄마한테 용돈은 받겠지만 용돈 더 필요하면 아빠한테 살짝 말해. 언제든 줄 테니까. 세종대왕이 재배한 푸른 배추는 맛이 없어. 이율곡 어머니가 고춧가루 송송 뿌려 겉절이 한 배추가 최고야. 뭐니 뭐니 해도 머니가 최고 아니냐. 그치?"

용팔은 흡족한 얼굴로 너털웃음을 웃었다. 성공적인 개그라고 생각했기 때문이다.

"장동현, 안 웃기냐?"

"응. 전혀 안 웃겨."

용팔은 김빠진 얼굴로 동현을 잠시 바라보았다. 용팔이 빙긋이 웃으며 조심스럽게 물었다.

"동현이 너 좋아하는 여자 있다면서?"

"누가 그래?"

"누가 그러긴 누가 그러겠니? 척 보면 알지. 네 얼굴에 쓰여 있어."

"엄마한테 들었지?"

"아니."

"엄마는 왜 남의 편지를 읽어?"

동현은 못마땅하다는 표정을 지으며 말했다.

"엄마가 정말 네 편지 읽었어?"

"응."

"그 편지 아빠도 읽었어."

"허락도 없이 남의 편지 몰래 읽으면 안 되잖아."

"그렇지. 몰래 읽으면 안 되지."

"근데 왜 읽었어?"

"방바닥에 있어서 그냥 읽었어. 재밌더라. 아무튼 미안하다. 다음부터 연애편지는 아무도 볼 수 없게 더 깊은 곳에 짱박아라. 똥빼도 네 편지 읽을 뻔했어. 내가 못 보게 했거든. 잘했지?"

동현은 어이없다는 표정으로 용팔을 바라보았다. 잠시 후 용팔이 말했다.

"동현아, 서연이 좋아하니?"

"그런 거 아냐."

"솔직히 말해. 네 편지 다 읽었다니까. 너, 서연이 좋아하지?"

"그런 거 아니라니까."

"네가 서연이 좋아하는 거 서연이도 알고 있니?"

동현은 용팔의 물음에 더 이상 아무 대답도 하지 않았다.

"동현아, 서연이 착하지?"

동현은 말없이 고개만 끄덕였다. 용팔이 다정한 목소리로 말했다.

"서연이가 초등학교 때도 너하고 같은 반이었던 것 같은데. 맞지? 네 생일이었던가? 우리 가게에도 왔었잖아. 아빠가 짜장면도 해주고 탕수육도 해주고 군만두도 해줬잖아. 서연이 그때도 착했어. 얼굴도 예쁘고 예의도 바르고. 서연이도 키 많이 컸겠다. 그치?"

"응."

"혹시 너보다 크냐? 너보다 작지?"

"내가 훨씬 더 크지."

동현의 얼굴은 조금 전보다 편안해졌다.

"서연이 지금도 예쁘지?"

"응."

"서연이하고 가끔씩 말도 해?"

"같은 반이니까."

"사귀자고 해봤어?"

"아니."

"왜? 사귀자고 해봐."

"싫어. 아직 그럴 때가 아냐."

"짝사랑이 더 좋아? 잘못하면 스토커 되는 거야."

용팔은 장난스럽게 그렇게 말하고 나서 다시 말을 이었다.

"동현아, 짝사랑은 마음 아파. 서연이한테 사귀자고 말해
봐. 내가 아빠라서 하는 말이 아니라, 너 잘생겼어. 키도 크고
덩치도 좋고 운동도 잘하고 게다가 태권도 3단이니까 싸움까
지 잘하잖아. 너만큼 책 많이 읽은 아이들이 몇 명이나 있겠
냐? 공부를 못해서 그렇지. 공부를 못해도 이만저만 못하냐?"

용팔은 어리둥절한 표정을 지으며 말했다. 동현에게 희망
을 주고 싶어 말한 건지, 절망을 주고 싶어 말한 건지 용팔 스
스로도 헷갈렸다. 동현의 표정은 금세 불편해졌다.

"동현아, 무조건 땅 파서 씨앗 심는다고 새싹 나오는 거 아
냐. 씨앗을 심을 땐 보통의 경우 씨앗 크기의 1.5배 정도 흙
을 덮어줘야 해. 씨앗 심을 때도 요령이 있는 것처럼 공부도
요령이 있을 거야. 공부도 잘하고 마음씨도 좋은 친구들한테

공부 요령 좀 물어봐. 무조건 땅만 파지 말고……. 꿩 잡는 게 매라고 영어는 영어대로 수학은 수학대로 성적을 올리는 공부법이 있을 거야."

동현은 여전히 불편한 표정을 짓고 있었다. 동현을 달래듯 용팔이 다시 말했다.

"동현아, 1등 못 할 바엔 꼴찌도 괜찮지 않겠냐? 공부 잘하는 아이들 들러리 서다가 낙동강 오리알 신세 되는 아이들 너무 많잖아. 우리나라에서 공부로 성공하는 애들이 몇이나 있겠냐? 500명 중에 1명 정도 공부로 성공한다더라. 네 할아버지는 칼갈이였다. 이 집 저 집 다니면서 칼 갈아주는 사람 알지? 할아버지 손만 닿으면 칼날이 시퍼렇게 변했어. 눈 내리는 날이면 눈 내리는 풍경이 칼날 속에 보일 정도였으니까. 무엇이든 끈질기게 하나만 제대로 하면 돼. 근데 서연이는 공부 잘하지? 초등학교 때도 잘했잖아."

"1등이야."

"우와! 너희 반에서 서연이가 1등이야? 대단하네."

"전교 1등."

"전교 1등? 정말?"

놀란 용팔의 눈이 더욱 커졌다. 반 1등과 전교 1등은 차원이 다른 등수였다. 순간 용팔의 마음 깊은 곳이 찌르르 아파 왔다. 동현이가 서연이를 짝사랑 하는 이유를 알 것 같았다.

동현이가 다가가기엔 서연이가 너무 먼 곳에 있다는 생각이 들었다. 고등학교 졸업과 동시에 그 거리는 더욱 아득해질 것이 뻔했다. 대한민국은 분명 그런 곳이었다. 더욱이 동현이가 좋아하는 서연이 아버지는 고래반점 건물주인 최대출 대표였다. 옛날로 말하면 최대출 대표는 땅을 소유한 지주고 자신은 지주의 땅을 부쳐 먹는 소작농인 셈이다. 그는 고래반점의 건물 말고도 주변에 여러 채의 크고 작은 건물을 가진 재력가였다. 서울 강남에서 여러 개의 룸살롱을 직접 경영한다는 소문도 파다했다. 외제 승용차를 타고 다니며 거들먹거리는 최대출에게 서연이처럼 예쁘고 착한 딸이 있다는 것이 용팔은 왠지 믿어지지 않았다.

용팔은 윗주머니에 있는 스프링 수첩과 볼펜을 꺼냈다. 단순한 다짐이 아니기를 바라며 용팔은 수첩에 적었다.

마음을 비웠다고 사람들은 말한다. 정말로 마음을 비웠다면 그렇게 말할까? 참는 사람은 지혜로운 사람이다. 참을 때 참고 분노할 때 분노하는 사람은 더욱 지혜로운 사람이다.

"인간은 인간일 뿐 인간을 넘어설 수 없습니다."

개같이 사는 놈들이 잘하는 말이다.

8

수업이 끝날 무렵 담임이 말했다.

"이번 수행평가는 인간의 직관에 대한 실험이다. 인간의 직관이 얼마나 형편없는지 실험을 통해 깨닫기 바란다. 『마이어스의 심리학개론』에 재밌는 질문이 나와. 잘 들어봐. 종이 한 장을 반씩 100회 접는다고 상상해보라. 그 두께는 대략 얼마나 되겠는가?"

담임의 물음에 아이들은 묵묵부답이었다. 잠시 후 담임이 말했다.

"종이를 100번 접은 뒤 종이의 두께를 재는 게 이번 수행평가 과제다. 마이어스의 심리학개론엔 조금 전 내가 던진 질문에 대한 답도 나와 있어. 종이의 두께가 0.1밀리미터라고 할 때, 100번 접은 후의 두께는 지구와 태양 간의 거리(약 1억 킬로미터)의 8조 배나 된다(Gilovich, 1991). 이게 답이야. 이 말을 믿을 수 있겠냐?"

담임은 믿을 수 없다는 표정으로 아이들을 바라보았다. 아이들도 믿을 수 없다는 표정으로 담임을 바라보았다. 잠시 후 담임이 말했다.

"엉터리 답인지 아닌지 너희들이 실험해보면 알게 될 거야. 11명씩 두 개 조로 나눠 실험하고, 다음 주 이 시간에 조별로 실험 결과를 발표해라. 『마이어스의 심리학개론』에 엉터리 답이 있을 리 없다. 수업 끝!"

담임은 수행할 수 없는 수행평가 과제를 불쑥 던지고 유유히 교실 문을 빠져나갔다.

일요일 아침, 11명의 조원이 학교 운동장에 모였다. 동현과 서연은 같은 조였다. 조원들은 각자에게 할당된 신문을 가져와 운동장 한쪽에 수북이 쌓아놓았다. 신문지를 펼쳐 나른 뒤에는 운동장 바닥에 앉아 신문지를 테이프로 꼼꼼히 이어 붙였다. 오전 내내 이어 붙인 신문의 크기는 운동장 10분의 1 크기를 넘고 있었다. 신문을 테이프로 이어 붙이며 동현이 서연에게 말했다.

"종이를 100번 접으려면 얼마나 큰 종이가 필요할까?"

"우리 학교 운동장 10배만 한 종이가 있어도 100번 접는 건 불가능해."

서연은 확신에 찬 목소리로 말했다. 잠시 후 서연이 다시 말했다.

"0.1밀리미터인 종이를 100번 접으면 그 두께가 지구와 태양 간의 거리인 1억 킬로미터의 8조 배나 된다는 거, 사실이야. 내가 계산해봤어."

동현은 믿을 수 없다는 듯 서연을 바라보았다. 서연은 가방에서 여러 장의 종이를 꺼냈다. 빼곡히 숫자가 적힌 종이를 보며 서연이 말했다.

"1밀리미터 두께의 종이를 반으로 한 번 접으면 두께는 2밀리미터야. 두 번 접으면 4밀리미터고, 20번 접으면 500미터가 넘어. 30번 접으면 종이 두께는 500킬로미터가 넘고, 40번 접으면 50만 킬로미터가 넘어. 48번 접으면 1억 4,000킬로미터야. 지구와 태양 간의 거리와 비슷해. 50번 접으면 그 두께가 5억 킬로미터가 넘어. 계산기로 얻은 수치야. 종이를 100번 접으면 얼마나 될까?"

서연은 웃으며 말했다. 종이를 1,000번 접어 안드로메다를 1,000번 오간다 해도 동현은 놀랍지 않았다. 가닿을 수 없는 마음보다 더 먼 거리는 없다고 동현은 생각했다. 마음 깊은 곳에 할 말은 가득했지만 동현은 별처럼 침묵했다. 먼 곳에서 정태 목소리가 들렸다.

"와아! 비 온다."

동현은 얼른 하늘을 바라봤다. 비구름이 몰려오고 있었다.

9

한 떼의 손님들이 빠져나간 고래반점은 한산했다. 용팔은 계산대에 앉아 눈을 지그시 감고 귓구멍을 파고 있었다. 그때 문밖에서 남자아이의 노랫소리가 나지막이 들려왔다.

용팔은 고개를 돌려 출입문 유리 밖을 이리저리 주의 깊게 살폈다. 계속되는 노랫소리에 용팔은 출입문을 열고 밖으로 나갔다. 용팔이 나가자마자 노랫소리가 멈췄다. 용팔의 얼굴이 험상궂게 변했다.

"누가 남의 영업집 앞에서 시끄럽게 노래를 불러! 어떤 자식이야!"

고래반점 오른편 담벼락 아래 앉아 있던 인혜와 인석이 뜨악한 표정을 지으며 용팔을 바라보았다. 용팔이 눈을 부라리며 아이들을 향해 물었다.

"너희들 며칠 전에 우리 가게에 왔던 아이들 맞지?"

"……."

인혜와 인석은 말없이 가만가만 고개를 끄덕였다. 용팔의 얼굴이 일그러졌다. 인혜가 다급히 인석을 향해 말했다.

"인석아, 누나가 노래하지 말라고 했잖아."

"알았어. 안 할게. 누나."

인석은 잔뜩 풀죽은 얼굴로 말했다. 용팔이 아이들을 노려보며 물었다.

"그런데 너희들 왜 또 왔냐? 여기가 너희 집 안방인 줄 알아? 시끄러우니까 노래하고 싶으면 다른 데 가서 해. 알았어?"

"……네. 인석아, 빨리 가자."

인혜는 다급히 인석의 손을 끌며 말했다. 바로 그때 영선이 깜짝 놀란 눈빛으로 출입문 밖으로 걸어 나왔다.

"어머! 너희들 왔구나! 노랫소리가 인석이 같았어. 혹시나 해서 나와봤는데 내 느낌이 맞았구나!"

영선은 환한 얼굴로 인혜와 인석의 손을 잡고 말했다. 인혜와 인석은 난감한 표정을 지으며 영선과 용팔의 얼굴을 번갈아 바라보았다.

"여기까지 왔으면서 빨리 들어오지 않고 왜 이러고들 있었어? 어서 들어가자. 아줌마가 짜장면 맛있게 만들어줄게."

영선은 다정히 아이들 손을 잡고 말했다. 용팔이 어이없다는 표정을 지으며 영선에게 말했다.

"얼러리요? 이 아줌마가 완전히 정신 나갔구만."

용팔의 말에 영선이 마뜩잖은 표정을 지으며 말했다.

"당신은 빠져요! 아이 키우는 아빠라는 사람이 어쩌면 저렇게 인정머리가 없을까."

"나 인정머리 없는 거 이제 알았어?"

용팔의 말에 영선은 아무런 대꾸도 하지 않은 채 아이들 손을 잡고 고래반점 안으로 들어갔다. 용팔은 출입문 밖에 서서 고래반점 안쪽을 향해 큰 소리로 혼잣말을 했다.

"인정머리가 밥 먹여준대? 우리가 힘들게 살 때 누가 와서 따뜻한 밥 한 끼 사준 적 있냐고? 그리고 말이지, 솔직히 말해서 나는 뱃속에 능구렁이 감추고 있는 애들 싫거든. 짜장면 먹고 싶으면 용기 있게 안으로 들어와서 달라고 하면 되지 왜 문밖에서 노래는 불러? 엄마 아빠도 없는 놈이 왜 어울리지 않게 〈즐거운 나의 집〉 같은 노래를 부르냐고? 지가 부를 노래는 아니잖아. 내 참 기가 막혀서……"

용팔의 말이 끝나기가 무섭게 영선이 가게 문을 지긋이 열고 고개를 내밀었다. 영선은 두 눈에 쌍불을 켜고 낮고 단호하게 말했다.

"그만해라! 애들 다 듣는다!"

영선은 용팔을 향해 으름장을 놓고 곧바로 출입문을 닫았다. 용팔은 어이없다는 듯 허탈하게 웃었다. 아무래도 분이 가라앉지 않았다. 용팔이 식식거리고 있을 때 담벼락에 쓰여 있는 커다란 낙서가 용팔의 눈에 들어왔다. 용팔의 눈이 금세 휘둥그레졌다. 담벼락엔 진한 색으로 '짜장면 존나 맛없는 집'이라고 크게 쓰여 있었다. 용팔의 두 눈에 불꽃이 일렁였다.

"이런 뜨벌! 어떤 개새끼야!"

용팔은 주변을 둘러보았지만 아무도 보이지 않았다.

"어떤 새끼인지 하여간에 걸리기만 해봐라."

용팔은 어금니를 깨물며 담벼락의 낙서를 손바닥으로 문질렀다. 크레파스로 쓰여 있는 낙서가 지워질 리 없었다. 용팔은 죽상이 되었다. 바로 그때 담벼락 멀찍이 쓰여 있는 또 다른 낙서가 용팔의 눈에 들어왔다.

"이건 또 뭐야? 송사리반점? 도대체 어떤 새끼야? 한두 번도 아니고 말이야. 하여간에 이 새끼들 잡히기만 해봐라. 손모가지를 부러뜨릴 테니까. 개새끼들!"

용팔은 한 손으로 뒷목을 붙잡고 고래반점 안으로 들어갔다.

용팔은 주방 안에 있는 영선을 향해 소리쳤다.

"당신, 지난번에 그놈들 봤다고 했지?"

"어떤 놈들?"

영선은 인혜와 인석에게 줄 짜장면을 양손에 들고 주방 밖으로 걸어 나오며 물었다.

"지난번에 우리 집 담벼락에 낙서하고 도망간 놈들 말이야. 아무래도 그놈들이 우리 화분도 부순 것 같아. 당신이 그놈들 봤다고 했잖아? 기억 안 나?"

"뒤통수만 봤는데 어떻게 얼굴을 봐. 도망치는 놈들이 자기 얼굴 보여주며 도망치나. 왜, 이번에도 '짜장면 맛없는 집'이라고 써놨어?"

"아니. 더 심각해. 이 새끼들 잡히면 그냥 안 둘 거야."

"뭐라고 써놨는데?"

"'짜장면 존나 맛없는 집.' 크레파스로 대빵 크게 써놨어. 그것도 빨간색으로……. 그게 다가 아니야. 이번엔 '송사리반점'이라고도 써놨어. 하여간에 이 새끼들 잡히기만 해봐라."

용팔은 분이 가라앉지 않은 듯 식식거리며 말했다.

"그놈들 아주 고얀 놈들이네. 낙서를 하려면 지워지는 걸로나 해놓든지."

영선은 용팔을 위로하듯 말했다. 잠시 후 용팔이 다시 식식거리며 말했다.

"지난번에도 그놈들이 써놓은 낙서 지우다가 어깨 빠지는 줄 알았다니까. 아무리 솔질을 해도 도무지 지워지질 않는 거야. 하여간에 이 새끼들 잡히기만 해봐. 가만두지 않을 테니까. 근데 이 쥐똥만 한 놈들을 무슨 방법으로 잡지?"

"그놈들을 어떻게 잡아. 쥐똥만 한 놈들이지만 당신하고 달리기 시합하면 당신이 질걸. 쥐똥이 아니라 고양이야, 고양이……. 고양이처럼 왔다가 고양이처럼 도망치는 놈들을 당신이 무슨 수로 잡아."

잠자코 영선의 말을 듣고 있던 용팔이 영선을 노려보며 소리쳤다.

"근데 이 사람이. 당신 지금 불난 집에 부채질하는 거야?"

"아니. 그런 건 아니고. 몰래 와서 낙서하는 놈들을 어떻게 잡느냐는 이야기야. 내 말은……."

영선이 조심스럽게 꼬리를 내리며 말을 이었다.

"낙서가 보기 싫어도 그냥 놔둬봐. 당신이 만날 죽상을 하고 지우니까 그 애들은 그게 재밌어서 계속 낙서하는 건지도 모르잖아. 당신이 낑낑거리며 낙서 지우는 모습을 그놈들이 멀리서 본다면 얼마나 재밌겠어? 낙서하면 지워놓고, 낙서하면 또 지워놓고 하니까 그놈들은 계속 낙서하고 싶지 않겠어? 그놈들이 낙서하다가 지칠 때까지 지우지 말아봐."

"우리 집에 오는 손님들한테 그런 찌질한 낙서 보여주고 싶냐? 쪽팔리게……. '짜장면 존나 맛없는 집'이란 낙서 보면 나도 그 집 짜장면은 안 먹겠다."

"누가 봐도 아이들이 한 낙서라는 거 금방 알 수 있을 텐데 뭘……. 안 그러냐, 인혜야?"

영선은 짜장면을 먹고 있는 인혜의 등을 다정히 쓸어내리며 말했다. 용팔은 어이없다는 듯 말을 멈췄다. 용팔은 출입문 쪽 계산대로 성큼성큼 걸어갔다. 잠시 후 용팔이 성난 얼굴로 영선을 바라보며 큰 소리로 물었다.

"계산대 아래에 있던 내 카스텔라 어디 갔어?"

"그걸 내가 어떻게 알아."

영선이 쏘아붙이듯 말했다.

"당신이 안 먹었다 이거지?"

"안 먹었어! 내가 그걸 왜 먹어? 그리고 먹었으면 좀 어떠냐?"

"먹었다는 말이야, 안 먹었다는 말이야? 두루뭉술하게 말하지 말고 분명하게 말해. 먹었어, 안 먹었어?"

"장용팔 씨, 나는 안 먹었다니까."

영선은 눈을 부라리며 신경질적으로 말했다. 영선의 말이 떨어지기가 무섭게 용팔은 동배를 불렀다.

"똥빼? 너 잠깐 이리 나와봐."

화풀이하듯 방문을 세게 열어 젖히며 동배가 걸어 나왔다. 동배가 용팔을 향해 말했다.

"똥빼라고 부르지 마."

"여기 있던 카스텔라 네가 먹었냐?"

"응."

"왜 아빠 허락도 없이 먹어?"

"허락 받아야 돼?"

"인마, 그 카스텔라는 내 거야. 그러니까 당연히 내 허락 받아야지. 안 그래?"

"아빠가 안 먹는 줄 알았어. 일주일도 넘게 거기 있어서."

"똥빼?"

"똥빼라고 하지 말라니까!"

동배는 눈물을 글썽이며 용팔을 노려보았다.

"아빠가 아무리 안 먹어도 아빠 카스텔라 네 멋대로 먹지 마! 다음부터는 허락 받고 먹어. 알았어?"

"이응."

"이응? 장동배, 똑바로 말 안 해?"

"응."

동배는 얼른 고개를 돌리고 신경질적으로 땅을 차며 방으로 걸어갔다. 동배의 걸음소리가 쿵쿵 울렸다.

"저놈이 아직도 뭘 잘못했는지 모르네."

용팔이 혼잣말을 했다. 영선은 용팔을 향해 "당신은 먹지도 않는 카스텔라에 왜 그렇게 집착해?"라고 묻고 싶었지만 꾹 참았다. 어린아이처럼 카스텔라에 집착하는 용팔을 영선은 도무지 이해할 수 없었다. 잠시 침묵이 흘렀다. 용팔이 만든 싸늘한 분위기로 인혜와 인석은 어쩔 줄 몰랐다. 영선이 인혜에게 다정히 물었다.

"아 참, 인혜야, 너희 집이 이 근처라고 했지?"

"네."

"집이 정확히 어딘데?"

"현대 사우나 아세요?"

"응, 알지. 가까운 줄 알았는데 꽤 멀리 사네. 여기까지 걸어왔어?"

"네."

"힘들었겠다."

"힘들지 않았어요. 저희 집은 현대 사우나 바로 뒤에 있어요."

"현대 사우나 바로 뒤에 산다고?

"네. 현대 사우나 바로 뒤에 있는 하늘색 대문 집에 살아요."

"아, 그렇구나."

영선은 인혜의 마음을 조심스럽게 살피며 물었다.

"인혜야, 그 집에서 너희 둘만 사는 건 아니지?"

"오랫동안 할머니랑 같이 살았는데 얼마 전에 할머니가 돌아가셨어요."

인혜는 담담한 목소리로 말했다.

"할머니가 돌아가셨다고?"

"네."

"그랬구나. 할머니 돌아가셔서 너희들 마음이 많이 아팠겠구나."

영선은 잠시 사이를 두었다가 인혜를 향해 다시 물었다.

"인혜야. 그러면 그 집에서 너희 둘만 사는 건 아니지?"

"네. 주인집 아저씨랑 아줌마도 함께 살아요. 주인집 할아버지도 함께 사는데 저희들한테 잘해주세요. 한 달 지나면 시골 외삼촌이 저희들 데리러 오신다고 했어요. 그때까지만 그 집에서 살아요."

"그러면 외삼촌 집으로 아주 가는 거니?"

"네."

담담하게 말했지만 인혜의 목소리는 조금씩 떨리고 있었다. 인혜가 다시 말했다.

"저희들이 다닐 학교도 다 정해놓았다고 외삼촌이 말하셨어요."

"외삼촌 집이 어딘데?"

"만리포요. 바다 바로 앞에 외삼촌 집이 있어요."

"그래? 아침에 눈 뜨면 바다를 볼 수 있는 거네. 와! 좋겠다. 여기보다 거기가 훨씬 더 좋겠다. 아줌마도 만리포 가봤어. 만리포 옆에 있는 천리포도 가봤고 천리포 수목원도 가봤어. 너희들 정말 좋은 곳으로 간다. 넓은 바다 보면 가슴이 뻥 뚫리잖아. 넓은 바다도 보고 갈매기도 보고 수평선도 보고 펄펄 뛰는 물고기도 볼 수 있겠다. 바다를 보면서 자라면 마음도 넓어지고 몸도 튼튼해질 거야……. 우리 인석이가 제일 좋겠다. 그치?"

영선은 짜장면을 먹고 있는 인석의 등을 쓰다듬으며 물었다.

"네. 우리 외삼촌 집 완전 좋아요."

인석이 환하게 웃으며 말했다.

"인혜야, 한 달이 빨리 갔으면 좋겠다. 그때까지 너희들끼리 어떻게 사니?"

영선은 근심스러운 눈빛으로 인혜를 바라보았다.

"걱정하지 마세요. 한 달 동안은 저희끼리 살 수 있어요. 고맙습니다. 아줌마."

인혜 눈에 눈물이 반짝거렸다. 용팔은 잠시 영선과 인혜를 바라보았을 뿐 계산대 의자에 앉아 아무렇지도 않은 척 책을 읽고 있었다.

"인혜야, 너에게 이런 걸 물어봐도 되는지 모르겠다."

영문을 모르는 인혜는 영선을 바라볼 뿐 아무 말이 없었다. 영선은 조심스럽게 인혜에게 물었다.

"인혜야, 엄마 아빠가 모두 돌아가신 거니? 너희 엄마 아빠를 본 지가 너무 오래돼서 아줌마는 아무것도 모르거든. 이런 걸 물어서 미안하다. 인혜야……."

"……."

영선의 물음에 인혜는 한참 동안 말이 없었다. 인혜의 두 눈 가득 눈물이 고였다. 잠시 후 인혜의 뺨 위로 눈물이 흘러내렸다. 인혜는 손등으로 눈물을 닦았다.

"인혜야, 미안하다. 아줌마가 괜한 걸 물었구나. 미안해."

"아니에요. 아줌마."

잠시 침묵이 흘렀다. 인혜가 눈물을 닦으며 말했다.

"엄마가 집을 나갔어요. 엄마하고 아빠하고 만날 싸웠거든요."

잠시 후 인혜는 울먹이며 말을 이었다.

"엄마가 집을 나간 뒤로 아빠는 회사도 그만두고 만날 술만 마셨어요. 그러다가 몇 년 전에 병으로 돌아가셨어요. 엄마 소식은 몰라요."

"그랬구나. 미안하다. 어린 너에게 괜한 걸 물어서 미안하다……."

용팔은 이 광경을 물끄러미 바라보았다. 영선이 인혜의 두 손을 꼭 잡고 말했다.

"인혜야, 짜장면 먹고 싶으면 인석이 데리고 언제든지 와. 아줌마는 그냥 아줌마가 아니라 엄마 친구니까 어렵게 생각하지 말고. 엄마 친구는 엄마하고 마찬가지야. 알았지?"

"……네."

바로 그때 인석이가 영선을 향해 달뜬 목소리로 말했다.

"아줌마, 우리 내일 또 와도 돼요?"

"인석아, 그런 말 하는 거 아냐."

인혜가 인석의 입을 틀어막으며 타이르듯 말했다. 영선이 인혜를 바라보며 말했다.

"우리 인혜는 벌써 철이 다 들었구나. 어쩌니⋯⋯."

인혜는 아무 말도 하지 않았다. 인혜는 고래반점 출입문을 나서며 무심한 표정으로 계산대에 앉아 있는 용팔을 향해 조심스럽게 말했다.

"⋯⋯아저씨, 고맙습니다. 안녕히 계세요."

갑작스러운 인혜의 말에 용팔은 당황한 듯 헛기침을 시작했다.

"으흠, 으흠⋯⋯."

용팔은 아이들이 출입문을 빠져나가는 동안 아무 말 없이 허공만 바라보았다. 아이들 배웅을 마치고 영선이 가게 안으로 들어왔다. 영선은 성난 얼굴로 용팔에게 말했다.

"아까 당신이 밖에서 한 말, 안까지 다 들렸어요. 왜? 더 크게 말하지 그랬어? 엄마 아빠도 없는 놈이 어울리지 않게 〈즐거운 나의 집〉 같은 노래를 왜 부르냐고요? 그게 어른이 아이들한테 할 말이야? 당신은 매너가 빵점이야! 빵점!"

"아이들이 들었으면 어때? 아이들 들으라고 한 말이야."

"장용팔 씨, 매너가 무슨 뜻인지 알아?"

"무슨 뜻인데? 사람을 대하는 태도, 예절. 뭐 그런 거 아냐?"

"잘 알고 있네."

영선은 시큰둥하게 대답했다. 용팔을 바라보며 영선이 말을 이었다.

"철학자 최진석 교수 강연에서 들었는데 뭣이냐, 매너$_{manner}$라는 단어의 원래 뜻은 '고삐를 쥐다.'래. 그 고삐는 상대방을 컨트롤하는 고삐가 아니라 나 자신을 컨트롤하는 고삐라는 거야. 내가 먼저 나 자신의 품격을 만들면 결국엔 상대방에게도 편안함과 신뢰를 줄 수 있다는 것이 매너의 원래 뜻이래. 그러니까 뭣이냐, 매너라는 말은 누군가에게 예의를 지키는 단순한 의미가 아니라는 거야. 매너는 내가 먼저 나의 존엄을 지키는 것이고, 나를 지키기 위한 존엄이 결국엔 상대방의 존엄까지 지켜주는 것이니 나와 상대방 모두를 위한 것이래. 그러니까 간단히 말해서 매너는 나 스스로 나의 존엄을 지키는 거야. 장용팔 씨, 당신처럼 그렇게 함부로 말하면 당신의 존엄을 당신이 해치는 거야."

"와! 오영선 대단하네. 어떻게 그걸 다 외웠어?"

"나 무시하는 거야? 내가 외워서 하는 말처럼 들리냐?"

"응."

"나도 마음먹으면 당신처럼 말할 수 있어."

"여부가 있겠어?"

용팔의 표정 속엔 영선에 대한 감탄이 있었다. 잠시 후 영선이 웃으며 말했다.

"나는 당신이 손님들한테 좀 더 친절했으면 좋겠어."

"더 이상 얼마나 친절하냐? 나 정도면 친절한 거 아냐? 친절은 모자라지도 않고 넘치지도 않아야 돼."

용팔이 잠시 사이를 두고 말을 이었다.

"가끔씩 진상 만나면 속 터지잖아. 울화가 치밀어 내 안에 있던 친절이 몽땅 날아가는 걸 난들 어떡해?"

"그래도 손님이니까 친절해야지. 매너는 상대를 위한 것이 아니라 나를 위한 거라잖아."

"당신이나 매너 많이 지키셔. 나는 이렇게 살다 죽을게."

"하여간에 말이 안 통해."

영선은 고개를 절레절레 흔들며 주방 안으로 들어갔다. 어깃장을 놓았지만 용팔은 영선의 말을 곰곰이 생각했다.

용팔은 윗주머니에서 스프링 수첩과 볼펜을 꺼냈다. 눈물이 나올 것만 같았다. 용팔은 긴 한숨을 내쉬며 수첩 위에 썼다.

　수평선을 그려본 사람들은 안다. 하늘과 땅의 경계가 없음을. 어째서 허접한 인간의 삶이 하늘의 질서와 맞닿아 있는지를.

10

용팔이 빠른 손놀림으로 양파를 까다 말고 영선에게 말했다.

"허구한 날 양파만 까다가 아무래도 내 눈 멀겠다."

영선은 대꾸하지 않았다. 잠시 후 영선이 퉁명스럽게 말했다.

"당신 또라이 아냐?"

"내가 왜 또라이야? 나만큼 상식적인 사람이 어딨냐? 아이들한테 물어봐라. 내가 또라인지 당신이 또라인지?"

용팔은 영선을 향해 눈을 부라리며 말했다.

"또 말 함부로 한다. 이래서 당신한테 또라이 아니냐고 물었던 거야."

"그래. 나 또라이다. 또라이랑 같이 살아 좋냐? 누가 먼저 말 함부로 했는데?"

용팔이 두 눈에 쌍불을 켜고 물었다.

"물론 내가 먼저 했지."

영선은 당당하게 말했다.

"알긴 아는구나? 알면 됐다. 그만하자."

잠시 침묵이 흘렀다. 화가 풀리지 않은 듯 용팔이 혼잣말을 했다.

"멀쩡히 가만히 있는 사람한테 또라이가 뭐야, 또라이가……. 자기 아들한테도 그런 말은 안 하겠다. 양파 까다 눈 매우면 그렇게 말할 수도 있는 거지."

용팔의 말에 영선은 잠자코 감자 껍질만 깠다. 잠시 침묵이 흘렀다. 영선이 한 걸음 용팔을 향해 다가가 팔꿈치로 용팔의 허리를 쿡 찌르며 물었다.

"장용팔, 화났어?"

"아파. 이 사람아!"

"살짝 건드렸는데 아프긴 뭐가 아파?"

"당신은 건드리기만 해도 아파. 체중이 실려서 그런가 봐."

"나 살 많이 뺐거든! 당신도 요즘엔 나보고 '뚱'이라고 부르지 않잖아."

영선은 팔꿈치로 또다시 용팔의 허리를 찔렀다.

"이 사람아! 정말 아프다니까!"

용팔의 신경질적인 반응에 영선이 핏대 올리며 말했다.

"이래서 내가 당신한테 또라이라고 말하는 거야."

"그래. 나 또라이다! 그러니까 제발 좀 팔꿈치로 찌르지 마! 아파!"

용팔은 낮은 목소리로 말했다. 잠시 후 영선이 용팔에게 말했다.

"또라이냐고 물은 거 나쁜 뜻은 아니었는데……. 당신도 소설을 쓰고 있으니 보통 사람은 아니잖아?"

"그건 또 뭔 소리야?"

용팔은 양파 까던 손을 멈추고 진지한 표정으로 영선을 바라보았다. 영선이 말했다.

"당신의 말은 당신의 글과 다를 때가 많아. 그런데 당신의 행동은 당신의 글과 똑같아. 그러니까 또라이지."

"내가 쓴 글을 당신이 읽었다고?"

"그럼. 읽었지. 계산대 위에 늘 펴져 있더라. 오며 가며 그냥 읽었어. 왜? 내가 읽으면 안 돼?"

순간 용팔의 얼굴색이 바뀌었다. 용팔의 눈가에 기쁨이 너울거렸다. 용팔이 영선에게 물었다.

"어때? 내가 쓴 글 괜찮았어?"

"괜찮은 정도가 아니라 훌륭했어. 출판사에 보내봐. 혹시 아냐? 베스트셀러 될지도 모르잖아. 당신 말처럼 양파 까다가 장님 되는 것보다 베스트셀러 작가 되는 게 훨씬 낫지 않겠어?"

영선의 말에 용팔은 아무 말도 하지 않았다. 잠시 후 용팔이 말했다.

"오영선, 목이 칼칼하지 않냐? 잣막걸리 한잔할까?"

"잣막걸리 마시려면 또 잣 까야 하잖아. 감자 까는 것도 힘들었는데 또 잣 까라고? 잣 까기 싫어. 잣 까려면 당신 혼자 까!"

영선은 그렇게 말하고 갑자기 바닥에 쪼그려 앉으며 웃음을 터트렸다. 잠시 후 영선이 숨 가쁘게 웃음을 참으며 용팔에게 말했다.

"잣막걸리 먹을 땐 잣 까는 사람들의 노고를 생각해서 잠깐이라도 묵념해야 한다고 당신이 얼마 전에 말했잖아."

영선은 웃음을 참을 수 없다는 듯 말끝을 흐렸다. 용팔은 기막힌 표정을 지으며 영선을 바라보았다. 영선은 웃다 말고 자리에서 일어나 가스레인지 앞으로 걸어갔다. 춤추듯 일렁이는 푸른 불꽃 위에서 팔팔 끓고 있는 육수에 영선은 갖은양념을 넣었다. 영선의 얼굴에 웃음기가 채 가시지 않았다.

잠시 후 음식 담긴 그릇에 비닐 랩을 덮으며 영선이 말했다.

"장용팔 씨, 잣막걸리고 뭐고 어서 배달이나 갔다 오셔."

용팔은 오토바이 뒷자리에 철가방을 싣고 콧노래를 흥얼거리며 시동을 걸었다. 멀지 않은 곳에 고양이 한 마리가 경쾌하게 걸어가고 있었다. 가끔씩 주방을 기웃거리는 고양이라는 것을 용팔은 단박에 알아보았다. 고양이는 한 마리가 아니었다. 새끼 두 마리가 흠칫흠칫 용팔을 경계하며 어미 뒤를 따라가고 있었다. 용팔은 놀란 눈빛의 새끼들을 바라보다가 자신도 모르게 오토바이 시동을 껐다.

"와! 그놈들 참 예쁘다."

용팔은 뒤뚱거리며 걸어가는 새끼 고양이들을 바라보며 자신도 모르게 탄성을 질렀다. 어미 고양이는 잠시 걸음을 멈추고 날카로운 눈빛으로 용팔을 노려보았다. 용팔은 어미 고양이를 향해 웃으며 말했다.

"걱정 마라. 네 귀여운 새끼들 해치지 않을 테니까."

잠시 후 어미 고양이는 새끼들을 데리고 산수유나무 숲속으로 사라졌다.

용팔은 윗주머니에서 스프링 수첩과 볼펜을 꺼냈다. 용팔은 선 채로 어디서 왔는지 모를 문장을 수첩 위에 써내려갔다.

　　누군가 내 곁에 오랫동안 머물기를 바란다면 그를 위
　해 헌신하지 말 것.

용팔은 그렇게 쓰고 스프링 수첩과 볼펜을 윗주머니에 넣은 후 오토바이의 시동을 다시 걸었다. 어린 새끼들을 데리고 다니는 어미 고양이 때문이었을까. 용팔은 자신이 아홉 살 때 돌아가신 어머니가 생각나 눈앞이 흐려졌다.

용팔이 짜장면을 가지고 도착한 곳은 학교 교무실이었다.
"안녕하세요. 짜장면 시키셨죠?"
"네. 여기로 주세요."
당직 교사들이 테이블 위에 신문지를 깔며 말했다. 용팔은
환하게 웃으며 그들에게 물었다.
"짜장면 좋아하시나 봐요. 선생님은 주문하실 때마다 짜장
면만 주문하시네요. 다른 분들은 짬뽕도 주문하셨다가 짜장
면도 주문하셨다가 어떤 날은 볶음밥도 주문하시거든요. 선
생님은 짜장면이 그렇게 좋으세요?"
"맛있잖아요. 짜장면 싫어하는 사람 없어요."
"그거야 그렇지만, 저는 사람들이 짜장면을 좋아하는 이유
를 모르겠어요."
"사장님은 짜장면 만드시느라 만날 짜장면 냄새 맡으시니
까 그렇지요."
"맞아요. 아침저녁으로 짜장면 만드는 사람에겐 짜장면 냄
새가 징그러울 때가 있어요. 30년 가까이 짜장면을 만들었으
니 그럴 만도 하지요."
용팔은 당직 교사들과 인사를 나누고 서둘러 교무실을 빠
져나왔다.

11

 용팔은 음식이 담긴 철가방을 들고 노래를 흥얼거리며 오토바이가 있는 뒤란으로 걸어 나갔다. 고양이 울음소리에 산수유나무 숲 쪽을 바라보았다. 숲 앞에 고양이가 누워 있었다. 멀리서 바라보아도 고양이의 모습이 심상치 않았다. 용팔은 잠시 고양이를 바라보다가 고개를 갸웃거리며 오토바이 시동을 걸었다. 시동 거는 소리에 놀란 탓인지 고양이 울음소리가 더 크게 들려왔다.

 용팔은 고양이가 있는 쪽을 잠시 바라보다가 오토바이 시동을 껐다. 그리곤 고양이가 누워 있는 곳으로 천천히 다가갔다. 유심히 바라보니 붉게 녹슨 커다란 덫이 고양이 앞발을 꽉 물고 있었다. 며칠 전 어린 새끼들을 등 뒤에 거느리고 산수유나무 숲속으로 걸어갔던 어미 고양이였다. 용팔은 가까운 곳에 새끼들이 있을 거라 생각했다. 여기저기 주의 깊게 살펴보았지만 새끼들은 보이지 않았다. 용팔은 고양이 다리를 물고 있는 덫을 빼주고 싶어 조심스럽게 고양이에게로 다가갔다. 겁먹은 고양이는 앞발에 덫을 매단 채 힘겹게 몇 걸음을 걸으며 경계 섞인 울음을 울어댔다. 용팔이 한 걸음 한 걸음 다가갈 때마다 고양이는 더 크게 울어댔다.

바로 그때 등 뒤에서 새끼 고양이들의 울음소리가 들려왔다. 새끼 고양이 두 마리가 멀찌감치 서서 용팔을 바라보고 있었다. 새끼 고양이들은 용팔이 있는 쪽으로 더 이상 다가오지 못한 채 근심스런 눈빛으로 울어대며 제 어미를 불렀다. 그 순간 새끼들을 지키려고 어미 고양이가 비틀비틀 일어났다. 어미 고양이의 부러진 앞발이 힘없이 덜렁거렸다. 어미 고양이의 앞발 상태가 더 심각해질 것 같아 용팔은 서둘러 그 자리를 빠져나왔다.

용팔은 멀찍이 서서 근심스러운 눈빛으로 어미 고양이를 바라보았다. 잠시 후 새끼 고양이들이 어미 품속으로 달려갔다. 용팔은 손목시계를 들여다보았다. 배달 시간이 촉박했다. 용팔은 더 이상 어쩌지 못하고 무거운 마음으로 오토바이에 시동을 걸었다.

배달을 마치고 돌아온 용팔은 어미 고양이가 있던 산수유 나무 숲 앞으로 걸어갔다. 어미 고양이는 그곳에 없었다. 그 어디에서도 고양이 울음소리는 들리지 않았다. 어미 고양이가 아픈 다리를 끌고 새끼들과 함께 산수유나무 숲속으로 들어갔을 거라고 용팔은 생각했다.

　용팔은 밤늦도록 어미 고양이가 생각났다. 어미 고양이의 울음소리가 환청처럼 귓가로 들려왔다. 어미 고양이의 앞다리를 물고 있던 붉은 덫이 자꾸만 용팔의 마음에 걸렸다. 용팔은 장롱을 열어 소매가 두툼한 옷을 꺼내 입었다.

　"이 밤에 어딜 가려고? 10시가 넘었어."

　뜬금없는 용팔의 행동을 바라보며 영선이 물었다.

　"잠깐 나갔다 올게."

　"꼭 첩보 영화 주인공 같네. 때 아닌 가죽 장갑까지 끼고 이 밤에 어디 가려고?"

　"비밀이야. 아무한테도 말하지 마."

　"얼래? 진짜로 영화 같네."

　영선은 기막히다는 눈빛으로 용팔을 바라보았다. 용팔은 잠시 웃었을 뿐 더 이상 아무 말도 하지 않고 방문을 나섰다. 자신의 마음을 헤아리지 못하고 필사적으로 저항할 고양이 발톱에 다치지 않으려면 용팔에겐 두툼한 소매의 옷과 가죽 장갑이 필요했다. 용팔은 오토바이가 있는 쪽을 향해 걸어갔다. 오토바이 헤드라이트를 켠 뒤 산수유나무 숲이 있는 쪽을 향해 불빛을 환하게 밝혔다. 다행히 달빛도 환했다.

용팔은 조심스럽게 숲속으로 들어갔다. 멀지 않은 곳에서 고양이 울음소리가 들렸다. 용팔은 고양이 울음소리가 들리는 쪽으로 예민하게 귀를 기울이며 걸음을 옮겼다.

몇 걸음 걸어갔을 때 어둠 사이로 희미하게 어미 고양이가 보였다. 어미 고양이 눈빛은 푸르렀다. 용팔은 더욱 조심스럽게 천천히 고양이가 있는 곳으로 다가갔다. 새끼 고양이들은 어미 고양이 품속에 안겨 있었다. 용팔의 예상대로 붉게 녹슨 커다란 덫이 어미 고양이 앞발을 여전히 물고 있었다. 용팔은 어미 고양이를 향해 조심스럽게 팔을 뻗었다. 어미 고양이는 두 눈을 부릅뜨고 용팔을 노려보면서도 자신에게 도움을 주려 한다는 것을 알아차린 듯 예민하게 저항하지 않았다. 어미 고양이 몸에 손을 대는 순간 용팔은 소스라치게 놀랐다. 어미 고양이는 죽어 있었다. 새끼들을 지키려고 눈도 감지 못하고 싸늘히 잠들어 있었다. 조금 전 용팔 귓가로 들려왔던 고양이 울음소리는 어미가 아니라 새끼들의 울음소리였다.

용팔은 새끼 고양이들을 품에 안고 산수유나무 숲을 걸어나왔다. 용팔의 눈가에 눈물이 어른거렸다. 용팔은 주방으로 들어와 윗주머니에 있는 스프링 수첩과 볼펜을 꺼냈다. 용팔은 수첩 위에 한 줄 한 줄 써내려갔다.

어둠은 어둠이 아니었다. 어둠이 감추고 있는 빛의 실체가 있었다. 카를 구스타프 융은 그것을 '어둠의 빛'이라 명명했다. 캄캄한 시간을 통해서만 깨닫게 되는 것이 있었다. 오직 어둠을 통해서만 인도되는 빛이었다. 어둠 속에서도 바다는 푸르다.

12

    동현은 우두커니 서서 서연의 집 창문을 바라보았다. 해 저물 무렵이면 2층 서연의 방 유리창은 샐비어 꽃잎처럼 노을빛으로 빛났다. 서연의 집 앞마당엔 철마다 다른 꽃들이 피어났다. 동현은 집으로 갈 때면 언제나 서연의 집 앞을 지나갔다. 먼 길을 돌아 집으로 가는 길이 조금도 멀게 느껴지지 않았다. 우연이라도 서연을 만날 것을 기대했던 것은 아니다. 서연을 만난다 해도 무슨 말을 해야 할지 몰랐다. 바라보고, 다시 바라보아도, 서연의 방 창문 아래 놓여 있는 제라늄 화분의 붉은 꽃들은 눈부셨다.

    교실로 들어서면 매일 만나는 얼굴이지만 동현은 서연의 얼굴을 오랫동안 바라볼 수 없었다. 수행평가를 구실로 몇 번 이야기를 나누었지만 그때를 제외하곤 변변히 말을 걸어 본 적도 없었다. 서연을 생각하면 동현은 마음 깊은 곳이 아렸다. 하지만 서연을 생각하며 동현은 새 힘을 얻었다. 끝내 다가갈 수 없다 해도 상관없었다. 끝끝내 서연이 알지 못한 다 해도 상관없었다. 차라리 자신의 마음을 서연이 알지 못 하길 동현은 바라고 있는지도 몰랐다. 어쩌면 체념 같은 것 인지도 모른다고 동현은 생각했다.

전교 1등 서연과 반 꼴찌를 맴도는 자신의 거리는 얼마나 멀까, 동현은 생각했다. 서연이 살고 있는 유럽풍의 번쩍번 쩍한 3층 고급저택과 네 식구가 복닥거리는 중국집에 딸린 라면 상자만 한 살림방 둘의 거리는 얼마나 멀까, 동현은 생 각했다. 서연의 방 창문 아래 놓인 제라늄 꽃과 창문도 없는 자신의 방 천장에 피어난 곰팡이 꽃의 거리는 또 얼마나 멀 까, 동현은 생각했다. 더욱이 지주와 소작인처럼 가겟세를 받는 멀쑥한 정장 차림의 서연의 아버지와 늘 허리 곱송그리 며 가겟세를 내야 하는 자신의 아버지의 갑과 을의 거리는 아 득히 멀기만 했다.

무엇보다 첫 번째가 제일로 마음에 걸렸다. 전교 1등의 서 연과 반 꼴찌를 맴도는 자신의 거리는 지금이 전부가 아닐 것 이 분명했다. 고등학교를 졸업하는 날이면 서연과 자신의 거 리는 하늘 높이 꼬리를 흔들며 날아간 어린 시절의 연처럼 가 히 폭발적인 거리가 될 것이다. 대한민국은 대학 이름에 계 급장을 달아준다. 이름하여 스카이 캐슬이다. 난공불락의 성은 자부심이 되어주고 신분이 되어주고 또 어떤 이들에겐 우월감이 되어준다.

공부를 못하는 게 아니라, 공부를 안 하는 거라고 동현은 변명하고 싶진 않았다. 그것은 서로 다른 말 같지만 결국엔 같은 말로 들릴 게 뻔하다. 다윈의 적자생존을 들먹거리며 무한경쟁을 정당화시킨 대한민국에서 도대체 뭘 믿고 공부를 안 한단 말인가? 공부를 안 하는 게 아니라, 공부를 못한다고 말하는 게 오히려 더 인간적이지 않을까. 적어도 대한민국에서는 그렇다는 말이다.

동현은 공부를 못하는 자신이 싫었다. 열심히 해보려고 전전긍긍하기도 했지만 꼴찌가 올라갈 수 있는 계단은 세 계단 혹은 네 계단이나 다섯 계단뿐이었다. 일곱 계단을 오른 적도 있었지만 여전히 꼴찌를 맴돌 뿐이었다. 목표는 열 계단이나 열다섯 계단이다. 꼴찌는 꼴찌만큼 공부한다는 것을 동현은 알고 있었다. 그러나 아직 끝나지 않았다고 동현은 생각했다.

이따금씩 밤늦은 시간 서연의 집 앞을 지날 때도 있었다. 비가 내릴 때도 있었다. 자우룩이 내리는 눈을 맞으며 서연의 집 벽에 기대어 한참을 서 있기도 했다. 서연의 집 건너편에 앉아 불 켜진 2층 서연의 방을 물끄러미 바라보기도 했다.

불 켜진 2층 유리창 안으로 어른거리는 서연의 그림자를 본 적도 있다. 어느 소나기 내리던 밤, 서연은 창문을 활짝 열고 비를 바라보고 있었다. 우산도 없이 걷던 동현은 한참을 망설이다가 서연이 알아볼 수 없도록 고개를 바짝 숙인 채 빠른 걸음으로 서연의 집 앞을 지나기도 했다. 거센 빗줄기 사이로 서연의 모습이 아주 작아질 때까지 동현은 먼빛으로 서연을 바라보고 또 바라보았다.

13

어둠이 내렸다. 동현은 서연의 집 앞을 지나 집으로 갈 작정이었다. 자동차가 달리는 도로를 지나 한참을 걸어 서연의 집이 있는 골목으로 들어섰을 때 멀지 않은 곳에 서연이 서 있었다. 서연이 무슨 일로 그곳에 서 있을까, 생각하기도 전에 동현은 재빨리 발걸음을 돌렸다. 그러나 이미 늦었다. 서연은 분명 자신을 보았다. 동현은 발걸음을 돌려 잠시 멈칫거리다 용기를 내어 서연을 향해 걸어갔다. 한눈에 보아도 서연의 얼굴엔 불안이 가득했다. 동현을 바라보며 서연이 작은 소리로 말했다.

"쟤네들 때문에 못 가."

서연은 손가락으로 자기 집 쪽을 가리켰다. 저 멀리 보이는 서연의 집 앞엔 덩치가 산만 한 고등학생 둘이 담배를 피우고 있었다. 그중 한 명이 길지 않은 쇠파이프로 콘크리트 벽을 채찍질했다. 쇠파이프가 콘크리트 벽에 부딪힐 때마다 금속성의 소음과 함께 불빛이 번쩍거렸다. 서연이 집으로 가지 못하고 골목에 서 있었던 이유를 동현은 그제야 알았다. 동현은 아무렇지도 않은 척 담담한 목소리로 서연에게 말했다.

"가자."

서연은 걸음을 떼지 못했다. 서연이 동현을 향해 작은 소리로 말했다.

"쟤네들 고3이야. 일주일 전에도 왔었어."

잠시 후 서연이 작은 목소리로 다시 말했다.

"부탁이야. 쟤네들하고 싸우지 마. 싸우면 또 와서 너희 집 알려달라고 나 괴롭힐 거야."

"약속할게."

동현은 짧게 대답하고 그들을 향해 성큼성큼 걸어갔다. 서연은 두려운 낯빛으로 동현의 뒤를 바짝 따라 걸었다. 동현은 얼굴이 화끈거렸다. 두려움 때문은 아니었다. 서연의 집에 거의 다 이르렀을 때 그들 중 한 명의 카랑카랑한 목소리가 들려왔다.

"저 새낀 뭐냐?"

험상궂은 용길이 쇠파이프를 가방 속에 넣으며 동현에게로 걸어왔다. 웃고 있었지만 그의 눈빛은 서늘했다. 그는 손가락 마디를 뚝뚝 꺾으며 물었다.

"넌 뭐냐? 보디가드냐?"

동현을 뚫어져라 바라보고 있던 상수도 동현에게 물었다.

"너도 고2냐?"

"그런데요."

동현은 낮고 단호하게 말했다. 쇠파이프를 휘두르던 용길이 한쪽 어깨로 동현의 가슴을 세게 치며 말했다.

"와아! 이 새끼 목소리에 힘 들어갔네. 환장하겠다."

용길은 그렇게 말하고 검지로 동현의 턱을 밀어 올리며 다시 말했다.

"야 이 새꺄, 형이 조금 전에 물었잖아. 네가 쟤 보디가드냐고. 형이 물었으면 대답을 해야지. 이 씨발놈아! 다시 물을게. 네가 쟤 보디가드냐?"

"아닌데요."

"아닌데 왜 붙어 다니고 지랄이야? 그럼 쟤가 네 깔치냐?"

"아닙니다."

"그럼 친구냐?"

"네."

"그냥 친구야?"

"네."

동현은 더 큰 소리로 대답했다. 동현의 목소리에 분노가 가득했다.

"그냥 친구면 좆도 아니라는 말이잖아. 야! 빨리 꺼져. 죽기 싫으면."

용길은 전갈 꼬리 같은 눈을 치켜뜨고 말했다. 동현은 재빠르게 서연의 집 대문으로 걸어가 초인종을 누르며 서연에게 말했다.

"너 먼저 빨리 들어가. 나도 갈 거니까."

잠시 후 갑작스런 기계음 소리가 들리더니 대문이 열렸다. 서연은 집으로 들어가지 않고 계속 문 앞에 서 있었다. 서연은 동현이 있는 곳으로 재빠르게 걸어갔다. 그리고는 동현의 손을 잡고 담담한 목소리로 말했다.

"동현아, 너도 같이 우리 집으로 들어가."

갑작스런 서연의 제안에 동현은 당황했다.

"아냐. 혼자 들어가. 나도 집에 갈 거야."

바로 그때 욕 한마디 하지 않고 잠잠히 그들을 지켜보고 있던 상수가 동현을 향해 낮은 목소리로 물었다.

"너, 최서연 좋아하지?"

동현은 "아닌데요."라고 말하려 했지만 자신도 모르게 "네."라고 말했다.

"자식, 솔직해서 좋다. 눈빛 보니까 너 싸움 잘하겠다."

붉으락푸르락 달아오른 얼굴로 옆에 서 있던 용길의 어깨를 툭 치며 상수가 말했다.

"용가리, 가자!"

"씨발, 뭐야? 왜 그냥 가?"

"쪽팔린다. 그냥 가자."

"야! 왜 그냥 가? 오늘은 끝장낸다면서?"

"야 인마, 쇠파이프는 왜 꺼내니? 그리고 욕 좀 그만해라. 걸레 삶아 먹었니? 용가리, 네가 여자라면 우리 같은 양아치 사귀고 싶겠냐?"

상수는 낭패스럽다는 듯 그렇게 말하고는 성큼성큼 앞서 걸어갔다. 쇠파이프를 휘둘렀던 용길도 흘긋 동현을 노려보 더니 그의 뒤를 따랐다. 동현은 빨리 그 자리를 벗어나고 싶 었다. 동현이 민망한 낯빛으로 서연에게 말했다.

"……잘 있어. 나, 갈게."

"잘 가. 오늘 정말 고마웠어."

동현은 뒤를 돌아보지 않고 빠른 걸음으로 걸었다. 조금 전 상수가 최서연을 좋아하냐고 물었을 때 동현은 좋아한다 고 말했다. 반대로 말했다면 틀림없이 후회했을 것이다. 그 렇다면 서연은 왜 그들과 싸우지 말라고, 싸우면 그들이 또 와서 자신을 괴롭힐 거라고 부탁했던 것일까? 장동현이라면 깡패 둘 정도는 죽사발로 만들 수 있다는 것을 서연은 알고 있었던 것 아닐까? 동현의 가슴에 잔물결이 일었다.

14

짬뽕을 먹고 있는 인하에게로 용팔이 다가왔다.

"하여간에 우리 정 선생은 센스 있어. 한가한 시간만 골라서 온단 말이야."

"그래야 장 사장님하고 이야기 나누죠."

"비도 내리는데 한잔할까?"

"영업시간 아직 안 끝나셨잖아요."

"아냐. 거의 끝났어. 한 병만 마시자. 대신 술은 공짜야."

용팔은 빠른 걸음으로 걸어가 고량주 한 병을 가져왔다.

"이렇게 비 내리는 날은 빈대떡 부쳐서 막걸리 마셔야 하는데. 술이 영 아니다. 막걸리 사올까?"

"아니요. 기왕 마실 거면 센 놈으로 불을 질러야죠."

"그렇지? 알코올 도수가 40도는 돼야 내장이 두루두루 소독되지 않겠어?"

용팔이 인하의 술잔에 술을 따르며 낄낄거렸다. 용팔이 다시 말했다.

"나는 정 선생하고 술 마실 때가 제일 좋아. 우리 마누라 다음으로."

"저도요."

"우리 둘은 공감대가 많잖아. 정 선생하고 나하고 처음 만난 게 언제지? 10년 가까이 됐지?"

"네. 정확히 10년 됐네요."

"독서모임이 아니었다면 내가 정 선생 같은 사람을 어떻게 만났겠어. 다른 사람들 만나면 대화가 빈곤해. 먼저 책 이야기를 꺼낼 수도 없고, 뜬금없이 역사 이야기를 꺼낼 수도 없고. 아무튼 삶에 여유가 없어서 그런지 내 주변엔 도무지 책 읽는 사람들이 없어."

"저도 그래요. 책 이야기를 나눌 수 있는 사람이 동아리 사람들하고 장 사장님뿐이에요. 다른 자리 가면 책 이야기 안 합니다. 입 다물고 그냥 조용히 있습니다."

"정 선생은 독서모임 때도 거의 듣기만 하잖아."

"사람들은 듣는 것보다 말하는 것을 더 좋아하잖아요. 저는 말하는 것보다 듣는 게 더 좋아요. 말만 잔뜩 늘어놓으면 공허해지잖아요."

"그건 나도 그래. 정 선생, 근데 말이야. 내 주변엔 행복해 보이는 사람들이 별로 없어."

"삶이 힘들어서 그렇겠죠. 오죽하면 '헬조선'이란 말이 나왔겠어요."

"그 말이 괜히 나온 말이 아니잖아."

용팔은 잔에 가득한 고량주를 단숨에 들이켜고 잠시 후 말을 이었다.

"산업화를 통해 눈부신 경제 성장도 이루었고, 이제는 미국이나 유럽과 견줄 만한 정치 민주화도 이루었는데 어째서 대한민국의 불행은 여전할까? OECD(경제협력개발기구) 35개 회원국 중 자살률 1위, 노인 빈곤율 1위, 노인의 고독사孤獨死 1위, 산업 현장에서 벌어지는 노동자 사망률 1위, 노동 시간도 1위, 비정규직에서 정규직으로의 전환율 꼴찌, 노동자 저임금률 꼴찌에서 1위나 2위, 아동의 삶의 만족도 꼴찌, 출산율 꼴찌, 사회 구성원들 간의 신뢰도 꼴찌. 곤경에 처했을 때 도움 청할 사람이 있냐는 물음에 대한 긍정적인 답변도 꼴찌. 노인 자살률도 1위고. 매년 2,400명의 노인이 고독사한대. 고독사하는 노인의 75퍼센트 이상이 기초생활수급자고. 나라 꼴이 이 모양인데 국민소득 3만 불 달성했다고, GDP 순위 세계 10위라고 좋아할 수 있겠어?"

용팔이 쓴웃음을 지으며 말했다. 잠시 후 용팔이 말을 이었다.

"나쁜 건 죄다 1등이야. 한국전쟁 치르고 나서 찢어지게 가난했을 때도 이 정도는 아니었잖아. 천신만고 끝에 남한으로 온 탈북자들이 두 번 놀란대. 남한이 너무나 잘살아서 한 번 놀라고, 또 한 번은 왜 놀라는 줄 알아?"

"왜 놀라요?"

"남한 사회가 너무나 비인간적이라서 한 번 더 놀란대. 사실이 그렇잖아. 비인간적인 사회 맞잖아. 안 그래?"

"맞죠. 한국 사회는 지독하게 비인간적인 사회 맞습니다."

인하가 고개를 끄덕이며 확신에 찬 목소리로 말했다.

용팔은 잔에 가득 담긴 고량주를 또다시 단숨에 마셨다. 위를 타고 내려가는 고량주가 찌르르 느껴졌다. 용팔이 거친 목소리로 말했다.

"정 선생, 대한민국의 교육 제도도 이제는 좀 획기적으로 변해야 되는 거 아냐?"

용팔의 물음에 인하가 반문했다.

"장 사장님도 '서연고 서성한……'이라는 말 들어보셨죠?"

"들어봤지. 서울대, 연대, 고대, 서강대, 성균관대…… 뭐 그런 거잖아."

"서연고 서성한이라는 대학 서열이 존재하는 한 대한민국은 교육을 혁신하기 어렵습니다. 가시나무 뿌리에 물 주고 거름 준다고 매화 필 수 있겠습니까? 대한민국 청춘들은 스무 살이 되면 자동적으로 일류라는 우월감을 장착하거나 삼

류라는 열등감을 내면화시킵니다."

인하는 단호하게 말했다. 용팔이 인하에게 물었다.

"인구가 많아서 그런 걸까? 대한민국은 먹이경쟁이 너무 심하잖아. 아니면, 시험 말고는 개인의 능력을 평가할 수 있는 별도의 방법이 없어서 그런 걸까?"

"인구가 너무 많아서 시험 성적만으로 우선순위에 있는 대학을 입학시키는 거라면 독일이나 프랑스도 우리와 같아야 합니다. 우리나라 인구는 5,200만 명인데, 독일 인구는 8,000만 명이 넘어요. 프랑스 인구도 6,500만 명이니 우리보다 많습니다. 그런데도 독일이나 프랑스는 대학 간에 서열이 없어요. 독일도 프랑스도 대학 서열의 문제점을 발견하고 과감히 혁신한 것입니다. 그럼에도 불구하고 독일이나 프랑스나 그 밖의 여러 유럽국가의 학문적 성취는 세계 최고 수준입니다."

인하는 잠시 뒤 말을 이었다.

"한국인들 내면에 비정상적인 우월감과 열등감을 내면화시킨 대학 서열화를 뿌리 뽑지 못하는 분명한 이유가 있어요. 사립 대학 비율이 80퍼센트가 훨씬 넘어서입니다. 그뿐입니까? 우리나라가 GDP 대비 대학등록금 액수가 전 세계 1위랍니다. 사교육비 지출 비율도 전 세계 1위고요. 사교육비 부담 때문에 아이를 낳지 않는다는 사람들은 얼마나 많나요. 우리나라가 출산율 세계 꼴찌인 이유가 있는 것입니다."

인하의 말이 끝나기가 무섭게 용팔이 말을 받았다.

"맞아. 대도시엔 학원을 몇 개씩 다니는 아이들이 그렇게 많다고 하잖아. 강남에 있는 유명한 교육 컨설팅 회사는 심지어 학생들의 수행평가까지 해준대. 컨설팅비가 1년에 얼만 줄 알아?"

"얼만데요?"

"정 선생, 놀라지 마. 1년에 5,000만 원이야, 5,000만 원……."

"5,000만 원이요?"

"진짜야. 5,000만 원이래."

"정말 기가 막히네요."

인하는 어이없다는 표정을 지으며 말했다. 잠시 후 용팔이 말했다.

"돈 많은 부자들이야 5,000만 원 별 거 아니겠지만 우리 같은 사람들은 상상도 할 수 없는 돈이잖아. 도무지 믿어지지 않지만 사실이야. 정 선생이야 나보다 더 잘 알고 있겠지만 강남에선 100만 원짜리 영어 수학 과외는 기본이더라고. 그 많은 돈을 감당해줄 수 있는 부모를 둔 아이들하고 나 같은 부모를 둔 아이들하고 경쟁하면 경쟁이 되겠냐?"

"극단적으로 말하면 출발선이 다른 달리기 시합입니다."

인하는 단호하게 말했다. 용팔은 흥분된 얼굴로 손가락 마디를 뚝뚝 꺾었다.

"정 선생, 과외 한 번 받지 않고 학원 한 번 다니지 않고도 서울대 척척 들어간 아이들이 있다는 거 나도 알아. 그런 아이들이 몇 명이나 있을까? 1차 세계대전에도 살아남은 사람들 있었고, 2차 세계대전에도 살아남은 사람들은 있었다고, 죽는 사람들이 바보 아니냐고 말하는 것하고 뭐가 달라? 정 선생은 교사였으니까 얼마나 잘 알겠어. 근데 교사들도 우리가 말하고 있는 것들에 대한 문제의식이 있지?"

"그럼요. 교사들 모이면 늘 이런 이야기 해요."

"'헬조선'은 젊은이들이 농담 삼아 하는 말 아냐. 대한민국은 지금 '헬조선' 맞아. 그렇다고 불평하면 뭐 하겠어. 우리가 독일이나 프랑스에서 다시 태어날 수도 없잖아."

"독일이나 프랑스에서 다시 태어날 수는 없지만 우리가 원한다면 대통령을 바꿀 수도 있고, 우리 사회를 바꿀 수도 있습니다. 신영복 교수의 말처럼 작은 돌멩이는 눈앞에 있는 거대한 벽을 무너뜨릴 수는 없지만 어둠을 뚫고 날아간 작은 돌멩이가 그 거대한 벽에 부딪힐 때 나는 '탁' 하는 소리는 어둠 저편에 우리가 넘어야 할 혹은 우리가 부수어야 할 거대한 벽이 있다는 것을 알리기엔 충분합니다."

"캬! 비유 좋다. 정 선생 말이 딱 맞네."

"제 말이 아니고 신영복 교수의 말입니다."

"정 선생이 읽은 거니까 정 선생 말도 되는 거야."

"그런 건가요?"

인하는 겸연쩍게 웃었다. 잠시 후 용팔이 말했다.

"그런데 나라가 너무 시끄러워. 텔레비전만 틀면 서울 한복판에서 두 패로 갈려 싸우는 사람들이 나와. 옛날엔 이 정도 아니었어. 안 그래?"

"시민의식이 높아진 거죠."

"시민의식이 높아지면 서로 적대하며 싸우게 되는 건가?"

"철학자 최진석 교수의 말처럼 이 싸움은 선한 사람들과 악한 사람들의 싸움이 아닙니다. 선한 사람들과 악한 사람들의 싸움이라면 벌써 끝났습니다. 스스로를 선하다고 생각하는 사람들끼리의 싸움이기 때문에 끝날 수 없는 싸움이죠."

인하의 말에 동의한 듯 동의하지 않은 듯 용팔은 고개를 갸웃거렸다. 잠시 후 인하가 물었다.

"장 사장님, 100년 전 사람들의 평균 수명이 몇 살인지 아세요?"

"글쎄? 한 50살쯤 됐을까?"

"그것보다 짧아요. 40대 전후로 모두 죽었어요. 200년 전 사람들의 평균 수명은 30대 중반이었습니다. 1970년 한국인의 평균 수명은 61.5세였습니다. 2020년 한국인의 평균 수명은 81세입니다. 산업화 세대와 민주화 세대의 노력으로 대한민국은 더욱 잘사는 나라가 되었습니다. 한국인의 평균 수명은 지난 50년 동안 20살이 늘어났어요. 잘사는 나라를 만들었더니 한국인의 수명이 20년이 늘어난 것입니다."

"50년 동안 한국인 평균 수명이 20년 늘어난 거네?"

용팔은 흥분된 목소리로 그렇게 말하고 나서 술 한 모금을 들이켰다. 잠시 후 인하가 말했다.

"우리 사회가 다양성을 인정하는 사회가 됐으면 좋겠습니다. 다양성을 배척하는 사회는 동질성을 더욱 강화시키고 결집된 동질성은 패거리문화로 발전합니다. 그렇게 만들어진 패거리문화 때문에 지금 대한민국의 사회적 갈등은 세계 최고 수준입니다. 패거리문화는 다양성을 인정하지 않는 대한민국의 전체주의 문화가 낳은 사생아라고 저는 생각합니다."

"나라 밖에 적이 없고 나라 안에 근심이 없는 나라는 반드시 망한다고 맹자는 말했다지만, 요즘 대한민국은 너무 소란스럽지 않아?"

"소란스럽다는 건 그만큼의 자유가 있다는 뜻인지도 몰라요. 서로 적대하는 두 세력이 서로를 깔보지 않았으면 좋겠어요. 무턱대고 상대를 깔보면 상대의 실체를 못 봅니다. 사람의 생각은 그의 이해관계에 따라 혹은 신념에 따라 얼마든지 다를 수도 있고, 반대의 목소리는 반드시 필요합니다. 혁명이 반혁명이 되는 것은 반대의 목소리를 용납하지 않기 때문입니다. 반대의 목소리가 있어야 혁명은 시작되고, 반대의 목소리가 없을 때 혁명은 반혁명이 됩니다."

"그래도 상식이라는 게 있잖아, 보편타당성⋯⋯."

용팔이 조금은 못마땅한 표정을 지으며 말했다.

"상식에 대한 기준이 다르니까 문제지요. 정의와 불의를 결정할 때도 인간의 이해관계는 철저히 개입됩니다. 자신에게 이익이 되면 정의가 되고 자신에게 손해가 되면 불의가 되는 것이지요. 인간이 매우 합리적이고 이성적이라고 생각하시나요?"

"아니. 나를 보면 아니라는 것을 알 수 있어. 인간은 때때로 합리적이고 때때로 이성적일 뿐이지. 비합리적이고 비이성적인 일들이 내 일상에도 가득했으니까. 고량주를 두 병이나 처먹고 방이 화장실인 줄 알고 오줌을 갈긴 적도 있다니까. 한마디로 개 됐는데 그걸 쪽팔리게 아들놈들도 알고 있어."

용팔이 히죽 웃으며 말했다. 알딸딸해진 용팔의 눈에 주방 불빛이 자꾸만 둘로 보였다. 용팔은 인하에게 양해를 구하고 윗주머니에 있는 스프링 수첩과 볼펜을 꺼냈다. 용팔은 빠르게 써내려갔다.

오래전 하마를 길들인 사람들이 있었다. 하마는 성질이 사나워 길들이기 어려웠다. 하마를 길들이려면 채찍으로 하마의 몸에 선명한 기억을 남겨야 한다. 가장 좋은 채찍 재료는 하마 가죽이었다. 하마 가죽으로 만든 채찍을 맞으며 하마는 얼마나 난감했을까? 자신이 자신을 착취하는 꼴이 되었다. 하마가 의도한 것은 아니다. 하마는 자신을 지키려고 강인한 가죽을 만들었는데 그 강인한 가죽이 자신의 몸과 마음을 굴복시킨 것이다.

대한민국엔 수많은 하마가 살고 있다. 김누리 교수의 말처럼 대한민국 사람들은 '자기계발'이라는 이름으로 스스로를 착취하고 있다. 감독관도 없는데 스스로 감독관이 되어 자기를 착취하고 있으며 심지어 그들은 자기착취를 삶에 대한 열정으로 착각하고 있다고, 김누리 교수는 말했다. 그들의 자기착취는 살인적인 경쟁이 자행되고 있는 대한민국이 만들어낸 것이다. 경쟁은 아름다운가? 대한민국의 경쟁지상주의는 지금의 대한민국을 어떻게 만들어놓았는가?

15

한 떼의 저녁 손님들이 빠져나간 뒤 용팔과 영선이 주방 테이블에 마주 앉아 있었다. 동배가 쪼르르 달려와 영선 옆에 앉았다.

"엄마, 내 친구들이 내 이름 가지고 자꾸만 놀려."

"뭐라고 놀리는데?"

"나보고 똥빼래."

물끄러미 동배를 바라보던 용팔이 갑작스레 부아 난 표정을 지으며 말했다.

"뭐? 똥빼? 어떤 놈들이야! 우리 아들을 똥빼라고 부르는 놈들이."

용팔의 말이 끝나기가 무섭게 동배가 눈을 동그랗게 뜨고 용팔에게 말했다.

"아빠! 아빠도 며칠 전에 나보고 똥빼라고 불렀잖아."

"인마, 내가 언제 너를 똥빼라고 불렀어?"

동배는 억울하다는 듯 영선에게 물었다.

"엄마도 들었지? 아빠가 나보고 똥빼라고 부르는 거······."

영선이 불퉁스럽게 용팔을 향해 말했다.

"시치미 떼지 말고 그랬으면 그랬다고 솔직히 말해. 당신이 며칠 전에 '똥빼'라고 그랬잖아. 아빠가 아들보고 똥빼라고 부르니까 친구들도 동배를 '똥빼'라고 부르지. 하여간에 당신이 문제야. 동배 이름 지을 때 내가 몇 번을 말했잖아. 나중에 친구들이 '똥빼'라고 놀리면 어떡하느냐고······. 내가 이런 일 생길 줄 알았다니까."

영선의 말이 끝나기가 무섭게 동배가 말했다.

"아빠, 나 이름 바꿔줘. 동배라는 이름 완전 싫어."

"인마, 이름 바꾸는 게 그렇게 쉬운 줄 알아. 절차가 얼마나 복잡한데. 동배야, 네 이름은 그래도 괜찮은 거야. 이상한 이름들 정말 많아. '김치순', '김방구'라는 이름도 있어. 거짓말 아냐 진짜야."

동배가 뜨악한 표정을 지으며 영선에게 물었다.

"엄마, 진짜야? 진짜로 '김방구'라는 이름 있어?"

"아마 그럴걸. 웃기는 이름이 얼마나 많은데."

영선이 웃으며 말했다. 잠시 후 용팔이 동배에게 말했다.

"동배야, '리나'라는 이름도 있어. '리나'······."

"리나? '리나'라는 이름은 좋은데. 그치 엄마?"

동배가 동의를 구하려는 듯 영선에게 물었다. 영선도 고개를 끄덕이며 말했다.

"'리나'는 예쁜 이름이잖아. '리나'……. 이름 예쁘다."

"'리나'가 진짜로 예뻐?"

용팔은 어이없다는 표정을 지으며 영선에게 물었다. 용팔은 동배에게도 물었다.

"동배야, 너도 '리나'라는 이름이 예쁘다고 생각하니?"

"응, 완전 예뻐!"

"동배야, '리나'의 성이 뭔 줄 알아?"

"뭔데?"

"성이 구 씨야, 구 씨. '구리나'……. '구리나'가 예쁘냐?"

"설마."

영선이 웃으며 말했다.

"진짜라니까. 진짜로 이름이 '구리나'야."

"동배야, 너희 아빠 지금 뻥치고 있는 거야."

"뻥 아니라니까."

용팔은 눈을 동그랗게 뜨고 말했다.

"동배야, 아빠 말이 진짜인지도 몰라. 이상한 이름 정말 많거든. 아빠 이름도 만만치 않잖아. 장용팔이 뭐냐, 장용팔이. 촌스럽게."

"왜? 장용팔이 어때서? 용팔이……. 남자답고 멋있잖아."

용팔은 흠흠한 표정을 지으며 말했다. 영선이 혼잣말을 했다.

"멋있긴 개뿔이 멋있어."

용팔은 영선의 말을 아랑곳하지 않고 익살스런 표정으로 동배를 바라보며 말했다.

"동배야, 삐쳤냐?"

"……."

"삐쳤나 보네. 내일모레면 중학교 들어갈 놈이 아빠가 장난친 거 가지고 삐치면 되겠냐? 동배야, 아빠가 퀴즈 낼게 맞춰볼래? 퀴즈 맞추면 군만두 열 개 만들어줄게."

용팔의 뜬금없는 제안에 동배는 고개를 끄덕였다. 용팔은 느릿느릿 그러나 또렷한 목소리로 말했다.

"장동배, 지금부터 아빠가 문제 낼 테니까 1번과 2번 중에 어느 게 맞는지 하나만 찍어. 문제 들어간다. 잘 들어. 자, 시작한다. 1번. 기린은 키가 크다. 2번 기린은 키가 작다. 몇 번이 답이게?"

동배는 잠시의 고민도 없이 재빠르게 대답했다.

"1번. 기린은 키가 크다."

"땡! 틀렸어!"

용팔은 동배의 말이 떨어지기가 무섭게 발랄한 표정을 지으며 말했다.

"아빠, 기린은 키가 크잖아."

용팔은 낮은 목소리로 자신만만하게 동배를 향해 말했다.

"동배야, 다시 생각해봐."

동배는 손가락을 이마에 대고 잠시 생각에 잠겼다. 1분도 채 지나기 전에 동배가 갑작스럽게 말했다.

"정답은 2번. 기린은 키가 작다! 왜냐하면 기린은 키가 큰 게 아니라 목이 긴 거잖아."

"땡! 또 틀렸어!"

"아빠, 그럼 답이 뭐야?"

"동배야, 너 학교에서 신체검사할 때 키 잰 적 있지?"

"응."

"동배야, 네 친구들 중에도 유난히 목이 긴 친구가 있고 목이 짧은 친구가 있을 거야. 키를 잴 때 목이 길다고 키에서 몇 센티를 빼진 않잖아. 목의 길이도 키에 포함되는 거니까. 아빠 말이 맞지?"

"……."

동배는 용팔의 물음에 아무 말 없이 고개만 끄덕였다. 잠자코 그 광경을 지켜보던 영선이 따지듯 용팔에게 물었다.

"내 생각도 1번 '기린은 키가 크다.'가 맞는 것 같은데. 기린이 키가 작아? 그건 말도 안 되잖아."

"당신이 눈에 보이는 것만 보니까 그렇지."

용팔은 영선을 향해 퉁명스럽게 말했다. 영선도 용팔을 향해 퉁명스럽게 말했다.

"그럼 눈에 보이는 것만 보지, 눈에 보이지 않는 걸 어떻게 봐."

"하여간에 말이 안 통해요. 내 말은 풍경 너머의 풍경을 보라는 뜻이야."

용팔은 한심하다는 눈빛으로 영선을 바라보며 말했다. 잠시 후 용팔이 동배에게 말했다.

"똥빼, 잘 들어봐. 네가 틀린 이유를 설명해줄 테니까. 기린은 키가 크다고 말하면 사람들이 고개를 끄덕일 거야. 실제로 기린은 사람보다 훨씬 키가 크니까. 그런데 기린은 키가 작다고 말하면 나무들이 고개를 끄덕일 거야. 실제로 기린들이 살고 있는 아프리카엔 기린보다 키 큰 나무들이 정말 많거든."

동배는 용팔의 말에 동의한다는 표정을 지으며 고개를 끄덕였다.

"깜빡 속았네. 깜빡 속았어."

영선은 손뼉까지 치며 공감했다. 용팔이 흐뭇한 표정을 지으며 말했다.

"기린의 키도 누가 보느냐에 따라 이렇게 달라지는 거야. 사람들은 기린을 보고 키가 크다고 말하겠지만 나무들은 기린을 보고 키가 작다고 말할 테니까. 똥빼야, 속았지? 군만두 날아갔네?"

"치……. 또 똥빼라고 말했어."

동배는 눈을 치켜뜨고 용팔을 노려보았다. 용팔은 히죽거리며 동배를 바라보았다. 그때 출입문이 열리고 손님들이 들어왔다.

"어서 오세요."

영선은 환하게 웃으며 손님들을 맞이했다.

16

　용팔은 계산대에 앉아 윗주머니에 있는 스프링 수첩과 볼펜을 꺼냈다. 핸드폰 메모장에 급히 써놓았던 글을 스프링 수첩에 옮겨 적었다.

　새벽에 일어나 소설 원고를 썼다. 배가 고팠다. 찬물에 더운밥을 말아 달게 먹었다. 마른 멸치를 고추장 찍어 반찬으로 먹었다. 은빛으로 빛나는 마른 멸치가 빨간 얼굴로 나를 노려보았다. 그날 아침 배달된 책장을 넘기며 밥을 먹었다. 무심코 책장을 넘기는데 손에 들고 있던 멸치가 물 말은 밥 속으로 퐁당 빠졌다. 멸치가 살아났다. 신기했다. 멸치는 은빛 꼬리를 살랑살랑 흔들며 푸른 바다로 헤엄쳐 갔다. 멸치를 따라 나도 바다로 헤엄쳐 갔다. 그것은 꿈이었을까?

용팔은 스프링 수첩과 볼펜을 윗주머니에 넣었다. 잠시 후 용팔이 있는 계산대 쪽으로 영선이 다가왔다. 영선이 용팔에게 물었다.

"오늘은 뭐 썼어?"

"뭘 쓰다니?"

"조금 전에 수첩에 뭐 썼잖아."

"아아, 그거? 별거 아냐."

"소설은 잘 써져?"

"그럭저럭."

용팔은 무심히 말했다. 잠시 후 용팔이 영선에게 말했다.

"여보, 방금 전에 나간 손님 말이야. 좀 심하지 않냐?"

"뭐가 심해?"

영선이 뚱한 표정으로 물었다.

"밥 먹을 때도 개를 데리고 다니잖아. 작은 개도 아닌데 말이야."

"이유가 있겠지. 사이 나쁜 피붙이보다 개가 더 낫다고 말하는 사람들 많아. 우리도 개나 한 마리 키울까?"

"주방에 개털 날리면 어쩌려고? 괜히 동배 앞에서 쓸데없는 소리 하지 마. 헛바람 들어가니까."

잠시 침묵이 흘렀다. 용팔이 영선에게 물었다.

"인간이 처음 길들인 야생 동물이 뭔지 알아?"

"개 아냐? 그렇게 들었던 것 같은데."

"개 맞아. 개도 처음엔 야생 동물이었는데 인간이 길들인 거래. 그런데 인간이 개를 길들인 게 정말 맞을까? 오래전 어떤 책에서 읽은 것처럼, 인간이 개를 길들인 게 아니라 반대로 개가 인간을 길들인 건지도 몰라. 나 어릴 적엔 인간이 길들인 개가 집이라도 지켰어. 그런데 아파트에 살고 있는 개들은 집을 지키는 것도 아니잖아. 먹을 것을 구하기 위해 사냥할 필요도 없고. 때 되면 먹을 것 주고, 운동 시켜주고, 목욕 시켜주고. 심지어는 때맞춰 예방주사까지 맞춰주거든……. 주인에게 살갑게 꼬리만 흔들어주면 만사 오케이야. 상황이 이쯤 되면 인간이 개를 길들인 게 아니라 개가 인간을 길들였다는 말이 맞는 말 아닐까? 개는 인간을 길들여 자기 생존에 필요한 것들을 다 얻었으니까."

용팔은 호들갑스럽게 말했다.

"그거 말 된다. 재밌네."

영선이 웃으며 말했다. 용팔은 시계를 들여다보았다.

"어라! 벌써 시간이 이렇게 됐네. 하루가 눈 깜짝할 사이에 간다."

용팔은 한숨을 내쉬며 주방 밖으로 걸어 나갔다. 가게 문을 닫으려고 출입문 밖으로 나간 용팔이 급작스럽게 걸음을 멈췄다. 용팔은 재빠르게 담벼락 한쪽에 몸을 숨겼다. 가게 담벼락 앞에 인혜와 인석이 서 있었다. 담벼락에 낙서를 하고 있는 인혜와 인석을 발견한 것이다. 용팔은 몸을 더 깊이 숨긴 채 아이들을 노려보았다.

"오늘 너희들 딱 걸렸다!"

용팔이 혼잣말로 속삭였다. 잠시 사이를 두었다가 용팔이 또다시 혼잣말을 했다.

"어? 아니네……."

물이 차란차란 담긴 양동이가 인혜와 인석 앞에 놓여 있었다. 인혜와 인석은 고래반점 담벼락에 있는 낙서를 지우기 위해 솔질을 하고 있었다. 아이들의 목소리가 가까이 들려왔다.

"누나, 팔 아프다. 손도 시리고. 그치?"

인석이 인혜를 바라보며 말했다.

"조금만 더 하면 돼. 거의 다 지웠잖아."

"누나, 우리가 낙서 지워 놓으면 아저씨가 우리를 좋아할까? 아저씨는 우리를 미워하잖아."

인석은 불평 섞인 목소리로 말했다. 잠자코 아이들의 말을 듣고 있던 용팔은 더 깊이 자신의 몸을 숨겼다. 인혜와 인석의 얼굴은 보이지 않았지만 그들의 말소리는 용팔의 귓가로 또렷이 들려왔다.

"인석아, 아저씨는 우릴 미워하지 않아. 아저씨가 우리를 미워했다면 아줌마도 우리에게 짜장면을 주지 못하셨을 거야."

"아저씨는 우릴 미워해."

"인석아, 그렇지 않아. 아저씨는 우릴 미워하지 않아."

"누나, 아저씨가 정말로 우리를 미워하지 않을까?"

"응."

인석은 고개를 갸웃거리며 인혜에게 다시 물었다.

"누나, 아저씨가 우리를 미워하지 않는다면 왜 만날 아줌마한테 뭐라고 해? 우릴 미워하니까 짜장면 주지 말라고 그러는 거잖아."

인석의 말을 듣고 인혜는 머뭇거렸다. 잠시 후 인혜가 말했다.

"그건…… 그건 있잖아……. 아저씨가 우리를 미워해서 그러는 게 아니야. 짜장면은 손님들에게 돈을 받고 팔아야 하는 음식이잖아. 그러니까 그렇지……."

인석은 고개를 갸웃거리며 다시 물었다.

"그런가? 근데 누나, 우리가 낙서 모두 지워 놓으면 아저씨도 우릴 좋아하겠지. 그치?"

"응, 좋아하실 거야."

인혜는 인석을 바라보며 환하게 웃었다. 인석도 환하게 웃었다.

"누나, 근데 낙서가 왜 이렇게 안 지워져? 솔로 세게 문질러도 안 지워지잖아. 비누칠 더 할까?"

"잠깐만. 누나가 비누칠 더 해줄게."

"누난 장갑이 없어서 손 시리겠다."

"아냐. 누난 손 하나도 안 시려. 팔 아프니까 인석이 너는 그만해."

"나 하나도 안 힘들어."

"인석아, 우리 이거 다 지우고 집에 가서 라면 끓여 먹자. 누나가 김치 넣고 맛있게 끓여줄게."

"우와! 맛있겠다. 계란도 넣자, 누나."

"응. 계란도 넣자. 맛있겠다. 그치?"

"정말 맛있겠다. 누나, 옷 조심해. 다시 물 뿌릴 거니까."

인석의 입 밖으로 하얀 입김이 뿜어져 나왔다. 인석은 잔뜩 신난 얼굴이었다. 인석은 장갑을 벗고 두 손으로 물바가지를 만든 뒤 담벼락을 향해 힘차게 물을 뿌렸다. 인혜는 물이 흘러내리는 담장을 부지런히 솔질했다. 인혜의 억센 솔질 소리가 용팔의 귓가로 들려왔다.

"누나 손 좀 이리 줘봐. 내가 따뜻하게 해줄게."

인석은 인혜의 손을 억지로 끌어당기며 말했다.

"누나 손이 얼음 같아. 얼음같이 너무 차가워."

인석은 물에 젖은 인혜의 손을 잡고 입김을 호호 불었다. 담벼락 한쪽에 숨어 그 광경을 지켜보던 용팔은 발걸음 소리를 죽이며 슬그머니 가게 안쪽으로 들어갔다. 용팔이 가게 안쪽으로 들어섰을 때 영선이 용팔에게 물었다.

"문 닫으러 나간 사람이 셔터는 왜 안 내리고 그냥 들어오신대?"

갑작스러운 영선의 물음에 용팔은 자신도 모르게 검지를 입술에 대며 말했다.

"쉿!"

영문을 모르는 영선이 용팔을 바라보며 말했다.

"왜? 무슨 일 있어?"

"아니……. 그런 게 아니고……."

"그런데 당신 표정이 왜 그래?"

"으흠, 으흠……. 별일 아니라니까. 으흠, 으흠……."

용팔은 헛기침을 하며 말했다. 용팔은 영선에게 혼란스러운 자신의 마음을 들키지 않으려고 식탁 위에 엎드렸다. 용팔은 깊은 생각에 잠겼다. 영선은 고개를 갸웃거리며 용팔에게 다가가 용팔을 주의 깊게 살폈다. 아무래도 용팔의 모습이 심상치 않았다. 엎드려 있는 용팔의 어깨 위에 영선이 손을 얹으며 말했다.

"어디 아파? 또 지난번처럼 배 아픈 거 아냐? 장 꼬인 거 같으면 빨리 응급실로 오라고 의사가 지난번에 말했잖아."

"아냐…… 그런 게 아냐……. 배 아픈 거 아니고 조금 있으면 괜찮아질 거야."

"그럼 왜 그래? 오늘따라 이상하네. 무슨 일 있어?"

"저리 가. 아무것도 아니라니까 왜 그래?"

용팔은 잠시 얼굴을 들고 버럭 짜증을 내고는 다시 엎드렸다. 영선은 영문을 모르겠다는 듯 고개를 갸웃거리며 용팔을 바라보았다. 잠시 후 영선이 용팔에게 물었다.

"여보, 오늘은 서터 내가 내릴까?"

용팔은 자리에서 벌떡 일어나 당황한 표정으로 말했다.

"아냐, 아냐. 그럴 필요 없어. 조금 이따가 내가 내릴게. 당신은 방에 들어가 쉬어."

"오늘 이 양반이 왜 이런대? 참 이상하네……."

영선은 용팔의 표정을 조심스럽게 살폈다. 잠시 후 영선은 방으로 들어갔다. 밤이 늦도록 인해와 인석은 고래반점 담벼락에 서서 술질을 했다. 밤하늘에서 눈이 내리기 시작했다.

17

고래반점 홀에 앉아 용팔이 고량주 한 모금을 마시며 인하에게 물었다.

"정 선생, 대한민국 한복판이 너무 소란스럽지 않아?"

"광화문 말씀하시는 거죠?"

"응."

"소란스럽지만 그래도 우리나라에 광장 민주주의가 정착된 것입니다."

"광장 민주주의만 정착되면 뭐 해? 직장 민주주의나 가정 민주주의는 개판인걸. 대통령 쫓아낼 땐 당당하게 얼굴 들었던 사람들도 자기 회사 대표 쫓아낼 땐 가면 쓰고 시위하더라. 직장 민주주의는 아직도 멀었다는 뜻이야. 광장에 있던 사람들이 직장이나 가정으로 돌아가면 권위주의 가득한 이전의 꼰대로 다시 돌아간대. 정 선생, 우리나라의 권위주의는 어디서 왔을까?"

"남북분단과 조선시대의 유교문화로부터 왔다고 생각합니다."

"내 짐작이 맞네."

용팔은 고개를 끄덕이며 말했다. 잠시 후 인하가 말했다.

"전쟁은 인간이 건설한 문명만 부수지 않습니다. 인간의 정신까지 산산조각 냅니다. 남북분단과 반공이데올로기는 엄격한 군사문화와 병영문화를 만들었습니다. 전쟁 위협 속에서 만들어진 군사문화와 병영문화는 가정과 직장과 국가와 심지어는 학교에도 상명하복의 왜곡된 권위주의 문화를 만들었습니다. 또한 조선이 500년 동안 유일사상으로 신봉한 주자학(성리학)이 만든 권위주의도 뿌리 깊습니다."

"조선 500년을 말아먹은 건 그 잘난 양반 놈들이야. 양반 사대부 놈들이 유일사상으로 받든 왜곡된 성리학은 썩을 대로 썩었어. 양명학을 사문난적^{斯文亂賊}으로 몰지만 않았어도 조선의 빛은 그렇게 무참히 꺼지지 않았을 거야."

용팔이 한숨을 내쉬고 말을 이었다.

"양명학을 집대성한 왕양명은 사람은 누구나 자신을 밝힐 수 있는 내면의 빛을 가지고 있다고 말했고, 심지어는 천인까지도 그렇다고 주장했지? 왕양명의 말이 백 번 맞는 말이지. 사람은 누구나 자신을 밝힐 수 있는 내면의 빛을 가지고 있잖아. 정 선생, 안 그래?"

"제 생각도 그렇습니다. 사람은 누구나 자신을 밝힐 수 있는 내면의 빛을 가지고 있습니다. 양명학은 주자학에 대한 문제의식으로부터 출발한 것이고 인간은 자기 수양을 통해 모두가 성인이 될 수 있다고 말했어요. 주자학은 양반 사대부만 벼슬할 수 있다고 말했지만 양명학은 천인도 재능만 있다면 벼슬할 수 있다고 말했습니다. 양명학은 주자학보다 인간의 영토를 확장시킨 것입니다. 문명이 발전한 거예요."

"양명학엔 인간 평등 사상이 있으니 노비를 거느린 양반 사대부들이 적대시할 수밖에 없잖아?"

"양명학은 시대적 요구였어요."

"정 선생, 조선이 성리학을 버리고 양명학을 받아들였다면 조선의 미래는 달라졌을까?"

"달라졌을 거예요. 조선이 성리학을 버리고 양명학을 받아들였다면, 조선을 썩게 만든 노론의 장기 집권이 없었을 거예요. 정조가 죽고 순조 4년부터 시작된 노론 안동 김씨와 풍양 조씨의 세도정치야말로 조선을 망하게 한 결정적 원인입니다."

인하는 진지한 표정으로 말했다. 잠시 후 용팔이 말했다.

"1894년에 일어난 동학농민혁명은 조선이 근대 국가로 발돋움할 수 있는 유일한 동력이었는데 말이야. 아무리 생각해도 아까워. 신분제를 폐지하고 인간 평등을 주장한 동학농민

군이 관군과 전주화약 맺지 말고 한양까지 밀고 올라갔으면 우리 역사는 달라졌을 거야. 그치?"

"달라졌겠죠. 동학처럼 아래로부터 시작된 근대화가 진짜 근대화인데, 바른말하는 자기 백성들 때려죽인다고 고종과 민비는 외국 군대 끌어들였습니다. 동학군 전멸했어요. 전봉준, 김개남, 손화중 같은 혁명 지도부도 모조리 죽였고요. 무지몽매한 조선을 깨울 수 있는 근대화의 불꽃은 그렇게 꺼지고 말았지만 동학혁명은 무의미하지 않았습니다. 동학혁명이 없었다면 4.19도 없었고, 5.18도 없었고, 1987년 6월 항쟁도 없었고, 촛불혁명도 없었습니다. 동학혁명은 대한민국 민주주의의 튼튼한 뿌리입니다."

인하는 긴 숨을 내쉬고 말을 이었다.

"아무튼 남북분단이 만들어놓은 병영의 권위주의와 주자학이 심어놓은 권위주의가 오늘날 우리 사회에 만연한 권위주의의 뿌리입니다. 그 뿌리는 우리가 생각하는 것보다 훨씬 깊습니다."

"근데 말이지. 사실은 우리 집안도 양반이거든."

용팔이 히죽 웃으며 말했다.

"저희 집안도 양반이라고 들었습니다만 실제로는 쌍놈이었는지도 몰라요. 조선시대 양반의 비율은 5퍼센트 미만이었습니다. 3퍼센트 미만이라고 말하는 사람들도 있어요. 양반이라고 말하는 사람들 100명 중 95명 이상은 양반 아닙니다."

"헐. 그러면 나도 쌍놈일 수 있겠네?"

"저도 쌍놈인지 모릅니다. 허위의식 가진 양반보다 쌍놈이 인간적이잖아요."

"쌍놈은 삶이 너무 고달파. 개 취급당하는 게 일상일 테고. 나는 그냥 양반할게. 정 선생은 알아서 해."

용팔은 눈을 희번덕거리며 너털웃음을 웃었다. 인하도 따라 웃었다.

"정 선생, 건배!"

용팔은 술잔을 들었다. 인하도 술잔을 들었다. 술 취한 용팔이 소리쳤다.

"원샷!"

두 사람은 단숨에 술잔을 비웠다. 용팔이 불콰해진 얼굴로 호들갑스럽게 말했다.

"캬! 술맛 좋다. 술은 역시 고량주야. 이걸 마셔줘야 그분이 세게 오셔."

용팔의 발음이 비틀거렸다. 인하의 발음도 비틀거렸다. 용팔이 다시 말했다.

"정 선생, 스칸디나비아반도의 북유럽 사람들은 행복지수가 높잖아. 그들의 행복지수가 높은 이유가 뭐일 것 같아?"

"사회복지 제도 아닐까요? 스웨덴이나 핀란드의 복지는 세계 최고잖아요."

"많은 사람들이 그렇게 생각하는데 실제로 북유럽 사람들의 행복지수가 높은 이유는 수평적 인간관계 때문이래. 부모와 자식도 수평적 인간관계를 형성해 동등한 높이에서 대화를 나누고, 기업 회장과 말단 신입사원도 수평적 인간관계를 형성해 동등한 높이에서 대화를 나눈대. 우리나라에선 상상도 할 수 없는 일이잖아. 우리나라에선 가정도 직장도 국가도 학교까지도 대부분 수직적 인간관계를 맺고 있으니까. 수직적 인간관계는 권위주의가 만든 거잖아. 그러니까 하위에 있는 사람을 억압할 수밖에 없는 구조야. 우리의 의식과 무의식에 내재된 권위주의는 자신보다 힘이 약한 상대를 향해 억지를 부리고 폭력을 행사해. 대한민국엔 꼰대가 너무 많아. 그게 문제야. 나이 먹었다고 꼰대냐? 젊은 꼰대들이 얼마나 많은데. 항상 자기 생각만 옳다고 말하는 놈들이 꼰대야."

용팔이 빙긋이 웃으며 말했다. 고량주를 한 모금 마시고 나서 인하가 말했다.

"서울에서 몇 년 동안 살았던 적이 있어요. 머리 아플 정도로 사람도 많고 차도 많지만 가끔씩 서울이 그리울 때가 있어요. 저는 분주한 서울의 모습이 좋아요. 가끔씩 서울 가면 이곳처럼 고요하지 않아 좋았어요. 인구 1,000만 명이 살고 있는 서울이 늘 고요하다면 죽은 도시 아닌가요? 공존할 수 있는 차이는 이견 없는 합일보다 역동적입니다. 하루도 조용한 날이 없는 서울의 역동성을 저는 신뢰합니다. 대한민국이 더 좋은 나라로 가고 있다는 뜻이잖아요."

"그래. 정 선생 말도 틀린 말은 아니다. 내가 이전에 아파트 살 적에 말이야. 적어도 일주일에 한 번씩은 소란스럽게 싸우는 집이 있었어. 얼마나 소리를 지르며 싸우는지 위아래 집까지 다 들려. 어떤 날은 엄마와 아빠가 싸우는 소리가 들리고, 어떤 날은 엄마와 아들이 싸우는 소리가 들려. 어떤 날은 아버지와 딸이 싸우는 소리가 들리고, 또 어떤 날은 아들과 딸이 싸우는 소리가 들려. 다행히 싸움을 오래하진 않았어."

"콩가루 집안이네요."

"나도 처음엔 콩가루 집안이라고 생각했거든. 가만히 생각해보니까 그 반대일 수도 있다는 생각이 들었어. 가족이 저마다 자기 목소리를 내며 싸울 수 있다는 것은 그 집안에 억압이 없다는 거잖아. 엄마나 아빠 목소리만 크게 들리면 그 집은 위험한 집이야. 그 집에 억압된 자아가 있다는 뜻이잖아. 피를 나눈 식구지만 여러 사람이 한집에 붙어 사는데 싸움이 없으면 비정상이지. 지나치지 않다면 소리 지르며 싸우는 가족이 건강한 가족이야. 시끌벅적한 집안엔 상처받은 자아도 있지만 그 상처는 일방적인 상처가 아닐 테니 그 집안은 무너지진 않을 거야."

용팔의 말을 듣고 인하는 가만가만 고개를 끄덕였다.

"장 사장님, 저는 제가 사는 이곳이 좋아요. 코앞에 남한강이 흐르고 무지개 샛강이 흐르고 소백산이 있는 이곳이 저는 참 좋습니다. 높은 산에 올라가 패러글라이딩을 하면 한 마리 새가 될 수도 있잖아요."

"여기만큼 좋은 곳이 또 있겠어? 중국 송나라 시인 도연명이 찾아 헤맸다는 무릉도원이 바로 여기야. 우리 집 옥탑방 지붕 위로 올라가면 소백산 연화봉, 비로봉이 훤히 보여. 소백산 연화봉을 보면 나는 지금도 가슴이 콩닥거려."

용팔은 술잔을 들어 고량주 한 모금을 마셨다. 취기 가득한 목소리로 용팔이 다시 말했다.

"정 선생, 아까 한 말 참 좋다. 반대의 목소리가 있어야 혁명은 시작되고 반대의 목소리가 없을 때 혁명은 반혁명이 된다는 말…… 정 선생처럼 유연한 생각을 가진 사람들이 있으니 대한민국엔 희망이 있어. 거럼!"

인하는 겸연쩍게 웃었다. 잠시 침묵이 흘렀다. 빛과 어둠은 둘이 아니라 하나라고 했던 인하의 말이 용팔은 자꾸만 떠올랐다. 앞을 볼 수 없는 사람이 되고 나서 그것을 알게 되었다는 인하의 말이 용팔은 마음 아팠다.

"정 선생, 잠깐만. 뭐 좀 써놓을 게 있어. 잊어버릴까 봐 그래."

용팔은 인하에게 양해를 구하고 서둘러 윗주머니에서 스프링 수첩과 볼펜을 꺼냈다. 용팔은 빠른 손놀림으로 써내려갔다.

개구리 한 마리가 연못 속에 빠져 있었다. 시멘트로 만들어진 사각 연못이었다. 개구리는 연못 밖으로 빠져나오려고 발버둥쳤다. 수도 없이 높이뛰기를 해보았지만 소용없는 일이었다. 그 어디에도 빠져나갈 길은 보이지 않았다. 햇볕은 쨍쨍했고 연못 속 물은 얼마 남지 않았다.

개구리는 자기가 뛰어내린 높이만큼 뛰어오를 수 없었다. 때로는 나의 모습도 그랬다.

18

용팔이 웃으며 동현의 방으로 들어왔다. 용팔이 동현에게
말했다.

"장동현, 이번에 성적 올랐다면서?"

"조금."

"그래. 바로 그거야. 된다는 보장은 없지만 열공해라."

동현은 농담을 던지는 용팔을 마뜩잖은 표정으로 바라보
았다.

"왜 인마? 열공하라는 말이 잘못됐냐?"

"된다는 보장 없다며?"

"어? 내가 그렇게 말했냐? 농담이야. 인마."

용팔은 능청스럽게 말했다. 잠시 후 용팔이 말했다.

"장동현, 갖고 싶은 게 뭐냐? 성적 올랐으니 뭐라도 사줄
게. 대신 5만 원 넘으면 반칙."

"나중에 사줘. 더 오르면."

"어서 말하라니까. 후회하지 말고."

"싫어. 부담 돼. 성적 더 올리라고 사주는 거잖아?"

"인마, 그런 거 아냐."

동현은 말없이 고개를 절레절레 저었다. 잠시 후 용팔이 말했다.

"사람의 능력을 평가하는 기준이 뭘까?"

"잠재성이나 가능성. 그리고 감수성도 중요하다고 생각해."

"내 생각도 너랑 같다. 한 사람의 잠재성과 가능성은 수치만으로 환산될 수 없어. 시험 성적으로만 인간의 능력을 평가할 수 없다는 뜻이야. 우리나라는 언제쯤 바뀔까? 우리나라도 머지않아 바뀔 거야. 입시 제도에 대한 문제의식을 가진 사람들이 생각보다 많아."

"아빠, 나처럼 공부 못하는 애가 입시 제도의 문제점을 말하면 무시당하겠지?"

"그렇겠지. 성적이 개판이니까 그런 말 한다고 비난하겠지. 그래도 당당하게 말해. 말할 수 있겠어?"

"우리나라 학생들은 시험 성적으로 경쟁하고, 시험 성적에 맞춰 대학 가고, 명문 대학 나오면 대접받고, 후진 대학 나오면 개무시당하는 그런 과정을 당연한 거로 받아들이잖아."

"동현이 너는?"

"당연한 거라고 배웠어."

"배운 거 말고 네 생각을 말해봐."

"당연한 거라고 학교에서 배웠다니까."

"모든 선생님들이 그렇게 말하진 않았을 거야."

"학교 선생님들은 대부분 그게 당연한 것처럼 말해."

"동현아, 시험 성적 나쁘면 무능한 사람이니?"

"몇몇 선생님들 빼고 대부분의 선생님들이 그렇게 말한다니까. 그러니까 학생들은 그렇게 생각할 수밖에 없잖아."

"동현이 너도 시험 성적 나쁘면 무능한 사람이라고 생각하니?"

"아니. 내 친구들 중엔 특별히 운동을 잘하는 아이도 있고, 특별히 기타를 잘 치는 아이도 있고, 특별히 춤을 잘 추는 아이도 있어. 특별히 그림을 잘 그리는 아이도 있고, 나처럼 책을 좋아하는 아이도 있어. 특별히 공부를 잘하는 아이들도 있고. 공부 잘하는 것도 일종의 재능이라고 생각해. 공부 잘하는 아이들에게 물어보면 시험도 싫고 친구들과 경쟁하는 것도 싫은데 공부하는 건 재미있다고 말하는 애들도 꽤 있거든."

"동현아, 공부는 재능이 아니라 노력이라고 말하는 사람들이 많아."

"운동도 노력이고, 기타 연주도 노력이야. 춤도 노력이고, 그림 그리는 것도 노력이야. 독서도 노력이고. 독서하려면 시간 내야 하고, 엄청난 에너지 써야 하잖아. 무엇을 하든 재있게 할 수 있는 게 사람마다 다른 거라고 생각해. 아빠도 요리하는 게 좋아서 음식점 하는 거잖아. 사람들마다 특별히 좋아하고 잘하는 게 따로 있는데 시험 성적 나쁘다고 무능한 사람이라고 말하는 건 옳지 않다고 생각해."

"짜식, 똑똑하네. 백퍼 공감!"

용팔은 환하게 웃으며 말했다.

용팔은 동현과의 대화를 마치고 주방 뒷문으로 걸어 나갔다. 고양이들은 어디로 갔는지 보이지 않았다. 용팔은 산수유나무 숲속으로 몇 걸음 들어가 이리저리 살펴보았지만 고양이들은 보이지 않았다. 발뒤꿈치에 무언가가 묵직하게 밟혔다. 용팔은 그것을 유심히 내려다보았다. 생김새로 보아 오래된 돼지 뼈다귀나 개뼈다귀처럼 보였다.

용팔은 스프링 수첩과 볼펜을 꺼내려고 서둘러 윗주머니를 뒤졌다. 볼펜이 없었다. 한쪽 손에 수첩을 들고 나머지 한 손으로 주머니 이곳저곳을 샅샅이 뒤져보았지만 볼펜은 나오지 않았다. 용팔은 서둘러 주방 뒷문을 열고 계산대 앞으로 걸어가 볼펜을 손에 들었다. 그리곤 빠른 손놀림으로 우연처럼 다가온 생각을 수첩에 써내려갔다.

천둥 치고 벼락 치던 밤이 지나갔다. 원시인은 숲을 지나다 쓰러진 나무에서 불씨를 발견했다. 난생처음 보는 것이었다. 불의 발견은 혁명이었다. 음식을 불에 익혀 먹으면서 원시인들은 소화에 집중시켰던 에너지를 뇌腦로 보낼 수 있었다. 원시인들의 뇌는 이전보다 커졌고 정보 수집 능력도 진화됐다. 불에 익힌 고기는 날고기보다 질기지 않아 강력한 턱과 이빨이 필요하지도 않았다. 커다란 턱과 이빨은 점점 퇴화돼 구강은 넓어졌으며 원시인의 혀는 이전보다 자유로웠다. 언어는 그렇게 시작됐다. 철학자 최진석이 없었다면 인간 진화의 역사를 내가 어찌 알았을까?

19

　용팔은 전화를 받았다. 그날 저녁 자신의 사무실로 와달라는 최대출의 전화였다. 영선이 용팔에게 물었다.

"누구 전환데 그렇게 심각해?"

"최대출."

"최 대표가 왜? 재계약하려면 아직 멀었잖아."

"멀긴 뭐가 멀어? 몇 개월 있으면 계약인데."

"몇 개월 남았으니까 멀었지."

"그래, 당신 말이 맞아. 많이 남았어. 당신하고 싸우고 싶지 않으니까 그만하자."

"왜? 최 대표가 당신 오래?"

"응. 오늘 오란다. 이 늦은 시간에."

"왜 오래?"

"몰라서 물어? 가겟세 올리려고 미리 약 치는 거겠지. 뻔해. 한두 번 당했어? 빨리 내 가게 마련해야지. 정말 더러워서 못 해 먹겠다. 자기가 뭔데 나를 오라 가라 해. 필요하면 지가 올 것이지. 아무튼 최대출 그 사람 되먹지 못했어. 기품 이라고는 쥐뿔도 없고 그냥 돈만 많은 사람이야. 나하고 나 이 차이도 별로 안 나는데 얼마나 폼을 잡는지 몰라. 개새끼."

용팔은 한숨을 길게 쉬며 말했다.

"그 사람 앞에서 욕 못 할 거면 뒤에서도 욕하지 마. 당신을 속이는 거야."

"오영선, 나도 숨 좀 쉬면서 살자. 오죽하면 욕하겠니?"

"꼭 욕을 해야 돼? 욕을 해야 숨 쉴 수 있는 건 아니잖아."

"안방에선 시어머니 말이 맞고 부엌에선 며느리 말이 맞는 다는 속담 몰라?"

용팔의 어기찬 말에 영선은 잠자코 있었다. 잠시 후 용팔 이 말했다.

"빨리 갔다 올게. 장사도 끝났으니까."

"그렇게 입고 가려고?"

"왜? 이 옷이 어때서?"

"좀 차려입고 가라. 없어 보인다."

"차라리 없어 보이는 게 낫지. 반듯하게 차려입고 가면 장 사 잘되는 줄 알고 가겟세 더 올릴걸. 그놈, 그러고도 남을 놈 이야."

"그렇다고 최 대표 앞에서 너무 굽신거리지 마."

"내가 괜히 굽신거리냐? 갑을관계로 엮였으니까 굽신거리지. 최대출의 갑질은 갑 중에 갑이야."

"설마."

용팔은 영선의 말을 들은 척도 안 하고 툴툴거리며 가게 문을 나섰다. 용팔은 슈퍼에 들렀다. 을은 빈손으로 갑을 만나지 않는다고, 무엇이든 건네주며 갑의 비위를 맞추어야 한다고 용팔은 생각했다.

용팔은 한참을 걸어 최대출 소유의 오피스텔 건물로 들어섰다. 승강기 안으로 들어서자 새 건물 냄새가 훅 끼쳤다. 초고속 엘리베이터였다. 용팔은 엘리베이터에서 내려 복도를 천천히 걸었다. 805호가 눈에 들어왔다. 초인종을 조심스럽게 눌렀다. 짧은 치마를 입은 젊은 여성이 공손히 문을 열어주었다.

"최 대표님하고 30분 전에 통화 나눴습니다. 오늘 찾아뵙기로 했어요."

용팔은 겸손히 말했다. 그녀는 오피스텔 안쪽으로 용팔을 안내했다. 잠시 후 최대출이 자신의 방에서 나왔다. 최대출은 젊은 여성을 향해 권위 있는 목소리로 말했다.

"양 비서는 이따가 나하고 장부 정리할 게 있습니다. 아직 퇴근하면 안 됩니다."

"네. 알겠습니다. 대표님."

그녀는 최대출을 향해 정중히 허리를 굽히고 방을 빠져나갔다.

"장 사장님, 금방 오셨네요. 오랜만입니다."

"아, 네. 대표님께서 전화 주셨으니 빨리 찾아봬야죠."

"이것저것 긴요하게 드릴 말씀이 있어 전화 드렸습니다. 빨리 와주셔서 고맙습니다."

"제가 있는 곳이 여기서 멀지도 않은데 빨리 와야죠."

용팔은 공손히 머리를 조아리며 말했다. 최대출은 차 한 잔도 권하지 않고 자신의 이야기를 시작했다.

"장 사장님도 잘 아시겠지만 요즘 모든 게 오르고 있습니다. 물가도 오르고 휘발유 값도 오르고, 안 오르는 게 없어요. 임대 재계약이 아직 몇 개월 남았지만 이번엔 가겟세를 올릴 수밖에 없습니다. 어쩔 수가 없네요. 미리 말씀드려야 할 것 같아 오늘 급히 만나자고 한 것입니다. 얼마를 올려야 할지는 아직 결정하지 못했습니다. 인상액은 차후에 자세히 말씀드리겠습니다."

최대출은 가겟세 인상이 당연하다는 듯 담담히 말했다. 용팔은 무릎 위에 두 손을 올리고 최대출에게 간곡히 말했다.

"대표님께 이런 말씀 드려 몹시 송구스럽습니다. 이번 한 번만이라도 인상을 보류해주시면 안 될까요? 아이들이 쑥쑥

커가니 돈 들어가는 곳은 많은데 장사는 늘 그대로입니다. 대표님, 부탁드립니다. 한 번만 더 저희 사정을 헤아려주십시오. 다음번엔 이런 말씀 안 드리겠습니다. 약속드립니다. 대표님……"

용팔의 말에 최대출의 표정은 금세 싸늘해졌다. 잠시 침묵이 흐른 뒤 최대출이 말했다.

"사실은 지난번에도 다른 집들은 모두 가겟세를 올렸습니다. 고래반점하고는 오랫동안 함께했고 같은 반 학부형이라는 인연도 있고 해서 특별히 가겟세를 인상하지 않았던 거예요. 이 근처에서 고래반점 모르는 사람 없습니다. 배달 손님도 아주 많다고 들었습니다."

"들으신 것처럼 배달 손님이 아주 많은 건 아닙니다. 그렇다고 적지도 않습니다. 이곳에서 꽤 오래 장사했으니까요. 대표님, 이번 한 번만 사정을 헤아려주십시오. 부탁드립니다."

"이러시면 정말 곤란합니다."

"그동안 대표님의 깊은 배려가 있어 저희 가족이 생계를 이을 수 있었습니다. 깊이 헤아려주십시오."

"인간은 인간일 뿐 인간을 넘어설 수 없습니다. 배려에도 한계가 있습니다."

두 사람 사이에 또다시 어색한 침묵이 흘렀다. 잠시 후 최대출이 말했다.

"그럼 이렇게 합시다. 아예 안 올릴 수는 없고 조금만 올리겠습니다. 그러면 되겠죠?"

"감사합니다. 대표님. 몹시 외람되지만 인상액이 어느 정도인지 여쭤봐도 될까요? 대표님께 이런 질문까지 드려 죄송합니다."

"아까 말씀드린 것처럼 이번 시즌에 얼마를 인상해야 할지는 저희도 아직 결정하지 못했습니다. 재계약하려면 아직 시간이 많이 남았으니까 이것저것 알아보고 다시 연락드리겠습니다."

"네. 알겠습니다."

용팔은 그렇게 말할 수밖에 없었다. 더 이상 말하면 더 나쁜 상황으로 갈 수 있다는 것을 용팔은 이전의 경험을 통해 알고 있었다. 잠시 후 최대출이 결연한 눈빛으로 말했다.

"한 가지 드릴 말씀이 더 있습니다."

"네. 말씀하시죠. 대표님."

용팔은 내색할 수 없었지만 말끝마다 그를 향해 대표님을 붙이는 자신이 싫었다.

"장 사장님 큰아들이 제 딸내미하고 같은 고등학교 다니는 건 아시죠?"

"네. 알고 있습니다."

담담히 대답했지만 용팔의 가슴은 철렁 내려앉았다.

"지금 같은 반이라는 것도 아시나요?"

"네. 알고 있습니다. 제 아들이 초등학교 다닐 때 대표님 따님이 저희 집에 온 적도 있습니다."

"저도 기억합니다. 장 사장님 아들이 여러 친구들하고 저희 집에 온 적도 있습니다."

"아, 그런가요? 저는 몰랐습니다."

최대출은 잠시 침묵했다. 갑과 을의 관계에서는 같은 반 친구였던 아이들의 호칭도 이렇게 달라지는구나, 용팔은 생각했다. 잠시 후 용팔이 공손히 물었다.

"혹시 제 아들이 무슨 잘못한 일이라도 있나요?"

"아닙니다. 그런 건 아닙니다."

최대출은 그렇게 말하고 나서 잠시 후 말을 이었다.

"장 사장님, 제가 이런 말씀드린다고 언짢게 생각하진 마세요."

용팔은 쿵쿵거리는 가슴을 애써 누르며 귀를 쫑긋 세웠다.

"제가 장 사장님 아들 얼굴을 알아요. 고래반점 오가다가 몇 번 봤거든요."

최대출은 잠시 뜸을 들이고 나서 다시 말했다.

"제가 살고 있는 집 바로 건너편에 가끔씩 한 남자아이가 앉아 있어요. 불 켜진 제 딸아이 방을 바라보면서 말입니다. 딸 가진 부모니까 걱정되지 않겠습니까? 유심히 살펴봤더니 장 사장님 아들이더군요. 아무리 생각해봐도 그곳에 장 사장님 아들이 그렇게 앉아 있을 이유가 없었습니다. 안 그렇습니까?"

"아아, 네. 그런 일이 있었군요."

"장 사장님도 알고 계신지 모르겠지만, 제 딸아이는 전교 1등입니다. 서울대 의대가 목표 아니에요. 고등학교 졸업 후에 절차를 밟아 하버드나 예일대 의대로 진학할 예정입니다. 부디 제 딸에게 방해가 되지 않았으면 좋겠습니다. 좀 더 구체적으로 말씀드리겠습니다. 앞으로는 장 사장님 아들이 저희 집 건너편에 앉아 있지 않도록 단단히 주의 좀 주십시오."

"네. 잘 알겠습니다. 아들놈에게 꼭 그렇게 전하겠습니다."

용팔은 자리에 앉은 채로 허리를 곱송그리며 말했다.

"기왕 말이 나왔으니 드리는 말씀인데 심지어는 양아치 새끼들도 우리 집 앞을 기웃거려요. 학생 놈의 새끼들이 지들도 사내랍시고 자기 분수도 모르고 우리 서연이 근처를 기웃거린다니까요. 이게 말이 됩니까? 사람이면 다 같은 사람인 줄 아는 모양인데, 우리 서연이가 자기들이 넘볼 수 있는 사람이 아니라는 걸 그놈들이 정말 모르는 걸까요? 아니면 모르는 체하는 걸까요?"

최대출의 말에 깊은 옹이가 박혀 있었다. 용팔은 난감한 질문에 겸연쩍게 웃으며 "글쎄요."라고만 대답했다.

"오늘 제가 드릴 말씀은 다 드렸습니다."

"네. 그럼 오늘은 이만 가보겠습니다. 대표님, 안녕히 계십시오."

용팔은 자리에서 일어나 최대출과 인사를 나눈 뒤 사무실 출입문을 빠져나왔다.

최대출은 용팔이 나가자마자 양 비서에게 말했다.

"양 비서는 그렇게 예쁜 다리를 그동안 왜 감추고 다닌 거야. 양 비서는 미니스커트가 아주 잘 어울려. 내 말 듣길 잘했지?"

"네."

양 비서는 발랄한 목소리로 대답했다. 잠시 후 최대출도 발랄한 목소리로 말했다.

"양 비서도 명색이 비서인데 치마가 길면 되겠어? 사무실에 오는 손님들을 압도할 수 있어야지. 자동차 전시하는 쇼에 가보라고. 쭉쭉 빠진 미녀들이 왜 그렇게 짧은 치마 입고 자동차 옆에 서 있겠어? 다 이유가 있는 거야. 내가 월급 많이 주고 양 비서 뽑았을 때 뭐 보고 뽑았겠어? 외모 보고 뽑았다는 거, 양 비서도 알고 있지?"

양 비서는 아무 말도 하지 않았다.

"양희원 씨, 장부 정리고 지랄이고 분위기 좋은 데 가서 술이나 한잔하자. 와인 어때? 와인 좋지?"

"네. 좋지요."

"그럼 빨리 준비해. 나가자고."

"대표님, 저 화장실 빨리 다녀와도 되겠죠?"

"응. 그렇게 해."

양 비서의 발랄한 물음에 최대출이 달뜬 얼굴로 대답했다. 양 비서는 화장실에 들어서며 혼잣말을 했다.

"개새끼. 지랄하네."

전전긍긍하며 오피스텔을 빠져나왔지만 용팔은 마음을 가라앉힐 수 없었다. 오피스텔을 빠져나오자 비굴했던 자신의 모습이 더 선명하게 보였다. 안방에선 시어머니 말이 맞고 부엌에선 며느리 말이 맞는다는 속담 따위로 가볍게 뭉갤 수 없는 참담함이었다. 문득 얼마 전에 들었던 영선의 말이 생각났다. 학부형 모임으로 학교를 갔다 올 때마다 영선은 말했다.

"아이가 1등이면 엄마도 1등이야. 다행히도 모든 엄마가 그렇진 않아. 그런데 아이가 공부 못하면 엄마는 틀림없이 개무시당해. 아이가 꼴등이면 엄마도 꼴등이야. 보이게, 보이지 않게."

용팔은 포장마차 안으로 들어갔다. 안주도 나오기 전에 소주 몇 잔을 입 속에 털어 넣었다. 가겟세 인상과 동현의 짝사랑이 위태롭게 줄타기를 하고 있었다. 두고두고 추억해야 할 청춘의 짝사랑이 그렇게 무시돼서는 안 된다고 용팔은 생각했다. 용팔의 눈에 눈물이 맺혔다. 문득 동현의 책상 위에 붙어 있는 철학자 발터 벤야민의 글이 생각났다.

"진보는 2보ₐ도, 3보도, n+1보도 아니다. 진보는 1보다."

그 글을 보았던 순간 믿음직스러웠던 동현의 모습도 생각났다. '혼돈'이라는 시간의 강물을 건너야 비로소 깨닫게 되는 것이 있다. 부모가 아무리 이야기해봐야 소용없다. 아무리 오랜 시간이 걸려도 그 강물은 오직 그 혼자 건너야 한다.

용팔은 윗주머니 속에 있는 스프링 수첩과 볼펜을 꺼냈다. 용팔은 흐린 불빛을 모아 수첩에 이렇게 썼다.

　　　자족감이 주는 충만을 나는 사랑한다. 결핍이 주는 열망을 나는 더욱 사랑한다. 문제아를 만드는 문제어른들이 가득한 나라, 대한민국. 그러나 어둠 속에서도 바다는 푸르다.

20

　수업을 진행하는 담임의 표정이 여느 때와는 달랐다. 창밖으로 보이는 푸른 하늘 때문인지도 모른다고 동현은 생각했다. 국어를 가르치는 담임에게 낭만은 느껴지지 않았다. 그날따라 환한 표정을 짓고 있는 담임을 바라보며 틀림없이 무언가 기분 좋은 일이 있는 거라고 동현은 생각했다. 담임이 반 아이들을 향해 다정히 물었다.

　"혹시 우리 반에 사랑에 빠진 사람 있나?"

　평소와는 달리 로맨틱한 표정을 짓고 있는 담임을 바라보며 아이들은 의아했다. 잠시 후 담임이 다시 물었다.

　"다시 묻는다. 너희들 중에 사랑에 빠진 사람 있나?"

　"장동현이요."

　담임의 두 번째 물음에 잠깐의 망설임도 없이 정태가 큰 소리로 말했다. 동현은 당혹스러운 눈빛으로 정태를 바라보며 난감한 표정을 지었다. 동현은 이내 고개를 떨궜다. 담임은 의외라는 듯 빙긋이 웃으며 동현을 바라보았다. 잠시 후 담임이 정태에게 물었다.

"김정태, 장동현이 누구를 좋아하나?"

"최서연이요."

"와아, 정말? 깜놀!"

전혀 어울리지 않는 단어까지 구사하면서 평소와는 달리 귀여운 표정을 짓고 있는 담임을 바라보며 교실 어디선가 구역질 소리가 낮게 들려왔다. 담임은 화들짝 놀란 눈빛으로 동현과 서연을 번갈아 바라보았다. 동현은 또다시 난감한 표정을 지으며 정태 옆구리를 팔꿈치로 꾹 찔렀다. 담임이 동현을 향해 웃으며 말했다.

"장동현, 넘볼 사람을 넘봐라."

"무슨 뜻인가요?"

정태가 물었다.

"인마, 정말 몰라서 물어? 무슨 뜻은 무슨 뜻이겠나? 뻔하지……."

담임은 그렇게 답하고는 아무 말이 없었다. 정태가 빙긋이 웃으며 따지듯 담임에게 물었다.

"뭐가 뻔하다는 말씀인가요?"

담임은 한동안 정태를 물끄러미 바라보았다. 담임이 정태에게 나긋한 목소리로 물었다.

"김정태, 정말 모르겠나?"

"네. 모르겠습니다."

담임은 정태를 바라보며 피식 웃었다.

"김정태, 내가 하는 말 잘 들어. 지금은 서연이하고 장동현하고 같은 반 친구지만 졸업하고 나서도 친구가 될 수 있겠나? 신분이 다를 텐데……."

담임은 상식 밖의 말을 하고 동현에게 미안했는지 동현을 바라보며 다시 말했다.

"장동현, 내가 하는 말 너무 언짢게 듣진 마라. 그냥 내 생각을 말한 거야. 아무튼 잘해봐라."

동현은 생각할수록 화가 치밀어 올랐다. 억지로 밀어넣었던 마음속 말들이 자꾸만 솟구쳐 올랐다. 동현은 자신도 모르게 담임을 향해 말했다.

"선생님, 대한민국 사회가 신분 사회인가요?"

"몰랐나? 대한민국은 명백한 신분 사회야. 대한민국만 그런 게 아니라 전 세계가 모두 신분 사회야. 남녀관계는 신분의 질서가 더 명확해. 몰랐나?"

"네. 몰랐습니다."

동현은 또렷한 목소리로 말했다. 잠시 후 담임이 동현을 바라보며 다시 말했다.

"돈 있는 놈들은 벤츠 타고 돈 없는 놈들은 뚜벅이가 되는 거야. 그래도 불평 없이 모두들 그렇게 살아. 남녀 간의 사랑은 조건을 따라가는 거다. 외모가 조건일 수도 있고 성격이 조건일 수도 있다. 그런데 나이를 먹으면 먹을수록, 사랑은 상대가 졸업한 대학과 경제력을 따라가거든. 안 그런 척해도 소용없다. 결국엔 그걸 따라가게 돼 있어. 얼굴이 밥 먹여주냐고, 얼굴 뜯어먹고 살 거냐고, 아무렇지도 않게 말하면서 말이야. 우습지 않나? 그게 너희들이 살아갈 세상이야."

"얼굴을 어떻게 뜯어먹나요?"

정태가 웃으며 담임에게 물었다. 아이들이 일제히 웃음을 터트렸다.

"김정태, 너는 입 다물어라. 지난번처럼 엄마 모시고 오고 싶나?"

정태를 협박하는 담임의 한마디에 아이들은 더 큰 소리로 웃음을 터트렸다. 담임 얼굴에 당황한 빛이 역력했다. 잠시 후 담임은 아무렇지도 않다는 표정을 지으며 아이들에게 말했다.

"너희들이 생각하는 세상하고 너희들이 살아갈 세상은 많이 다르다. 낭만은 형식이고, 내용은 결국 돈이야. 공부만 열심히 하지 말고 가끔씩 드라마도 봐라. 막장 드라마가 현실에 더 가까우니까. 이런 말도 선생님이니까 해주는 거다. 사회 나가면 아무도 이런 말 해주지 않는다. 그냥 무시하지……. 내 말 무슨 뜻인지 알겠나?"

바로 그때 서연이 손을 번쩍 들었다.

"최서연, 너도 입 다물고 있어라."

담임은 못마땅한 표정으로 서연을 바라보았다. 서연은 아무 말도 할 수 없었다. 담임이 무슨 생각으로 자신을 향해 그렇게 말했는지 동현은 도무지 알 길이 없었다.

21

인하의 표정에 망설임이 가득했다. 인하가 용기를 내어 용팔에게 말했다.

"장 사장님, 가게 쉬는 날이 언제예요?"

"둘째 주 일요일하고 넷째 주 일요일. 돌아오는 일요일엔 일하고 그다음 주가 쉬는 날이야. 왜? 무슨 좋은 일이라도 있어?"

"아아, 다음 주가 쉬시는 날이군요."

인하는 그렇게 말하며 고개만 끄덕였다. 쉽게 말이 나오지 않았다.

"정 선생 얼굴 보니까 뭔가 일이 있는 게 틀림없는데……. 무슨 일이야? 혹시 결혼해?"

"아니요. 결혼할 사람도 없는데 어떻게 결혼해요?"

인하는 손사래 치며 말했다. 용팔은 인하를 향해 보채듯 말했다.

"그러니까 이런저런 상상하게 만들지 말고 어서 말해보라니까."

인하는 쑥스러운 듯 머리를 긁적거렸다.

"장 사장님께 이런 부탁을 드려도 될지 모르겠습니다만, 용기 내어 말씀드립니다. 사실은 제가 아주 오랜만에 여자를 소개받아요. 그동안은 몇 번 거절했는데 왠지 모르게 이번엔 마음이 끌리네요."

"오오, 좋아. 끌리는 게 정상이지. 언제까지 혼자 살 거야?"

용팔이 신명 나게 맞장구쳤다.

"그런데요. 저 혼자 소개팅 자리에 갈 수가 없어요."

"아니. 정 선생 혼자 조선 팔도 다 다니는데 왜 혼자 가면 안 돼?"

"그날 만나는 여자분도 저처럼 시각장애인입니다. 장애인복지관에서 봉사자 한 분이 동행한대요. 물론 제가 소개받는 여자분도 혼자 나오실 수 있는데, 시각장애인 여성이 남성을 소개받는 자리니까 상대가 어떤 사람인지를 어느 정도는 눈으로 가늠할 수 있는 사람이 동행해야 한다고 생각하는 모양입니다. 공교롭게도 저를 만나러 오실 그분들이 저도 동행자와 함께 나와주길 원했습니다. 구색이 필요했던 것인지, 아니면 그렇게 하는 것이 더 안전하다고 생각했던 것인지는 저도 잘 모르겠습니다."

인하는 평소와는 달리 더듬거리며 말했다.

"뭐가 그렇게 까다로워? 그러니까 소개팅 하는 날 함께 가 달라는 말이네. 맞지?"

"네."

"당연히 가야지. 설마 소개팅 자리에서 내가 계속 정 선생 옆자리에 앉아 있는 건 아니겠지?"

"그건 아닙니다."

"그럼 두 사람 자리 만들어주고 나는 먼저 나오면 되는 건 가?"

용팔의 말에 난감한 표정을 지으며 인하가 대답했다.

"죄송합니다. 그것도 아닙니다. 장 사장님은 다른 테이블 에 앉아 계시다가 자리가 끝나면 저와 함께 나오는 겁니다. 제가 소개받을 여자분과 동행하시는 분도 그렇게 하신대요. 이런 부탁드려 죄송합니다."

"재밌겠네. 날짜는 잡혔어?"

"아직 안 잡혔습니다. 제가 연락 주기로 했어요. 장 사장님 이 다음 주 일요일에 쉬신다고 했으니까 그날로 날짜를 잡으 면 어떨까요?"

"좋아. 재밌겠다. 시간하고 장소 결정되면 전화해."

"장 사장님, 어려운 부탁 선뜻 응해주셔서 고맙습니다."

용팔은 영선이 있는 주방 안을 잠시 힐긋 바라보고 나서 히 죽 웃으며 물었다.

"소개팅 받는 여자분과 동행하는 사람 있다고 했잖아. 당연히 여자겠지?"

"네. 틀림없이 여자입니다. 설마 여자와 동행하는 봉사자가 남자겠어요? 아닐 것 같은데요."

"캬……. 정 선생, 한번 상상해봐. 이럴 때 나도 미혼이고 동행하는 봉사자도 미혼이라면 그야말로 한 편의 영화가 시작되는 건데 말이야. 안타깝지만 정 선생은 그 자리에서 판이 깨지는 거야. 그런데 당사자들과 동행한 두 사람의 운명적인 사랑이 시작되는 거지. 한 편의 영화잖아. 어때? 근사하지 않아?"

용팔은 눈을 지그시 감으며 감탄 가득한 표정으로 인하에게 말했다. 바로 그때 주방 안에서 영선의 목소리가 들려왔다.

"지랄을 해라. 지랄을 해. 당신 말소리 여기까지 다 들리거든!"

"크크. 당신 재밌으라고 그냥 한 말이야. 농담도 못 하나?"

용팔은 임기응변으로 민망함을 둘러대려 했지만 영선에게 통할 리 없었다. 영선이 주방 안에서 인하를 향해 소리쳤다.

"정 선생님, 소개받을 여자분께 꼭 전해주세요. 소개팅 받는 날 무시무시한 할머니 봉사자 모시고 나오라고요."

"네. 알겠습니다. 꼭 전하겠습니다."

영선의 말이 끝나기가 무섭게 인하가 웃으며 대답했다. 영선이 용팔을 향해 담담하게 말했다.

"아무튼 장용팔은 로맨스가 있어서 좋아. 할머니하고 잘해
보셔. 운명적인 사랑? 염병하네!"

영선의 말에 용팔은 인하를 바라보며 찌그러진 깡통처럼
웃었다.

22

용팔은 인하와 함께 약속 시간보다 일찍 카페로 들어갔다.
약속 장소엔 남자가 30분쯤 먼저 도착하는 것이 매너라고 용
팔이 부추긴 탓이었다. 용팔은 카페 출입문에서 가장 잘 보
이는 테이블로 인하를 안내했다. 용팔이 뚜벅 물었다.

"정 선생, 내가 지금 저쪽 자리로 가 있는 게 좋을까? 아니
면 그분들이 들어온 뒤에 가는 게 좋을까?"

"들어온 뒤에 간단히 인사 나누고 가시는 게 좋지 않겠어
요?"

"그렇지? 그게 좋겠지?"

"네."

"크크. 정말 기대된다. 정 선생 파트너 말고 내 파트너……."

조금은 긴장한 듯 인하가 싱겁게 웃었다.

"정 선생, 소개팅 끝나고 뒤풀이 있는 거지?"

"당연하죠."

"정 선생도 상대가 마음에 들고 나도 상대가 마음에 들면 네 사람이 함께 뒤풀이 하는 거야. 일요일 밤을 불태우는 거지. 어때?"

"농담이시죠?"

"당연히 진담이지."

"네?"

"농담이야. 농담……. 어? 왔다. 왔어."

용팔은 카페 출입문으로 들어서는 사람들을 보자 단번에 알아볼 수 있었다. 용팔은 그들을 향해 손을 번쩍 들어올렸다. 봉사자의 안내를 받으며 시각장애인 여성이 천천히 그들을 향해 다가왔다. 영선의 간곡한 바람대로 그녀를 안내하는 봉사자는 할머니였다. 용팔은 그들과 간단히 인사를 나누고 창가 가까운 곳으로 가 자리를 잡았다. 그녀를 안내한 할머니도 상가가 내려다보이는 창가 쪽에 자리를 잡았다.

잠시 후 각각의 테이블마다 주문이 있었다. 용팔은 서빙 직원에게 카드를 내밀며 작은 목소리로 말했다.

"먼저 계산해주세요."

용팔은 인하가 앉아 있는 테이블과 봉사자 할머니가 앉아 있는 테이블 두 곳을 손가락으로 일일이 가리키며 함께 계산해달라고 말했다. 사뭇 진지한 표정의 용팔을 바라보며 서빙 직원은 상냥하게 웃었다. 용팔은 가까운 곳에 마주 앉아 있는 인하와 그녀를 내내 바라보았다. 앞을 볼 수 없는 젊은 남녀의 소개팅은 어떻게 진행될지 몹시 궁금했다.

그들이 무슨 이야기를 하는지는 전혀 들리지 않았지만 두 사람은 환하게 웃고 있었다. 두 사람은 상대를 향해 조금쯤 고개를 앞으로 숙이고 서로의 이야기를 진지하게 경청했다. 한 사람의 이야기가 끝나면 잠시 동안 침묵이 있었고 다시 한 사람의 이야기가 시작되었다. 그들은 서로의 이야기를 단 한 마디도 놓칠 수 없다는 듯 내내 진지한 모습이었다. 마치 사랑은 상대의 내면을 속속들이 알아가는 것이라고 그들이 말하는 것 같았다. 좋은 연인을 얻고 싶다면 먼저 그의 마음속 이야기를 듣고 그가 어떤 사람인지 알아야 하며, 그것이 '사랑의 시작'이 되어야 한다고 그들이 말하는 것 같았다.

용팔은 문득 자신의 이십대 시절이 생각났다. 용팔이 지나온 청춘의 풍경은 그들과 분명히 달랐다. 용팔은 윗주머니에서 스프링 수첩과 볼펜을 꺼냈다. 용팔은 차분한 마음으로 떠오른 생각을 수첩에 써내려갔다.

수치로 환산 될 수 없는 가치가 있다. 그것을 증명하려고 숫자 0이 존재하는 것은 아닐까?

"장 사장님."

두 시간쯤 지났을 때 인하가 용팔을 불렀다. 용팔은 인하가 앉아 있는 테이블로 재빨리 걸어갔다.

"저희들 이야기 마쳤습니다."

인하는 환하게 웃으며 용팔에게 말했다. 인하 앞에 앉아 있는 여성도 환하게 웃고 있었다. 상황을 알아차린 봉사자 할머니도 그들 곁으로 다가왔다. 네 사람은 다시 정중히 인사를 나누었다. 용팔은 유심히 인하의 표정을 살폈다. 인하 얼굴엔 이전에 느낄 수 없었던 충만함과 설렘이 깃들어 있었다. 상대 여성이 마음에 들지 않았다면 인하의 표정은 달랐을 거라고 용팔은 생각했다.

"우리 네 사람이 함께 5분만 이야기 나눠도 될까요? 물론 거절하셔도 됩니다."

용팔이 시각장애인 여성과 봉사자 할머니를 번갈아 바라보며 정중히 말했다. 용팔의 뜬금없는 제안을 그들은 아무렇지도 않게 받아들였다. 용팔은 평소와는 달리 상냥한 목소리로 말했다.

"초면에 이런 말씀드리면 주책 떤다고 생각하실 수 있겠지만, 오늘 땡잡으신 겁니다. 지구 전체를 샅샅이 뒤져도 정 선생만 한 사람 없을 거예요. 성실하고 진실한 사람입니다. 게다가 머리는 백과사전이고 마음씨는 비단결입니다. 뻥 아닙니다."

"정말이요?"

시각장애인 여성이 활짝 웃으며 용팔에게 물었다. 용팔이 착각할 만큼 그녀의 눈도 인하의 눈처럼 비장애인의 눈이었다.

"그럼요. 뻥 아닙니다. 아 참, 제일 중요한 걸 빠뜨렸구나. 우리 정 선생 얼굴 어떻게 생겼는지 궁금하지 않으세요?"

"궁금해요. 어떻게 생겼어요?"

당당한 목소리로 시각장애인 여성이 물었다. 순간 용팔은 어떻게 설명해야 할지 몰라 당황했다. 잠시 후 용팔이 말했다.

"에에……그러니까……. 이렇게 말씀드리는 게 좋겠네요. 한마디로 말씀드리면 배우입니다. 잘생긴 영화배우요."

용팔은 달뜬 목소리로 그렇게 말하고 나서 봉사자 할머니에게 능청스럽게, 그러나 정중히 물었다.

"선생님, 우리 정 선생에 대한 선생님의 의견을 부탁드려도 될까요? 우리 정 선생 정말 미남이죠?"

"네. 아주 잘생기셨어요. 키도 훤칠하고 눈빛도 선하시고요."

봉사자 할머니는 환하게 웃으며 또렷한 목소리로 말했다. 용팔이 웃으며 수다를 떠는 동안 인하는 민망함에 어찌할 바를 몰랐다. 카페에 있던 몇몇 손님들이 용팔의 과장된 웃음소리를 바라보았다.

용팔과 인하는 카페를 나와 근처 맥주 집으로 갔다.

"정 선생 덕에 오랜만에 여기 왔어. 오늘 기분 좋다."

"저도 좋네요."

용팔은 500cc 생맥주 잔을 번쩍 들어 인하에게 건배를 제안했다.

"원샷!"

"진짜요?"

"미쳤어. 누가 이걸 원샷 해? 천천히 마시자고. 밤새도록."

용팔은 벌컥벌컥 맥주를 들이켰다.

"맥주 맛있다. 이 집은 물 섞지 않았어. 마셔보면 금방 알거든."

"어떻게 아세요?"

"물 섞은 맥주는 싱겁잖아. 물 맛도 아니고 맥주 맛도 아니고……. 맥주 좋아하는 사람들은 금방 알아."

"그렇구나. 저는 미각이 둔해서 그런지 마셔도 모르겠어요."

"맥주를 덜 마셨다는 뜻이야. 아니면 맥주를 물처럼 마셨거나. 아무튼 오늘 많이 마셔."

용팔은 맥주 한 모금을 더 들이키고 나서 씨익 웃으며 인하를 향해 물었다.

"정 선생, 솔직히 말해봐. 그 여자 마음에 들었지?"

"이야기를 더 나눠봐야 알겠지만 좋은 사람 같았어요."

"오늘은 마음에 들었단 뜻이네?"

"네. 근데 저만 마음에 든다고 되는 건 아니잖아요."

"그쪽도 정 선생이 마음에 드는 눈치던데. 딱 보면 알잖아."

"딱 보면 아세요?"

"딱 보면 알지. 호감의 눈빛과 비호감의 눈빛은 단박에 보이잖아. 다시 만나기로 했지?"

"네. 연락처 주고받았어요."

"거 봐. 내 말이 맞잖아. 상대에게 호감이 있으니까 연락처 주고받은 거 아냐."

"그분이 제 전화 안 받을 수도 있잖아요."

평소와는 달리 인하 표정에 자신감이 없다고 용팔은 생각했다.

"정 선생, 나도 함께 봤잖아. 그럴 사람 같지 않더라. 활짝 웃으며 자기 생각을 거침없이 말하잖아. 막힌 데도 없어 보이고. 근데 그분 이름이 뭐야?"

"정인이요. 서정인."

"무슨 일 하는 분이야?"

용팔은 조심스럽게 물었다.

"서양화가래요. 저처럼 망막색소변성증입니다. 저희끼리는 알피RP(망막색소변성증)라고 해요."

"그러면 정 선생처럼 직선 보행은 가능하겠네?"

"네. 직선 보행도 가능하고 겹쳐 보이지만 부분적으로 보이는 것도 있대요."

"정 선생처럼 아직 시신경이 살아 있다는 거지?"

"그렇습니다. 저처럼 저시력자低視力者예요. 누군가 팔을 높이 들어 흔들어주는 사람이 있다면 길에서도 그 사람을 인지할 수 있나 봐요. 그렇다고 해도 언제 어디서든 복병을 만날 수 있으니 흰 지팡이는 가방 속에 항상 넣고 다니겠지요."

"솔직히 말하면 시각장애인들은 아무것도 못 보는 줄 알았어. 내가 그렇게 무식해."

용팔은 배시시 웃으며 말했다.

"장 사장님께 예전에도 말씀드렸지만 아무것도 볼 수 없는 시각장애인을 전맹全盲이라고 하는데 전맹은 시각장애인들 중 20퍼센트도 안 됩니다. 80퍼센트 이상이 저와 비슷한 저시력자들입니다. 많은 사람들이 시각장애인들은 모두 점자로 글을 읽는 줄 안다고 생각하는데, 시각장애인들 중에 점자를 읽을 수 있는 사람은 5퍼센트 내외예요. 나머지 시각장애인들은 점자 대신 음성전달이나 확대력이 매우 뛰어난 돋보기를 사용합니다. 카톡도 얼마든지 주고받을 수 있고요."

"정 선생은 점자 읽을 수 있잖아?"

"네. 읽을 수 있어요. 점자 배우느라 고생 많이 했어요."

"정인 씨라고 했나? 정인 씨도 정 선생처럼 눈빛이 비장애인하고 똑같더라."

"거의 대부분은 시간이 지나면 눈동자 모습이 변해요. 저도 그렇고 정인 씨도 그렇고요. 눈도 근육으로 움직이는 건데 제대로 사용할 수 없으니 그렇게 되는 거죠."

"서양화가라면서? 화가에게 시각장애는 너무 절망적인 거아냐?"

"다행히도 저시력자들이 사용할 수 있는 시각보조 애플리케이션이 있어서 그렇게 절망적이진 않습니다. 사람들마다 다소 차이는 있겠지만 그걸 사용하면 악보까지도 볼 수 있으니 세밀화는 그릴 수 없어도 보통의 그림을 그리는 일은 가능합니다."

"시각보조 애플리케이션? 처음 들어보는데. 그게 뭐야?"

"일종의 시각보조기인데요. 저 같은 저시력자들을 위해 만들어진 것입니다. 안경처럼 쓰는 거라고 생각하시면 됩니다. 4차 산업혁명의 성취 중 가상현실 VR_{Virtual Reality}이라는 게 있잖아요. 가상현실 기술을 이용한 VR 의료기기라고 생각하시면 됩니다."

"그걸 쓰면 안 보이던 게 진짜로 보이나?"

"네. 보입니다. 저도 사용하고 있어요."

"그럼 쓰고 다니지 왜 안 쓰고 다녀? 안경처럼 쓰는 거라며?"

"안경은 아니고요. 해녀들이 쓰는 물안경처럼 생기기도 했고 망원경처럼 생기기도 했어요. 아무튼 너무 커서 쓰고 다닐 수가 없습니다. 그거 쓰고 거리로 나가면 외계인으로 오해받을 걸요. 안경처럼 쓰고 다닐 수는 없지만 가방에 넣어 가지고 다닐 수는 있습니다. 안경처럼 쓰고 다닐 수 있는 시각보조기가 머지않아 나온다고 합니다. 과학 혁명의 역사가 500년 정도 됐는데 놀라운 발명이지요."

인하는 환하게 웃으며 말했다.

"세상 좋아졌네. 안 보였던 엄마 얼굴도 볼 수 있고 사랑하는 사람 얼굴도 볼 수 있겠네?"

"네."

"엄청 비싸겠다. 시각장애인 안내견인 리트리버가 유럽에서는 5,000만 원 이상 한다는데 그건 가격이 얼마야?"

"10만 원대입니다. 애플리케이션은 스마트폰에서 무료로 다운받으면 되고요."

"생각보다 안 비싸네. 와아, 세상 좋아졌다."

용팔이 너털웃음을 웃으며 말했다. 잠시 후 용팔이 물었다.

"정 선생, 4차 산업혁명이 도대체 뭐야?"

"저도 잘 모릅니다. 1차 산업혁명은 증기기관을 동력으로 일어난 혁명이고, 2차 산업혁명은 석유나 전기, 철강이나 화학을 기반으로 일어난 혁명이잖아요. 3차 산업혁명은 태양과 바람 같은 재생에너지와 컴퓨터와 인터넷을 기반으로 일어난 혁명이고요. 4차 산업혁명은 그것들보다 훨씬 복잡했어요. 제가 아는 것을 간단히 말씀드리면 4차 산업혁명은 정보통신기술ICT을 융합하는 것입니다.”

“정보통신기술을 융합한다고? 난 이 말도 무슨 뜻인지 모르겠다. 계속해봐.”

“4차 산업혁명은 2016년 스위스에서 열린 다보스 포럼에서 클라우스 슈밥Klaus Schwab이라는 의장이 처음 사용한 말이라고 합니다. 사물인터넷IoT이나 자율주행, 가상현실VR, 드론, 인공지능AI, 로봇 기술이 주도하는 혁명을 4차 산업혁명이라고 명명한 것입니다. 조금 더 단순화 시켜서 말하면 오프라인off-line에 있는 것들을 온라인on-line으로 옮겨놓는 거예요. 과학자 정재승 교수의 강연에서 들은 이야기인데요. 몸무게를 재기 위해 체중계 위에 올라섰을 때 만일 한계체중이 넘으면 자동으로 냉장고 문이 닫혀 열 수 없게 만들 수 있다는 것입니다. 체중계와 냉장고를 온라인이라는 한 개의 시스템 속에 넣어 인간이 의도하는 대로 컨트롤 할 수 있다는 거예요.”

“그거 재밌네. 실제로 그게 가능하다는 거지?”

“더 재미있는 것도 있어요. 송진구 교수 강연을 통해 들었는데요. 이런 것도 가능하대요. 어떤 사람이 중요한 회의에 참석하기 위해 핸드폰 알람을 새벽 6시에 맞춰놓았어요. 그런데 알람이 5시에 울렸어요. 핸드폰이 고장 난 걸까요? 아니었습니다. 새벽에 회사를 가야 하는데 회사 가는 길에 밤새 폭설이 내려 거리가 꽁꽁 얼어붙은 것입니다. 한 시간 일찍 깨워야 회의에 참석할 수 있다는 것을 미리 알고 핸드폰 알람이 예정된 시간보다 한 시간 일찍 그를 깨운 것입니다. 핸드폰 알람에 연결된 기상 정보가 실시간으로 핸드폰에 정보를 송출했기 때문에 가능했던 것입니다. 재밌죠?"

"와아, 재밌네! 근데 좀 섬뜩하다. 핸드폰이 그렇게 똑똑해질 필요가 있을까?"

용팔이 의미심장한 눈빛으로 반문했다.

"나쁜 기능은 아니잖아요. 진화된 기술이 군이 후퇴하겠어요? 철기시대는 청동기시대로 돌아가지 않습니다."

"그거야 그렇지."

용팔은 가만가만 고개를 끄덕였다. 인하가 다시 말했다.

"사람들은 농담처럼 '구글은 모든 것을 알고 있다.'고 말합니다. 구글은 세계 최대 검색 엔진입니다. 사람들은 구글의 검색창에 자신이 원하는 단어를 검색합니다. 사람들이 검색한 무수한 검색어는 연령별 성별 국가별 시간별로 나눌 수 있는 방대한 데이터, 이른 바 '빅데이터'가 되는 것입니다. '빅데이터' 속엔 사람들의 욕망과 취향이 가득합니다. 그렇게 모아진 빅데이터나 사실을 기반으로 한 정보들을 로봇에게 심으면 인공지능 AI가 되는 것입니다. 바둑 세계 1위인 중국 커제Ke Jie를 꺾은 알파고AlphaGo도 구글 딥마인드deep mind가 개발한 인공지능입니다. 알파고도 4차 산업혁명의 결과물인 셈이지요. 앞으로 5년이나 10년 안에 사람들의 일자리 절반 이상을 인공지능 AI가 대체할 거라고 전문가들은 말하고 있어요."

"보통 일이 아니구만. 사람들 일자리까지 뺏으니 말이야."

용팔이 싱겁게 웃으며 말했다. 잠시 후 용팔이 인하에게 물었다.

"오늘 만난 분 나이는 몇 살이야?"

"저보다 한 살 위예요."

"누나네?"

"네."

"누나라고 불러."

"제 친구들 중에 저보다 한 살 많은 친구 두 명이나 있어요."

"그냥 해본 소리야. 누나는 무슨……."

용팔은 싱겁게 웃었다. 잠시 후 인하가 말했다.

"제 어릴 적 꿈도 화가였어요. 학교에 있을 때 동료 교사들하고 유럽 갔을 때도 저는 따로 미술관 투어를 많이 했어요. 도서관에서 책 보는 것보다 미술관에서 그림 보는 게 더 재밌습니다."

"천생연분이구만."

용팔이 웃으며 말했다. 인하는 긴 숨을 내쉬었다. 잠시 후 인하가 말했다.

"저는 시각장애 때문에 교사를 그만둘 수밖에 없었는데 그 사람은 화가를 그만두지 않을 거래요. 사람도 사물도 자연도 아무것도 정확히 보이지 않는데 어떻게 그림을 그릴 수 있냐 고 묻고 싶었지만 차마 물을 수 없었습니다. 앞을 볼 수 없는 사람만 그릴 수 있는 그림이 있겠다는 생각이 들었어요. 시 각보조기의 도움을 받을 수도 있고요."

"정 선생 말처럼 앞을 볼 수 없는 사람만 그릴 수 있는 그림 이 정말로 있을 것 같은데."

"그렇죠?"

"응."

"장애가 없을 때 그녀가 보았던 세계는 그녀 마음속에 얼마 나 소중히 간직되어 있을까요? 눈을 감아도 온통 검은 하늘 이고 눈을 떠도 온통 검은 바다뿐인데 그녀는 어떤 그림을 그 릴 수 있을까요?"

그렇게 말하는 인하 얼굴에 슬픔이 가득했다.

"정 선생, 그 사람하고 잘해봐. 소설 쓰는 남편과 그림 그리 는 아내 잘 어울린다. 정 선생이 쓰고 있는 소설도 결국은 언 어를 질료로 그림을 그리는 거잖아. 그림을 그리는 것도 결 국은 다채로운 물감으로 서사敍事를 완성시키는 것일 테고. 두 사람이 잘되면 서로에게 많은 도움이 될 것 같은데…… 안 그래?"

"서로에게 도움이 될 수도 있지만 방해가 될 수도 있지요. 소설가든 화가든 정신 줄 팽팽히 당기며 살아갈 텐데 상대를 위한 출구가 되어줄 수 있겠어요?"

"그럴 수도 있겠다. 그래도 창작의 고통을 나눌 수 있고 영 감도 나눌 수 있으니 서로에게 좋을 것 같은데."

용팔은 그렇게 말하며 인하의 얼굴을 가만히 바라보았다. 몹시 쓸쓸해 보였지만 인하 얼굴엔 긍정의 빛이 감돌았다. 잠시 후 인하가 말했다.

"장 사장님, 시각장애인들은 꿈을 어떻게 꿀 것 같아요?"

"비장애인들하고 비슷하지 않을까? 아냐?"

"선천적인 전맹의 시각장애인들은 꿈속에서도 소리만 들 린대요. 사람이나 사물을 실제로 본 적이 없으니 소리만 들 리는 거죠. 저 같은 중도 시각장애인들의 꿈속엔 사람도 나 오고 동물도 나오고 사물도 나옵니다."

인하는 맥주 한 모금을 마시고 나서 말을 이었다.

"앞을 볼 수 없게 된 이후로 오늘이 두 번째 소개팅이었어 요. 장애인이 되고 난 후로 저의 소개팅 풍경은 이전과 많이 달랐습니다."

"어떻게 다른데?"

용팔은 호기심 어린 눈빛으로 물었다. 인하에게 용팔은 마음속 이야기를 편히 꺼낼 수 있는 몇 사람 중에 하나였다.

"장애인이 되기 전엔 몰랐어요. 기대와 설레는 마음으로 소개팅 장소로 나갔지만 소개받을 상대를 바라보는 순간 제가 할 말을 쉽게 결정해버렸습니다. 눈에 보이는 상대의 모습만으로 상대를 규정해버리는 것입니다. 유독 저만 그런 것 같지는 않았습니다. 대부분의 청춘들은 눈에 보이는 상대가 마음에 들 때와 마음에 들지 않을 때 매우 다른 말을 하고 매우 다른 행동을 한다고 심리학자들도 말합니다. 장 사장님은 어떠셨어요?"

"나는 달랐겠냐? 나도 똑같았어. 근데 남자들만 그러는 게 아냐. 여자들도 똑같아. 소개팅을 주선한 사람들과 함께 술 마시고 노래방 가는 경우도 있잖아. 마음에 드는 남자 만나면 노래방 가서 분위기 있는 발라드 부르고, 마음에 들지 않는 남자 만나면 뽕짝 부르며 개판 쳐. 나도 당했어. 정 선생은 수려한 외모 때문에 그런 꼴 안 당했겠다. 그거 은근히 기분 더러워."

용팔은 남은 맥주를 바닥이 보일 만큼 단숨에 마셨다.

"오늘 술 잘 들어간다."

용팔은 빈 잔을 높이 들며 서빙 직원을 향해 말했다.

"여기 두 잔 더 주세요."

인하도 바닥까지 맥주를 들이켰다.

"정 선생, 좀 전에 했던 이야기 계속해봐. 재밌네."

"계속할까요? 지루하지 않으세요?"

"재밌어. 계속해."

"앞을 볼 수 있을 때 제가 했던 가벼운 행동을 철없는 행동이었다고 생각하진 않아요. 후회하지도 않고요. 소개 받은 상대의 외모에 따라 청춘남녀가 다른 행동을 하는 것을 뭐라 그럴 수 있겠어요. 어찌 보면 자연스러운 모습입니다. 내 마음에 들어야 사랑이 시작되는 것이니 당연하다고 말할 수도 있습니다. 하지만 그게 전부는 아니었습니다. 사랑은 단지 외모만으로 시작되는 것이 아님을 사람들은 잘 알고 있습니다. 내면도 없이 오직 외모만으로 자신을 증명하려고 하는 사람들은 한계를 가질 수밖에 없잖아요."

"당연하지. 얼굴만 보고 결혼 상대 골랐다가 신세 조진 사람들이 한둘이야? 내 주변에도 여럿 있어. 외모가 아무리 수려해도 내면이 쓰레기면 바보가 아닌 이상 그를 선택하지 않아. 남자든 여자든 마찬가지야. 외모는 멋지고 성격은 쓰레긴데 그런 사람과 얼마나 오랫동안 함께 지낼 수 있겠어? 지옥도 그런 지옥이 없겠다. 하여간에 한국 사회의 외모지상주의가 문제야. 알바 모집 광고에 '용모 단정'이라고 써놓는 나라가 몇이나 있을까? '용모 단정'이 옷 단정하게 입으라는 뜻 아니잖아. 못생긴 사람은 지원하지 말라고 대놓고 구인광고

하는 거잖아. 안 그래?"

"솔직히 외모도 중요하잖아요. 남자에게든 여자에게든 외모는 중요합니다. 어쨌든 외모가 어느 정도는 내 마음에 들어야 감정이입이 돼요. 외모만으로 상대가 어떤 사람인지 알 수는 없지만요."

"당연하지. 외모도 중요하지. 아무튼 오늘 두 사람을 보면서 느낀 게 많아."

용팔은 고개를 끄덕이며 말했다. 잠시 후 인하가 말했다.

"눈으로 볼 수 없다는 것은 불행한 일이지만 눈으로 볼 수 없기 때문에 더 선명하게 보이는 것들이 있었습니다."

인하의 말이 용팔의 마음 깊은 곳을 찔렀다. 잡다한 생각이 용팔의 머릿속에서 꼬리에 꼬리를 물고 있을 때 인하가 맥주 한 모금을 마시고 나서 말했다.

"그리스 철학자 소크라테스는 길거리에서 만난 청년에게 이렇게 말했답니다. '말하라. 내가 그대를 볼 수 있도록……' 소크라테스는 청년에게 이렇게 말한 것입니다. '그대의 외모만으로 그대를 알 수 없으니 내가 그대를 알 수 있도록 그대의 이야기를 들려주게.' 소크라테스의 이야기는 의미심장합니다."

인하의 말을 듣고 있던 용팔의 얼굴엔 감탄의 빛이 역력했다. 용팔이 감탄을 뱉으며 말했다.

"캬! 똑같은 말을 해도 소크라테스는 다르게 말하네. 평범한 말을 비수처럼 우리 가슴에 꽂아버리거든. 아무튼 철학자는 달라."

잠시 침묵이 흘렀다. 용팔은 불콰하게 취한 얼굴로 인하에게 물었다.

"정 선생, 솔직히 말해봐. 지금 나한테 묻고 싶은 거 있지?"

"네?"

"묻고 싶은 거 있잖아? 솔직히 말해봐."

"그게 뭘까요?"

인하는 계면쩍게 웃으며 반문했다.

"정말 모르겠어?"

"아아, 생각났어요."

"그렇지, 당연히 생각나야지. 그럼 어서 물어봐."

"서정인 씨 외모에 대해서 말씀해주세요."

"대충 말할까? 아니면 자세히 말할까?"

"기왕 말씀해주실 거면 자세히 말씀해주셔야죠."

"아무래도 그게 낫겠지?"

"네. 장 사장님이 아무리 자세히 말씀해주셔도 제 눈으로 확인할 수 없으니 소용없는 일이라고 생각하실 수도 있겠지만, 그게 그렇지가 않습니다. 상상의 세계는 정확히 현실로부터 출발하니까요."

"그렇지, 상상의 세계는 정확히 현실로부터 출발하는 거지. 그녀의 외모에 대해서 말해줄 테니 우선 정 선생 앞에 놓인 술 원샷 해. 맨 정신에 들을 수 있는 이야기가 아냐. 잘못하면 심장마비 와."

"이걸 원샷 하라고요? 제가 비틀거리면 사람들이 손가락질해요."

"그런 놈들 있으면 내가 당장 가서 손가락 부러뜨리고 올게. 사람이 비틀거리는 날도 있어야지. 흐트러질 줄 모르는 놈들은 재수 없잖아. 내가 정 선생 들쳐 메고 부산까지도 갈수 있어. 이래 봬도 철가방 들고 수십 년을 단련한 몸이야. 철가방 생각보다 무거워."

인하는 용팔의 말이 끝나기가 무섭게 맥주잔을 번쩍 들어 벌컥벌컥 들이켰다. 용팔은 눈을 동그랗게 뜨고 인하를 바라보았다. 인하가 맥주잔을 내려놓으며 말했다.

"됐죠? 말해주세요."

"잠깐만. 나도 원샷 해야지."

용팔은 까닭 모를 슬픔이 밀려왔다. 술기운 때문은 아니었다. 용팔은 인하에게 슬픔을 들키고 싶지 않았다. 바닥까지 맥주를 들이켠 뒤 용팔은 눈가로 흘러내리는 눈물을 천천히 닦았다. 잠시 후 용팔이 인하를 향해 진지하게 말했다.

"엄청난 미인이야. 눈부셔……. 뻥 아냐."

인하는 빙긋이 웃을 뿐 아무 말도 하지 않았다. 용팔이 다시 말을 이었다.

"그분이 나를 바라보며 말할 때도 시각장애인이란 생각이 전혀 안 들었어. 흰 지팡이나 안내견 없이 두 사람이 함께 걸어 다니면 사람들이 다 쳐다볼 거야. 멀쩡한 사람들의 걸음걸이가 이상하다고 생각할 테니까."

"큰일 났네요."

"왜?"

"그런 사람이 저를 좋아하겠어요?"

"뭔 소리야? 정인 씨도 정 선생이 마음에 들었을 거야. 틀림없어. 내가 여자라도 정 선생 좋아했겠다."

인하는 아무 말도 하지 않았다. 잠시 후 인하가 말했다.

"지난날을 생각하면 왜 그랬을까 후회스러운 일이 한두 가지가 아닙니다. 하지만 그 시절로 돌아간다 해도 저는 또 그랬을 거예요. 철이 없어서 그랬든 어리석어서 그랬든 그땐 그럴 수밖에 없었습니다."

인하는 쓸쓸하게 웃었다. 풀이 죽은 인하를 향해 용팔이 나직이 말했다.

"정 선생이 아까 말했잖아. 눈으로 볼 수 없기 때문에 더 선명하게 보이는 것들이 있다고……. 그분은 정 선생을 선명하게 보았을 거야. 그림 그리는 사람이니까 더 선명하게 보았을 테지……."

용팔은 슬픔을 누르며 발랄한 목소리로 말을 이었다.

"오늘 내가 왜 이러지? 내가 생각해도 내 말이 멋있다. 정 선생, 안 그래?"

인하는 대답 대신 너털웃음을 웃었다. 용팔이 취기 가득한 목소리로 말했다.

"오늘 기분 좋다. 정 선생, 인생 짧아. 재미나게 살자고. 재미나게 살다가 동백꽃처럼 가자고. 골골거리지 말고 한 번에 깔끔하게……."

용팔은 그렇게 말하고 나서 잠시 생각에 잠겼다. 인하의 말이 마음 가득 메아리쳤다.

인하의 말처럼 연인을 얻으려면 먼저 그의 마음속 이야기를 들어야 하는데, 눈이 쉽게 규정해버린 상대의 외모 때문에 사람들은 상대의 이야기를 들으려 하지 않았다. 눈으로 볼 수 있다는 것은 축복이지만 눈으로 볼 수 있기 때문에 볼 수 없는 것들이 있었다. 눈앞에 보이는 이익과 눈앞에 보이는 편안함을 넘어야 비로소 만날 수 있는 풍경이 있을 텐데 그 것 또한 쉽지 않았다. 들판에서 캔 냉이와 하우스에서 재배한 냉이는 향기가 다르다. 정인하의 언어 속엔 자연의 향기가 있다. 정인하의 눈빛은 사바나 고양이 눈빛이다. 그의 눈빛 속엔 야성이 있다. 정인하의 언어는 돈이고 군사력이다.

용팔은 윗주머니에서 스프링 수첩과 볼펜을 꺼내 또렷한
글씨로 썼다.

이 은혜 평생 잊지 않겠다고 인하는 내게 말했다. 배은
망덕背恩忘德은 인간의 본성이라는 것을 알고 있는 사람은
배은망덕한 사람을 자신의 삶 바깥으로 밀어내지 않는
다. 진실한 지성知性은 자신의 독단과 편견을 내려놓고 용
기 있게 자신의 무지無知와 만난다.

23

온종일 비가 내렸다. 동현은 붉은빛 제라늄 화분을 손에 들고 꽃집을 나섰다. 꽃집 앞에 서서 분홍빛 제라늄으로 바꿀까 잠시 망설이기도 했지만 선뜻 내키지 않았다. 동현은 우산을 받쳐 들고 어둠 내린 거리를 빠른 걸음으로 걸었다. 손에 들고 있는 붉은빛 제라늄 화분이 서연의 창문 아래 놓일 수 있기를 바랄 뿐이었다.

멀리서 바라본 서연의 방은 불빛이 환했다. 동현은 이따금 씩 서연의 방 창문을 올려다보며 서연의 집을 향해 걸었다. 동현의 얼굴은 충만으로 가득했다. 창문 너머로 서연의 그림 자가 어른거렸다. 가는 빗방울들이 불빛 환한 서연의 창문을 수직으로 그으며 떨어졌다. 창문 아래 가지런히 늘어선 붉은 제라늄 꽃들이 비를 맞고 있었다. 이따금씩 불어오는 바람에 꽃들은 몸을 뒤채기도 했다.

동현은 서연의 집 대문 한쪽에 제라늄 화분을 가만히 내려놓았다. 자신이 놓고 간 것임을 서연이 알 리 없었다. 대문 앞에 놓인 제라늄 화분이 부디 서연에게 가 닿기를 바랄 뿐이었다. 동현의 가슴에 잔물결이 일었다.

동현은 화분 옆에 메모를 남길까 잠시 망설였지만 그만두었다. 서연의 아버지가 메모를 보는 날이면 서연에게 난처한 일이 벌어질 수도 있었다. 그뿐만 아니라 혹시라도 화분을 두고 간 사람이 자신이라는 것을 서연의 아버지가 알게 된다면 자신의 부모까지도 난처해질 수 있다는 것을 동현은 알고 있었다. 서연의 아버지가 불쑥 고래반점에 나타나는 날이면 자신의 부모는 하인처럼 허리를 곱송그리며 그를 대했다. 엄마는 방에 있는 동배와 자신을 큰 소리로 불러내어 서연의 아버지에게 인사를 하게 한 적도 여러 번 있었다.

동현은 우산을 받쳐 들고 서연의 집 담벼락에 기대어 한참을 서 있었다. 불 켜진 창문 안으로 서연의 그림자가 또다시 어른거렸다.

동현은 우산을 접으며 고래반점 출입문으로 들어섰다. 테이블 한쪽에 앉아 텔레비전을 보고 있던 용팔이 동현을 빤히 바라보았다.

"장동현, 비 오는데 어디 갔다 오냐?"

용팔의 물음에 동현이 시큰둥하게 대답했다.

"친구네 집."

"아닌 것 같은데."

용팔은 빙긋이 웃으며 말했다.

"아니긴 뭐가 아냐? 친구 집 갔다 왔다니까."

"그냥 농담으로 해본 소리다. 짜식, 되게 까칠하네."

동현은 빗물 흐르는 우산을 한쪽 벽에 세워두고 심드렁한 표정으로 용팔을 지나쳤다.

"동현아, 잠깐 얘기 좀 할 수 있나?"

"무슨 얘기?"

"별 얘기 아냐. 잠깐 얘기 좀 하자고. 여기 좀 앉아봐."

동현은 마뜩잖은 표정을 지으며 용팔 앞에 앉았다.

"동현아, 네 책상 위에 멋있는 말 붙어 있더라. 그 말 발터 벤야민이 한 말이지?"

"응."

"어디서 봤니?"

"책에서."

"어떤 책에서?"

"기억 안 나."

"'진보는 2보도, 3보도, n+1보도 아니다. 진보는 1보다.' 참 좋은 말이다. 동현이 너는 발터 벤야민의 말에 동의하니?"

“응.”

“나도 전적으로 동의해. ‘유토피아는 미래에 다가올 이상적인 세계를 말하는 것이 아니다. 유토피아는 위기의 순간 섬광처럼 번쩍이는 과거의 기억 속에 있다.’ 이 말도 의미심장하지 않냐? 발터 벤야민이 『역사 철학의 테제』에서 한 말인데, 동의할 수 있겠어?”

“무슨 뜻인지 모르겠어.”

“너한텐 좀 어려울 수도 있겠다. 설명해줄까?”

“응.”

“내 해석이 정확한 해석이라고 말할 순 없지만 얼토당토않은 해석은 아닐 거야. 유토피아는 우리가 만들 수 있는 혹은 우리가 만들어야 할 미래의 어떤 이상적인 세계라고 사람들은 말하잖아. 발터 벤야민은 그게 아니라고 말한 거야. 유토피아는 미래에 있는 것이 아니라 위기의 순간 섬광처럼 번쩍이는 과거의 기억 속에 있다는 거야.”

“‘위기의 순간 섬광처럼 번쩍이는 과거의 기억’이 뭔데?”

“살다 보면 누구에게나 위기의 순간이 찾아올 때가 있잖아. 위기의 순간을 반전시키려면 섬광처럼 번쩍이는 과거의 기억이 있어야 한다고 발터 벤야민은 말한 거야. 예를 들어 말하면 이런 거야. 대통령의 국정농단으로 대한민국이 총체적 난국에 빠졌을 때 국난을 극복할 수 있었던 것은 대한민국 시민들에게 섬광처럼 번쩍이는 과거의 기억이 있었기 때문이야. 그렇다면 대한민국 시민들에게 섬광처럼 번쩍이는 과거의 기억은 뭘까?"

"1987년 6월 민주항쟁?"

"네가 그걸 어떻게 아냐?"

"〈1987〉이란 영화 봤어."

"근데 그거 하나뿐일까?"

"동학농민혁명?"

"또?"

"5.18 광주민주화운동."

"또? 또 기억나는 거 없냐?"

"글쎄……."

"4.19 민주혁명도 있잖아. 짜식, 생각보다 무식하지 않네. 아무튼 우리나라는 역사의 굽이굽이마다 동학농민혁명도 있었고 4.19 민주혁명도 있었고 5.18 광주민주화운동도 있었어. 당대엔 모두 미완의 혁명으로 끝났지만 결과적으로 보면 우리 역사를 발전시킨 뜻깊은 혁명들이야. 대한민국이 위기에 빠질 때마다 섬광처럼 번쩍이는 혁명의 기억들이 있었기에 위기를 극복할 수 있었던 거야. 독일이 오늘날 최고 수준의 국가가 된 것도 섬광처럼 번쩍이는 과거의 기억이 있었기 때문이야. 독일에게 섬광처럼 번쩍이는 과거의 기억은 무엇일까?"

"2차 세계대전."

"그렇지. 독일에게 섬광처럼 번쩍이는 과거의 기억은 바로 그거야. 과거의 잘못을 잊지 않고 과거 역사에 대한 뼈아픈 반성이 있었기 때문에 오늘날의 강대국 독일이 만들어진 거지. 살다 보면 누구에게나 위기는 찾아오잖아. 위기를 반전시켜 유토피아를 만들려면 발터 벤야민의 말처럼 섬광처럼 번쩍이는 과거의 기억이 필요해."

동현은 가만가만 고개를 끄덕였다. 잠시 후 용팔이 어렵사리 말을 꺼냈다.

"동현아, 첫사랑은 별똥별의 섬광처럼 덧없이 사라져. 하지만 첫사랑의 기억은 살아가는 내내 위로가 되기도 하고 힘이 되기도 해. 첫사랑이 없다면 청춘의 기억도 없어. 나는 네가 조금 더 적극적이었으면 좋겠다. 곁에서 빙빙 돌지만 말고……."

용팔의 말에 동현은 아무 말도 하지 않았다.

"힘들 텐데 방에 들어가 쉬어."

용팔은 그렇게 말하고 계산대가 있는 쪽으로 걸어갔다. 동현에게 그렇게 말했지만 용팔은 내심 불안했다. 최대출의 싸늘한 얼굴이 생각났다. 불안해도 어쩔 수 없는 일이었다.

용팔은 계산대에 앉아 윗주머니에 있는 스프링 수첩과 볼펜을 꺼냈다. 용팔은 마음이 이끄는 대로 수첩 위에 써내려 갔다.

임대 계약 기간이 끝날 때마다 말투와 걸음걸이가 달라지는 최대출의 딸 서연이를 동현이가 좋아한다. 동현이는 하필 왜 서연이를 좋아할까? 짝사랑하는 것 같아 마음 아프다. 지주의 땅을 부쳐 먹는 소작농의 아들이 지주의 딸을 남몰래 짝사랑하는 것은 아닐까, 생각했다면 지나친 비약일까? 동현이가 열심히 공부했다면 서연이에게 다가가기 쉽지 않았을까? 성적은 대학이 되고, 대학이 계급이 되는 대한민국을 동현이는 어떻게 살아갈까? 공부를 못한다는 이유로 보이게, 보이지 않게 동현이를 무시할 사람들을 생각하면 마음 아프다. 이런 세상을 만든 사람들 중엔 분명, 나도 있다. 동현의 책상 위에 붙어 있는 철학자 발터 벤야민의 글을 적어본다.

"진보는 2보步도, 3보도, n＋1보도 아니다. 진보는 1보다."

우월감과 열등감은 어째서 한집에 사는가? 곧 무너질 담벼락처럼 나는 위태롭다.

24

떡볶이를 먹으며 인하가 정인에게 말했다.

"정인 씨, 떡볶이 먹고 동백꽃차 마시러 갈래요? 동백나무 가득한 숲속에 있는 카페입니다."

"동백꽃으로 차도 만드나요?"

"네. 동백꽃 향기가 참 좋습니다."

정인은 호기심 어린 눈빛으로 가만가만 고개를 끄덕였다. 잠시 후 인하가 말했다.

"정인 씨가 제일 좋아하는 영화는 뭐예요?"

"〈조제, 호랑이 그리고 물고기들〉이요. 보셨나요?"

"아니요. 어떤 영화예요?"

"일본 영화예요. 최근에 한국 영화로 리메이크 됐어요. 한국 영화 제목은 〈조제〉입니다."

"줄거리 말해주세요."

정인은 "줄거리 아시면 재미없어요. 그냥 보세요."라고 말하려다 멈칫했다. 잠시 후 정인이 조심스럽게 말했다.

"짧게 말씀드릴게요. 여자 주인공 이름은 조제예요. 조제는 지체장애인인데 정말 예뻐요. 남자 주인공은 츠네오라는 잘생긴 대학생입니다. 두 사람은 서로 사랑했고 조제의 집에서 함께 살았어요. 두 사람 모두에게 행복한 시간이었습니다. 하지만 휠체어 없이 문밖을 나설 수 없는 조제의 지체장애는 츠네오에게 감당하기 힘든 현실이었습니다. 결국 츠네오는 조제 곁을 떠납니다. 조제는 담담하게 츠네오를 보내줘요. 영화 끝부분에 츠네오의 내레이션이 나와요. '그녀와 이별한 이유는 여러 가지다. 아니, 그녀와 이별한 이유는 하나뿐이다. 내가 도망쳤다.' 조제와 이별하는 날 츠네오는 조제의 집을 나와 길을 걷다가 갑자기 길에 앉아 통곡합니다. 그 장면을 생각하면 지금도 츠네오 울음소리가 들려요."

정인은 눈물을 글썽이며 말했다. 잠시 후 정인이 다시 말했다.

"저는 이 영화가 로맨스 영화인 줄 알았는데, 아니었어요. 이 영화는 사랑했지만 아픔을 감당할 수 없어 누군가를 떠날 수밖에 없었던 사람들을 위한 영화였습니다. 저는 뒤늦게 알았어요. 인하 씨도 이 영화 좋아하실 것 같아요."

정인은 웃으며 말했다. 정인의 말에 인하는 가만가만 고개를 끄덕였다. 두 사람의 이야기를 듣고 있던 분식집 여자가 손을 길게 뻗어 떡볶이 여러 개를 두 사람 접시에 몰래 올려 주었다.

"저기요. 안 주셔도 됩니다. 저희 다 먹었어요."

정인이 분식집 여자를 바라보며 말했다. 정인의 목소리에 조금은 날이 서 있었다. 분식집 여자가 말했다.

"방금 전 넣은 떡이라 맛있을 것 같아 몇 개 드렸어요. 다시 뺄까요?"

분식집 여자는 어이없다는 듯 한숨을 내쉬며 말했다. 상황을 수습하려는 듯 인하가 재빠르게 끼어들었다.

"감사합니다. 잘 먹겠습니다."

분식집 여자는 같잖다는 듯 정인을 노려보았다. 볼썽사나운 그녀의 눈빛이 정인과 인하에게 보일 리 없었다.

잠시 후 한 떼의 여학생들이 분식집 안으로 들어왔다. 분식집 여자가 주문을 받기 위해 학생들이 앉은 곳으로 다가갔다. 분식집 여자가 환하게 웃으며 말했다.

"어머! 최대출 대표님 따님 맞죠?"

분식집 여자를 물끄러미 바라보던 서연이 어색한 표정을 지으며 "네."라고 대답했다.

"가까이 보니까 더 예쁘게 생겼네. 우리 가게 앞으로 지나가는 거 여러 번 봤어요. 뭐 드릴까요? 귀한 손님 왔으니까 서비스 많이 줘야겠다."

웃음 띤 얼굴로 주문을 기다리던 분식집 여자가 유리문 밖을 바라보고 깜짝 놀랐다. 최대출이 낯선 사내 여럿과 함께 가게 앞에 서서 이야기를 나누고 있었다. 유리문 밖에 서 있는 최대출을 발견하고 서연도 얼른 돌아앉았다.

분식집 여자는 주문받은 음식을 학생들 앞에 내준 뒤 작은 바구니를 들고 냉장고 앞으로 걸어갔다. 그녀는 캔 사이다 여러 개를 냉장고에서 꺼내 바구니에 담았다. 분식집 여자는 냉장고 바로 옆에 있는 거울 앞에 섰다. 그녀는 윗옷 단추 하나를 풀고 거울 속 자신의 모습을 들여다보았다. 못마땅하다는 듯 고개를 가로저으며 그녀는 아래 단추 하나를 더 풀었다. 아슬아슬하게 드러난 자신의 풍만한 가슴을 보며 그녀는 씽긋 웃었다.

분식집 여자는 사이다가 담긴 바구니를 들고 가게 밖으로 나갔다. 그녀는 사이다 캔 하나를 최대출에게 공손히 건네며 반갑게 인사했다.

"대표님, 안녕하세요. 여긴 웬일이세요."

"지난번에 말씀드린 신축 건물 짓는 일 때문에 왔습니다."

그녀가 건넨 사이다를 얼떨결에 받아들고 최대출이 말했다. 분식집 여자는 동행한 사내들에게도 사이다를 하나씩 건넸다.

"대표님, 진짜로 새 건물 올리시는 거예요?"

"가짜로 올리는 건물도 있습니까?"

"대표님, 저희 가게는 어디로 가라고요?"

"가게 터 알아보실 시간 충분히 드렸습니다."

"여기저기 알아봤는데 마땅한 자리가 없어요."

그녀는 간절히 말했지만 최대출은 들은 체도 하지 않았다. 최대출은 동행한 사내들과 가게 뒤편으로 걸어갔다. 머쓱해진 그녀는 조금 전 풀었던 단추 두 개를 다시 여몄다. 계산대 앞에 인하와 정인이 서 있는 모습을 보고 분식집 여자는 빠른 걸음으로 가게 안으로 들어갔다.

25

한쪽 테이블에 앉아 동배가 잔뜩 화난 얼굴로 그림을 그리
고 있었다. 영선이 동배에게로 다가서며 말했다.

"똥빼, 뭐 하고 있어?"

"뭐? 똥빼? 엄마도 나보고 똥빼라고 했다. 치······."

동배는 금방이라도 울음을 터트릴 듯 영선을 노려보며 말
했다.

"아니야. 엄마가 언제 똥빼라고 했니? 동배라고 했지."

"방금 전에 엄마가 '똥빼'라고 했잖아."

"아니라니까. 네가 잘못 들은 거야. 동배라고 했어."

"치······. 거짓말."

"알았다. 알았어. 미안, 미안."

"엄마 나빴어."

영선은 동배의 뺨을 어루만지며 달래듯이 물었다.

"우리 동배, 산타 그리는 거니?"

"보면 몰라?"

동배는 퉁명스럽게 말했다.

"동배야, 크리스마스도 지나고 봄이 오고 있는데 왜 산타를 그리는 거야?"

"그냥. 산타 그리고 싶어서. 친구 생일 카드 만드는데 그릴 게 없어서 산타 그리는 거야."

"우와! 우리 동배 산타 대빵 잘 그린다."

"뭐가 잘 그렸어? 다 망쳤는데. 벌써 세 장이나 망쳤단 말이야. 산타 할아버지 얼굴 그리는 게 너무 어려워."

"동배야, 초등학교 6학년이 이 정도면 아주 잘 그린 거야. 아주 아주 훌륭해!"

"……."

영선은 흐뭇한 표정을 지으며 동배에게 말했지만 동배는 시큰둥한 표정을 지을 뿐 아무 말이 없었다. 영선은 계산대 앞에 앉아 책을 읽고 있는 용팔을 다급히 불렀다.

"동배 아빠, 이리 좀 와봐. 동배가 그린 산타 좀 봐."

용팔은 영선과 동배가 있는 쪽으로 성큼성큼 걸어왔다. 영선이 과장된 목소리로 용팔에게 말했다.

"여보, 이것 좀 봐. 우리 동배가 그린 거야. 정말 잘 그렸지?"

용팔은 시큰둥한 표정으로 동배가 그린 그림을 잠시 바라보다가 실망스럽다는 목소리로 말했다.

"동배야, 산타 그린 거냐? 산타가 뭐 이래? 얼굴이 이상하잖아."

그 순간 동배가 용팔을 노려보았다. 동배가 용팔에게 투정부리듯 물었다.

"치……. 아빠는 산타 얼굴 잘 그려?"

"야 인마, 산타 얼굴을 꼭 그려야 하냐?"

용팔의 뜬금없는 말에 동배와 영선은 어리둥절했다. 영선이 용팔에게 말했다.

"그건 또 뭔 말이래? 산타를 그리려면 산타 얼굴을 그려야지."

"하여튼지간에 상상력이 없어요. 상상력이……."

용팔이 어이없다는 표정을 지으며 영선에게 말했다. 영선도 어이없다는 표정을 지으며 용팔의 말을 받았다.

"그러면 상상력 풍부한 용팔 씨가 산타 얼굴 좀 그려봐. 우리 동배 낑낑거리며 고생하는 거 보고 있지만 말고."

용팔은 기다렸다는 듯 동배에게 물었다.

"똥빼야, 아빠가 산타 그려줄까?"

용팔의 물음에 동배는 아무런 대답도 하지 않았다. 동배는 용팔의 얼굴을 바라보지도 않았다.

"동배야, 아빠 산타 잘 그려. 아빠가 그려줄게. 싫어?"

"마음대로."

동배는 여전히 용팔의 얼굴을 보지 않은 채 퉁명스럽게 말했다.

"좋았어. 아빠가 산타 할아버지 멋지게 그려줄 테니까 잠깐만 기다려. 그런데 동배야, 아빠는 누가 옆에서 보고 있으면 그림 못 그리는 거 너도 알지?"

"응."

"오케이. 너는 여기서 조금만 기다려. 아빠가 저쪽 테이블로 가서 산타 할아버지 멋있게 그려가지고 올 테니까. 알았지?"

"응. 알았어."

동배는 그림 그리던 것을 멈추고 테이블에 무심히 앉아 있었다. 동배는 저편 테이블에 앉아 열심히 그림을 그리는 용팔을 이따금씩 바라보았다. 동배 얼굴은 기대로 가득했다. 영선은 흐뭇한 표정을 지으며 멀찍이 앉아 그림을 그리는 용팔을 바라보고 있었다.

용팔은 한참이 지나서야 자신이 그린 그림을 동배에게로 가져왔다.

"동배야, 어때? 멋지지 않냐?"

"아빠, 이게 뭐야. 산타 얼굴이 없잖아."

"동배야, 아빠는 산타의 뒷모습을 그린 거야. 산타가 누군가에게 선물을 주려고 몰래 담을 넘어가는 그림이야. 뒷모습을 그렸으니 얼굴이 보일 리가 없지. 오케이?"

용팔은 동그랗게 눈을 뜨고 침까지 튀기며 자신의 그림을 설명했다. 용팔은 자신의 그림에 감동받은 눈빛이었다. 동배 얼굴엔 실망의 빛이 역력했다. 동배의 눈치를 살피며 용팔이 다시 말했다.

"동배야, 그림을 그릴 때도 머리를 굴려야 돼. 아빠처럼 이렇게 산타의 뒷모습을 그리면 얼굴도 그릴 필요 없고 수염도 그릴 필요 없잖아. 산타의 뒷모습…… 캬! 뭔가 비밀을 간직하고 있는 산타 같잖아. 거럼! 산타는 비밀을 간직하고 있어야 돼. 똥빼야, 이 그림 근사하지 않냐?"

용팔의 장황한 설명에도 동배는 여전히 만족스럽지 않은 표정이었다. 동배를 달래듯이 영선이 말했다.

"동배야, 아빠 아이디어 정말 좋다. 이런 생각 아무나 하는 게 아니야. 아빠는 워낙 책을 많이 읽어서 상상력 하나는 끝내주거든. 아빠 어릴 적엔 동화 작가 되는 게 꿈이었대. 네 아빠 지금 소설 쓰고 있어. 동배야, 이 그림 마음에 들지 않아? 엄마는 마음에 드는데."

"나는 마음에 안 들어."

동배는 단호하게 말했다. 영선이 동배에게 다시 물었다.

"동배야, 너는 이 그림에서 어떤 점이 마음에 안 드는데?"

"산타 할아버지 얼굴이 없잖아. 얼굴을 그려야 멋있지."

동배는 우두커니 서 있는 용팔을 바라보며 말했다. 동배의 말이 끝나기가 무섭게 용팔이 말했다.

"야 인마, 멋있잖아! 얼굴이 꼭 보여야 산타니?"

"동배야, 엄마가 보기에도 이 그림 멋있는데."

"별로야. 나는 산타 얼굴 꼭 그릴 거야. 아빠가 산타 눈만 그려줘. 눈 그리기가 제일 어렵단 말이야. 눈 그리다가 세 번이나 망쳤어."

잠시 침묵이 흘렀다. 용팔은 난감한 표정을 지으며 동배에게 물었다.

"동배야, 산타 얼굴 꼭 그려야 하니?"

"응."

동배는 짜증 섞인 목소리로 단호하게 대답했다.

"알았다. 알았어. 그놈 되게 까다롭네. 도대체 이놈은 누굴 닮아서 이렇게 까다로워?"

"누굴 닮았겠어? 잘 아시면서."

영선이 빈정거리듯 말했지만 용팔은 아무런 대꾸도 하지 않았다. 용팔은 검지를 자신의 이마에 대고 깊은 생각에 빠졌다.

잠시 후 묘안을 떠올린 듯 용팔은 자리에서 벌떡 일어났다. 용팔은 조금 전 그림을 그렸던 테이블로 자리를 옮겼다.

용팔은 진지한 표정으로 그림을 그리기 시작했다. 그림을 그리는 동안 용팔의 얼굴에 몇 번의 웃음이 지나갔다. 한참 후 용팔은 기세등등한 모습으로 자신이 그린 그림을 손에 들고 동배가 있는 곳으로 걸어왔다.

"똥빼! 이번엔 마음에 들 거다. 크크크."

"대박!"

그림을 보자마자 동배가 감탄했다.

"대박!"

영선도 감탄했다. 감탄을 예상했다는 듯 용팔은 어깨를 추어올리며 말했다.

"산타를 그리려면 이 정도는 그려야지. 거럼!"

용팔은 자신의 그림에 감동받은 듯 감탄을 내뱉었다. 용팔은 익살스러운 표정을 지으며 말을 이었다.

"산타가 검정색 선글라스를 썼으니까 눈은 안 그려도 되잖아. 그치? 사람 얼굴을 그릴 때 눈깔 그리기가 제일 어렵거든. 선글라스를 낮에만 쓰라는 법 있냐? 산타라면 이 정도 선글라스는 써줘야 돼. 거럼!"

바로 그때 출입문이 열리고 손님들이 들어왔다.

"어서 오세요."

용팔은 환하게 웃으며 손님들을 맞이했다. 손님을 맞이하는 용팔의 모습이 다른 날과는 사뭇 달랐다.

26

서연이 계단을 내려오자마자 거실에 앉아 있던 최대출과 눈이 마주쳤다. 서연은 모른 척 외면하고 현관문을 향해 걸어갔다. 등 뒤에서 최대출의 따가운 목소리가 들렸다.

"최서연, 이리 와봐!"

서연은 아랑곳하지 않고 신발을 신으며 담담한 목소리로 대꾸했다.

"지금 시간 없어. 약속 시간 늦었어."

"최서연, 내 말이 말 같지 않아? 오라면 올 것이지. 뭔 개소리야."

최대출은 눈을 부라리며 소리쳤다. 서연은 마뜩지 않은 표정을 지으며 최대출이 있는 곳으로 걸어갔다. 최대출은 한층 고압적인 목소리로 말했다.

"최서연, 내가 너 왜 불렀는지 알아?"

최대출의 물음에 서연은 아무 말도 하지 않았다.

"왜 말이 없어? 내가 너를 왜 불렀는지 아냐고?"

최대출의 목소리는 더욱 커졌다. 서연이 단호하게 말했다.

"몰라."

"몰라? 정말 몰라?"

"응. 몰라."

"너, 저기 가서 거울 좀 보고 와."

"왜?"

"거울 앞에 서서 네 꼴 좀 보라고."

서연은 들은 체하지 않았다. 서연은 최대출이 무슨 말을 하고 있는지 알고 있었다. 지난번에도 있었던 일이었다.

"지난번에도 분명히 너한테 말했지. 짧은 치마 입지 말라고."

"짧은 치마 아냐."

"학생이 입은 치마가 무릎 위로 올라갔는데 짧지 않다고?"

"내 친구들도 다 이렇게 입어."

"네 친구들이 그렇게 입는다고 너까지 그렇게 입어? 너는 달라야지!"

"내가 왜 친구들하고 달라야 하는데?"

"공부 못하는 쓰레기들하고 같으면 돼?"

"공부 못하면 쓰레기야?"

"고등학교 졸업하고 나면 평생 허드렛일이나 하고 살 텐데 쓰레기나 마찬가지 아냐?"

"공부 못한다고 모두 허드렛일하지는 않아."

"네가 살고 있는 대한민국은 그래. 너는 아직 세상을 몰라."

"설령 그렇다 해도 공부 못한 사람들은 허드렛일하게 하는 나라가 정상적인 나라야? 공부는 못하지만 다른 거 잘하는 아이들 얼마든지 있어. 그리고 내가 입고 있는 치마 미니스커트 아냐."

"학생 입는 치마가 그 정도면 미니스커트야! 여자들이 옷을 그따위로 입고 다니니까 성추행당하고 성폭행당하는 거야."

"여자들이 미니스커트 입으면 남자들은 성추행해도 되고 성폭행해도 돼?"

"미니스커트가 여자들 취향이라 해도 멀쩡한 남자들을 자극하진 말아야지."

"여자들은 자기 취향대로 그냥 입고 싶어서 입는 거야. 그걸 보고 자극받고 이상한 행동하는 남자들이 미친 거 아냐?"

"야, 개소리 그만하고 당장 옷 바꿔 입고 나가. 멀쩡한 남자들 자극하는 년들이 나쁜 년들이야. 왜 그렇게 짧은 치마를 입고 다녀! 지랄들하고."

"요즘 아빠처럼 말하는 사람 없어. 어디 가서 그렇게 말하면 봉변당해."

그 순간 최대출이 자리에서 벌떡 일어나 서연의 뺨을 때렸다.

"근데 이 미친년이 부모를 가르치려고 하네. 이년이 보자 보자 하니까 제멋대로 주둥이를 놀려. 아가리 닥쳐!"

최대출은 서연을 향해 또다시 도끼 팔을 내리칠 기세였다. 서연의 뺨 위로 눈물이 흘러내렸다. 서연이 담담한 목소리로 말했다.

"아빠 사무실 비서가 미니스커트 입는 건 왜 말하지 않아."

"너, 지금 양 비서 말하는 거니?"

서연은 최대출을 노려보며 아무 말도 하지 않았다.

"걔하고 너하고 같아? 걔는 어른이고 너는 고등학생이잖아. 더욱이 걔는 사무실 방문하는 손님들 맞아야 하는 사람이야."

"사무실 방문하는 손님들 맞으려면 미니스커트 입어야 돼? 미니스커트 입지 않아도 얼마든지 손님 맞을 수 있잖아."

"야, 이 미친년아, 개소리 그만하고 옷이나 갈아입어. 가위로 다 찢어버리기 전에."

"내 치마 짧다고 생각하지 않아. 나도 고등학생이니까 그 정도의 분별력은 있어."

"그래? 못 갈아입겠단 뜻이지?"

서연은 최대출을 노려보며 아무 말도 하지 않았다. 최대출은 주방으로 성큼성큼 걸어가 가위를 가져왔다. 최대출이 서연에게 낮고 서늘한 목소리로 말했다.

"가위에 찔리고 싶지 않으면 움직이지 마라."

최대출은 가위로 서연의 치마 아랫단을 아무렇게나 잘라 냈다.

"고집부리다 꼴좋다. 나 원망하지 마라. 나를 독사로 만든 건 너야. 할 말 다 했으니까 꺼져!"

최대출은 비아냥거리듯 말했다. 서연은 최대출을 잠시 노려보았다. 서연은 잘린 청치마 아랫단을 힘껏 손으로 당겨 치마 앞에서부터 뒤까지 모조리 뜯어냈다. 서연은 아무렇지도 않은 듯 신발을 신고 현관문을 나섰다. 더 짧아진 서연의 치마를 보며 최대출의 얼굴은 죽상이 되었다.

27

용팔은 윗주머니에서 스프링 수첩과 볼펜을 꺼내 방금 전
떠오른 생각을 빠르게 써내려갔다.

북부 흰코뿔소는 2018년 멸종됐다. 현재 아프리카 케
냐에 암컷 북부 흰코뿔소 두 마리가 시퍼렇게 살아 있어
도 멸종이다. 마지막 남은 수컷 한 마리가 2018년 죽었
기 때문이다.
자유와 구속도 이와 비슷한 관계 아닐까? 자유만 가득
한 곳에 자유가 있을까? 구속이 없는 곳엔 자유도 없는
것 아닐까?

용팔은 윗주머니에 스프링 수첩과 볼펜을 넣었다. 영선이
앞치마에 젖은 손을 닦으며 주방을 빠져나왔다. 외출복을 입
은 용팔을 향해 영선이 물었다.

"어디 가?"

"지옥."

"지옥? 뭔 말이래?"

"지옥 간다고."

"지옥엘 왜 가?"

"가고 싶어 가냐. 가야 하니까 가는 거지."

"뭔 뚱딴지같은 소리야?"

"뭔 말인지 모르겠어?"

"당연히 모르지."

영선은 그렇게 말하고 어리둥절한 표정으로 용팔을 바라
보았다. 잠시 후 영선이 말했다.

"최대출?"

"지옥이 어딘지 당신도 알고 있네."

"왜? 최 대표 전화 받았어?"

"응."

"언제?"

"조금 전에."

"만나자고 해?"

"장사 끝났으면 자기 사무실로 오란다."

"왜 오라는 거야?"

"의논할 게 있대."

"무슨 의논?"

"뻔하지. 가겟세에 대한 이야기 마무리 짓자는 거겠지. 지난번 만났을 때 마무리 못 지었거든."

"정말로 가겟세 올릴 것 같아?"

"만나봐야 알겠지만 올릴 기세야."

"큰일 났네. 터무니없이 올리면 어쩌지? 건너편 떡집도 많이 올렸다고 하던데. 이번만 봐달라고 잘 말해봐. 그렇다고 너무 굽신거리진 말고."

"걱정 마. 내가 죄지었어? 최대출 앞에서 굽신거리게……. 얼른 갔다 올게."

평소 최대출을 만나러 갈 때와는 다른 모습이었다. 용팔은 그렇게 말하고 가게 문을 나섰다. 용팔은 최 대표에게 주려고 슈퍼에 들러 평소보다 두 배 큰 음료수 상자를 샀다. 손가락이 아플 정도의 묵직함에 용팔은 내심 만족스러웠다.

용팔은 한참을 걸어 읍내에 있는 최대출 소유의 오피스텔 건물로 들어섰다. 초고속 승강기를 타고 8층에서 내렸다. 잠시 후 805호 초인종을 조심스럽게 눌렀다. 이전에 보았던 양 비서가 공손히 문을 열어주었다.

"안녕하세요. 30분 전에 최 대표님하고 통화 나눴습니다. 오늘 찾아뵙기로 했어요."

"네. 오신다는 말씀 들었습니다. 대표님께서 기다리고 계세요."

용팔이 문을 들어서자 최대출이 보였다. 고급 정장 차림을 한 최대출의 얼굴엔 기름기가 번지르르했다. 용팔은 최대출 옆에 음료수 상자를 살며시 내려놓고 허리 굽혀 정중히 인사했다.

"대표님, 안녕하셨어요. 저 왔습니다."

"어서 오세요. 진즉에 연락드리려고 했는데 너무 바빠서 연락을 못 드렸습니다."

"아무리 바쁘셔도 건강 잘 보살피세요. 대표님."

용팔은 애써 근심스러운 표정을 지으며 말했다.

"걱정해주셔서 고맙습니다. 몇 가지 상의드릴 게 있어 갑자기 뵙자고 했습니다."

최대출은 담배를 꺼내 물고 불을 붙였다. 뿌연 담배 연기를 뱉으며 최대출이 잠시 뒤 말을 이었다.

"우선 가겟세 문제를 마무리 지어야 하는데요. 저로서도 고민이 많습니다. 지난번에도 말씀드렸지만 이번엔 가겟세를 인상할 수밖에 없어요. 인상 범위 때문에 이 지역 임대사업자분들도 여러 사람 만났습니다. 다른 임대사업자들은 가겟세 인상 범위가 저보다 훨씬 큽니다."

최대출의 목소리는 단호했다. 용팔은 최대출을 향해 머리를 조아리며 말했다.

"대표님, 이번 한 번만 저희 사정 헤아려주세요. 다음엔 염치없이 이런 말씀드리지 않겠습니다. 한 번만 더 헤아려주십시오."

용팔의 말에 최대출은 난감한 표정을 지으며 말했다.

"이번엔 조금이라도 올려야 합니다. 안 그러면 주변 임대사업자들한테 제가 욕을 먹습니다."

"대표님, 요즘 경기 어려운 거 대표님도 잘 아시잖아요. 마지막으로 한 번만 더 부탁드립니다."

"이러시면 제가 곤란해집니다. 장 사장님하고는 오랜 인연이라 제가 특별히 배려하고 있습니다. 큰 부담 안 느끼실 만큼만 인상할 테니 너무 걱정하진 마세요. 최종 답변은 모레까지 드리겠습니다."

"대표님, 감사합니다. 대표님께서 베풀어주신 은혜 잊지 않겠습니다."

용팔은 자리에 앉은 채 다시 머리를 조아리며 말했다. 최대출은 담배 연기를 뱉으며 가만가만 고개를 끄덕였다. 잠시 침묵이 흐른 뒤 최대출이 말했다.

"장 사장님, 혹시 역사에 관심 있나요?"

"역사요? 관심은 있지만 아는 것은 별로 없습니다."

"그 말씀은 관심이 전혀 없다는 뜻은 아니네요. 맞죠?"

"네. 그렇습니다."

최대출의 뜬금없는 질문에 용팔의 얼굴엔 난감한 기색이 가득했다. 잠시 후 최대출이 용팔에게 물었다.

"조선 500년을 통틀어 가장 성군聖君은 누구라고 생각하십니까?"

"세종대왕 아닌가요?"

"그다음은 누구라고 생각하십니까?"

"정조 아닐까요?"

"맞습니다. 많이 아시네. 그다음은요?"

"성종이라고 생각합니다."

"잘 아시네요. 혹시 성종의 업적이 뭔지 아세요?"

최대출이 왜 자꾸만 역사에 대해 묻는지 도무지 알 길이 없었지만 용팔은 아는 대로만 대답했다.

"성종은 조선의 법전인 『경국대전』을 완성했습니다. 역사책인 『동국통감』도 편찬했고 지리서인 『동국여지승람』도 편찬했습니다. 한글 가사가 수록된 음악 서적 『악학궤범』도 편찬했고요. 세조가 폐지시킨 왕을 교육하는 경연 제도도 성종이 부활시켰습니다. 임금도 당대 최고의 전문가들에게 배워야 하니까요."

"그 정도면 역사에 관심이 많으신 것 같은데요?"

"아닙니다. 고등학생 수준입니다."

용팔은 겸손히 말했다. 잠시 후 최대출의 질문이 이어졌다.

"장 사장님이 말하신 것처럼 세종과 성종과 정조는 조선의 3대 성군聖君입니다. 그러면 조선의 임금 중에서 가장 포악하거나 무능했던 3대 임금도 아시겠네요?"

용팔의 머릿속엔 세 명의 임금이 단박에 떠올랐다. 국법을 어기고 왕위를 찬탈한 세조와 포악한 연산군과 안동 김씨의 세도정치에 권력을 내준 무능한 순조였다. 순조는 11세에 즉위한 어린 왕이었지만 재위 기간 34년 내내 무능한 왕이었다. 광해군은 포악하거나 무능했던 3대 임금엔 들어가지 않을 것이 분명했다. 광해군은 명나라로 도망치려는 선조를 대신해 유성룡과 함께 전장戰場을 오가면서 군을 지휘하고 왕위에 오른 뒤 인조반정으로 억울하게 왕위를 빼앗긴 비운의 왕이었다. 용팔은 그제야 자신의 역사 지식을 뽐내고 싶어 하는 최대출의 의중을 헤아렸다.

"대표님, 마지막 질문에 대한 답은 모르겠습니다. 제가 알고 있는 건 아까 말씀드린 거기까지입니다."

용팔은 비굴하다는 생각이 들었지만 그렇게 말할 수밖에 없었다. 잠시 후 최대출이 어깨를 추어올리며 말했다.

"마지막 질문은 대부분의 사람들이 대답을 못 합니다. 기껏 말해봐야 연산군 정도를 말할 뿐입니다. 조선 임금 중에서 가장 포악하거나 무능했던 3대 임금은 세조와 연산군과 순종입니다."

"아아, 그렇군요."

"세조와 연산군과 순종이 누구 아들인지는 아시죠?"

최대출의 질문에 용팔은 모르는 척 대답했다.

"잘 모르겠습니다. 누구 아들인가요?"

용팔은 진지한 눈빛으로 물었다. 힐긋힐긋 양 비서를 바라보며 으스대는 최대출의 양쪽 어깨에 뽕을 넣어주자고 용팔은 생각했다. 최대출의 우월감을 가로막으면 자신에게 불리할 것이 뻔했다. 잠시 후 최대출은 힘이 잔뜩 들어간 목소리로 말했다.

"세조는 세종의 아들입니다. 세조가 그 유명한 수양대군이라는 건 아시죠?"

"아아, 수양대군이 세조가 된 거군요?"

"그렇습니다. 수양대군은 어린 단종을 제거하고 왕위를 찬탈해 조선의 정의를 무너뜨린 세조가 되었어요. 국법을 어기고 왕이 된 사람이 바로 세조입니다. 세조가 통치할 때 조선 방방곡곡에 불의가 판을 쳤습니다. 왕이 국법을 어겼으니 국법을 어긴 범죄자들도 할 말이 있지 않았겠습니까. 한마디로 세조는 조선의 근간을 무너뜨린 왕입니다. 세조 때문에 조선이라는 나라가 개판이 된 거예요. 무슨 말인지 이해 가시나요?"

"아아, 그렇군요."

"장 사장님, 성종의 아들이 누굽니까?"

"잘 모르겠습니다. 누군가요?"

용팔은 호기심 어린 눈빛으로 최대출을 바라보았다.

"성종의 아들이 연산군입니다. 연산군은 포악한 성격과 방탕함 때문에 왕위에서 쫓겨난 폭군이에요. 오죽하면 연산군을 빗대어 흥청망청이라는 말이 돌았겠어요."

최대출은 충만한 표정으로 그렇게 말하며 양 비서를 또다시 바라보았다. 양 비서도 최대출을 향해 감탄의 눈빛을 보내주었다.

"아아, 흥청망청이라는 말이 연산군에게서 나온 말이군요?"

"그렇습니다. 모르셨나요?"

"네. 전혀 몰랐습니다."

용팔은 고개를 절레절레 저으며 말했다. 최대출은 잠시 후 흐뭇한 표정을 지으며 다시 물었다.

"정조의 아들은 누굽니까?"

"모르겠습니다. 누군가요?"

"정조의 아들은 순종입니다."

용팔은 흠칫 놀란 표정으로 최대출을 바라보았다. 정조의 아들은 순종이 아니라 순조였다. 조선의 마지막 왕 순종은 1900년대를 살았고, 정조의 아들 순조는 1800년대를 살았다.

기가 막혔지만 용팔은 모르는 척 잠자코 있었다. 잠시 후 최 대출이 말했다.

"정조의 아들 순종은 왕이 되기에 그릇이 너무 작았어요. 순종은 안동 김씨와 풍산 조씨에게 자신의 권력을 내줄 만큼 무력했습니다. 이른바 순종 이후로 안동 김씨와 풍산 조씨의 세도정치가 시작됐잖아요."

최대출은 확신에 찬 목소리로 말했다. 세도정치를 한 것은 '풍산 조씨'가 아니라 '풍양 조씨'라고 말해주고 싶었지만 용 팔은 꾹 참았다. 양강도 풍산의 토종개인 풍산개에 대한 최 대출의 기억이 '풍산 조씨'를 만들었을 거라는 생각이 들자 용 팔은 웃음이 터질 것 같았다. 용팔은 웃음을 꾹 참으며 최대 출에게 정중히 말했다.

"최 대표님은 해박한 역사 지식을 갖고 계시네요. 부럽습니다."

"과찬이십니다. 제가 역사에 관심이 많습니다. 공부도 많이 했어요. 역사를 알아야 합니다. 역사는 오래된 미래라고 사람들이 말하잖아요."

최대출은 또다시 흠흠한 표정으로 양 비서를 바라보며 말했다. 잠시 후 최대출이 말을 이었다.

"방금 전에 말씀드린 것처럼 조선 3대 성군이었던 세종과 성종과 정조의 아들이 세조와 연산군과 순종입니다."

"네. 대표님께서 말씀해주셔서 완전히 알았습니다."

용팔은 고개를 끄덕이며 말했다. 최대출이 역사 이야기를 자꾸만 늘어놓는 이유가 무엇인지 용팔은 궁금했다.

"장 사장님, 이상하지 않나요? 성군이었던 세종과 성종과 정조에게서 어째서 세조나 연산군이나 순종 같은 포악하고 무능한 자식들이 나왔을까요? 도대체 그 이유가 뭘까요?"

"글쎄요. 잘 모르겠습니다. 무슨 이유일까요?"

용팔의 물음에 최대출이 날 선 목소리로 대답했다.

"이유야 뻔하지 않겠습니까? 세종과 성종과 정조는 자기들만 성군 소리 들으면서 자식 교육을 개판으로 한 겁니다. 자식 교육을 제대로 했다면 세조나 연산군이나 순종 같은 한심한 임금들이 나왔겠어요?"

"아아, 그렇군요. 대표님 말씀이 맞습니다."

용팔은 공감 어린 눈빛으로 고개를 끄덕였다. 잠시 후 한숨을 내쉬며 최대출이 말했다.

"장 사장님, 제가 이런 말씀드린다고 언짢게 생각하진 마세요. 장 사장님 아들이 요즘도 저희 집 앞을 기웃거립니다. 단속 부탁드립니다. 공부해야 할 중요한 시기에 여학생 집이나 기웃거리면 되겠습니까? 아무튼 마지막으로 한 번 더 부탁드립니다. 그리고 가겟세에 대한 최종 답변은 늦어도 열흘 안에 드리겠습니다. 무슨 말씀인지 아시겠죠?"

"네. 알겠습니다."

"오늘 제가 드릴 말씀은 모두 드렸습니다. 이제 그만 가보셔도 됩니다."

최대출은 그렇게 말하고 양 비서를 향해 말했다.

"양희원 씨, 아까 내가 말한 집 예약했어요?"

"대표님, 오늘은 주말이라 예약 손님을 받지 않는대요."

"와인 바가 거기밖에 없는 거 아니잖아요. 지난번에 갔던 곳 전화해봐요."

"네. 알겠습니다. 대표님."

양 비서는 상냥하고 발랄한 목소리로 말했다. 용팔은 자리에서 일어나 최대출에게 허리 굽혀 인사하고 사무실을 빠져나왔다.

최대출에게 뒤통수를 맞은 것 같았다. 역사 이야기 끝에 동현이 이야기가 나올 거라고 용팔은 상상도 할 수 없었다. 용팔은 속이 메스꺼웠다. 늦게 먹은 점심이 올라올 것만 같았다. 엘리베이터 앞에 서서 용팔은 식식거리며 혼잣말을 했다.

"개뿔도 모르는 새끼가 아는 체하기는……. 정조 아들이 순종이냐? 순조지. 풍산 조씨 좋아하네. 조선 말 세도정치를 한 건 풍산 조씨가 아니라 풍양 조씨야, 이 새끼야……. 자식 교육 못 시켜서 어리석은 임금이 나온 거라고? 야, 이 새꺄, 정조 죽었을 때 순조는 9살이었어. 너 같으면 9살 먹은 어린

새끼 제대로 교육시킬 수 있겠냐? 개새끼. 쥐뿔도 모르는 새
끼가……."

용팔은 그렇게 말하고 나서 최대출의 사무실이 있는 복도
를 조심스럽게 살폈다.

용팔은 상한 마음으로 오피스텔 건물을 빠져나왔다. 길 건
너편에 편의점이 보였지만 눈을 돌려 근처를 살폈다. 마트가
문을 닫지 않았을 시간이었다. 용팔은 마트로 들어가 막걸리
한 병을 샀다. 길을 걸으며 마실 생각이었다. 막걸리 병을 감
출 봉지 같은 건 필요 없었다. 용팔은 배롱나무 붉은 꽃들이
피어난 가로수 길을 걸으며 시큼한 막걸리를 마셨다. 막걸리
반 통을 마셨지만 마신 것 같지 않았다.

용팔은 걸음을 멈추고 우두커니 나무를 바라보다가 윗주
머니에 있는 스프링 수첩과 볼펜을 꺼냈다. 술기운 저편에서
뚜벅뚜벅 문장이 걸어왔다.

　　역사의 전개 과정 속에서 문명의 중심축은 끊임없이
　이동했다. 중심이 변방이 되기도 했고, 변방이 중심이
　되기도 했다.
　　세계 4대 문명인 황하 문명, 인더스 문명, 메소포타미
　아 문명, 이집트 문명이 발생한 곳은 모두 동양이다. 동
　양에서 시작된 문명의 중심축은 서양의 그리스로 이동

했다. 그리스 문명은 서양 문명의 근간이 되었지만 그리스를 주도했던 아테나와 스파르타는 27년 동안 1, 2차 펠레폰네소스 전쟁을 치르며 힘을 잃었다. 그 후 문명의 중심축은 이탈리아 로마로 향했다. 기원전 27년에 시작된 로마 제국은 전대미문의 강력한 제국이었지만 황제 테오도시우스 1세가 죽은 뒤 동로마와 서로마로 분열됐다. 서로마 제국은 476년 게르만족에 의해 멸망했다. 그 후로도 1,000년을 이어간 동로마 제국(비잔틴 제국)도 1453년 오스만 투르쿠족에 의해 멸망했다. 로마 제국은 해를 거듭할수록 이질적인 사람들과 이질적인 문화에 대한 포용력을 상실했다. 어느 누구도 로마 제국을 향해 반대의 질문을 던질 수 없을 때 로마 제국은 멸망했다. 그 후 문명의 중심축은 스페인으로 이동했다. 스페인 제국은 한때 아메리카 대륙 전체를 차지한 적도 있었지만 영원한 중심이 될 순 없었다. 그 후 문명의 중심축은 영국으로 이동했다. 영국이 산업혁명이라는 엄청난 동력을 가지고 있었기 때문이다. 그 후 1914년 1차 세계대전이 일어났고, 영국과 프랑스는 뒤늦게 참전한 미국과 연합하여 독일에 승리했다. 영국은 세계대전으로 강성함을 잃었고, 영국에 엄청난 전쟁 물자를 판매하던 미국은 더욱 부강해졌다. 그 후 문명의 중심축은 미국으로 이동했다. 1783년까지 영국의 식민지였던 변방 중 변방 미국으로 문명의 중심축이 이동한 것이다. 지금 문명의 중심축은 미국에서 동양을 향하고 있다. 중국과 한국, 일본과 싱가포르라는 네 마리 용이 꿈틀거리는 곳이다. 역사의 전개 과정을 보면 중심은 변방이 되었고 변방은 중심이 되었다. 역사 속으로 사라져버린 제국도 여럿 있다. 스스로를 중심이라고 착각하는 순간 역사의 중심축은 이동을 준비한다.

그러나 모든 변방이 중심이 된 것은 아니다. 변방이 중심이 되기 위한 두 가지 조건이 있었다. 중심에 대한 환상을 버리고, 변방이라는 열등감에 빠져 있지 않다면, 변방은 중심이 될 수도 있다고, 신영복 교수는 말했다. 변방이야말로 자신을 성찰할 수 있는 유일한 공간이기 때문이라고 그는 말했다.

나는 지금 변방인가, 중심인가? 아플 만큼 아파한 것들만 웃음이 된다. 녹두꽃처럼. 전봉준처럼.

28

  밤 9시가 넘어 최대출은 헬스장 안으로 들어갔다. 멀찍이
러닝머신 위를 걷고 있는 한 여자가 그의 눈에 들어왔다. 마
이크로미니보다 아슬아슬한 핫팬츠를 입은 그녀는 한눈에
보아도 늘씬하고 풍만했다.

  최대출은 태연한 척 목을 돌리며 그녀가 있는 곳으로 걸어
갔다. 그리고는 그녀와 멀지 않은 러닝머신 위로 올라가 시
작 버튼을 눌렀다. 그녀를 흘긋 바라본 최대출은 얼른 고개
를 돌렸다. 분식집 여자였다. 희고 긴 다리에 밀착된 상의를
입고 있는 그녀는 영 다른 사람이었다. 그녀와 눈이 마주치
고 싶진 않았지만 최대출은 자신도 모르게 흘긋흘긋 그녀를
바라보았다.

  한 중년의 사내가 분식집 여자와 가까운 러닝머신 위를 걷
고 있었다. 최대출은 사내의 시선을 유심히 바라보았다. 사
내는 능숙한 자세로 러닝머신 위를 걸으며 대놓고 분식집 여

자를 흘끔거리고 있었다. 최대출은 피식 웃으며 텔레비전으로 시선을 돌렸다. 암컷 사마귀 한 마리가 자신과 교미를 마친 수컷 사마귀를 앞발로 낚아채 우적우적 씹어 먹고 있었다. 포악한 암컷 사마귀 옆에 쉼표처럼 솔방울 하나가 떨어져 있었다.

바로 그때 우당탕탕 요란한 소리와 함께 남자의 비명 소리가 들렸다. 분식집 여자를 대놓고 바라보던 사내가 러닝머신 아래로 나동그라져 있었다. 멀리 있던 헬스 트레이너가 넘어진 사내가 있는 곳으로 급하게 달려왔다.

"고객님, 괜찮으세요?"

헬스 트레이너가 묻는 말에 사내는 신음만 뱉을 뿐 아무 말도 하지 못했다. 근처에 있던 사람들이 그곳으로 하나둘 모여들었다. 사내는 몸체가 뒤집힌 거북이처럼 바닥에 누운 채 한쪽 손을 겨우 올려 자신의 다른 쪽 팔꿈치를 가리켰다. 헬스 트레이너가 사내에게 물었다.

"이 팔이 아프세요?"

"네. 움직이질 못하겠어요."

사내는 신음을 뱉듯 말했다. 헬스 트레이너는 사내의 팔을 이리저리 살폈다. 근심스러운 표정으로 그들 옆에 서 있던 노인이 헬스 트레이너에게 말했다.

"아무래도 골절된 것 같아요. 부러진 거 아니면 저렇게 붓지 않아요. 조심 좀 하시지요. 어쩌다 넘어지셨어요?"

노인은 안쓰러운 눈빛으로 말했다. "옆에 있는 여자 훔쳐 보다 이 꼴 당했습니다."라고 사내가 말할 리 없었다. 사내가 신음하듯 말했다.

"빨리 119 좀 불러주세요."

"네. 바로 부르겠습니다."

헬스 트레이너는 다급히 전화를 걸었다. 나동그라진 사내 는 고통스럽게 신음할 뿐 몸을 일으키지 못했다. 아랑곳하지 않고 러닝머신 위를 걷고 있던 분식집 여자는 속도를 올려 달 리기 시작했다. 사내가 자신을 훔쳐보는 것을 알고 있었다는 듯 분식집 여자의 표정 속엔 통쾌함이 가득했다.

그 광경을 가만히 지켜보고 있던 최대출은 넘어지지 않으 려고 손잡이를 꼭 잡았다. 최대출은 느릿느릿 걸으며 분식집 여자가 달리는 모습을 흘끔거렸다. 분식집 여자는 점점 더 빠른 속도로 달렸다. 그녀를 바라보는 최대출의 눈빛이 파도 처럼 출렁거렸다. 아찔한 풍경에 최대출은 눈앞이 흐려질 지 경이었다. 비밀스럽게 웃고 있는 그녀의 얼굴이 보일 리도 없었다.

29

용팔이 가게 문을 잠그고 안으로 들어왔다. 용팔은 객실 테이블에 앉아 텔레비전을 보고 있는 동현에게 넌지시 말을 건넸다.

"장동현, 네가 웬일로 뉴스를 보냐?"

"뉴스도 봐야지."

"그럼. 뉴스도 봐야지. 근데 너는 그동안 안 봤잖아."

"앞으로 보려고."

"잘 생각했다. 세상 돌아가는 건 알아야지. 안 그러냐?"

용팔의 물음에 동현은 대답하지 않았다. 용팔은 동현을 멀뚱히 바라보았다. 잠시 후 용팔이 말했다.

"동현이 너도 성인 될 날 얼마 남지 않았구나. 장동현, 성인식 날 뭐 받고 싶냐?"

"아무것도 받고 싶지 않아."

"인마, 그러지 말고 말해봐. 사줄 테니까."

"됐어."

"말해보라니까? 요즘은 성인식 날 선물 세 개 받는다면서? 꽃다발, 향수, 키스……. 꽃다발하고 향수는 내가 사줄 수 있겠다."

"필요 없어. 신경 쓰지 마."

"인마, 알았어. 현찰로 줄게. 뭐니 뭐니 해도 머니가 최고라 이거지? 짜식, 다 컸네."

"성인 됐는데 왜 돈을 받아. 돈을 벌어도 시원찮은 판에."

"그놈 똑똑하네. 성인이 됐으니 돈을 벌어야지. 짜식, 많이 컸다."

용팔이 호들갑스럽게 말했다. 용팔이 동현에게 성인식 이야기를 먼저 꺼낸 이유가 있었다. 잠시 후 용팔이 동현의 눈치를 살피며 넌지시 물었다.

"인디언 성인식에 대해 들어본 적 있냐?"

"아니. 들어본 적 없어."

"재밌는데 얘기해줄까?"

동현은 고개를 돌려 호기심 어린 눈빛으로 용팔을 바라보았다. 잠시 후 용팔이 말했다.

"인디언 부족마다 성인식에 다소 차이가 있지만, 성인이 되는 날이면 남자든 여자든 예외 없이 성인식을 치러야 돼. 그들의 성인식은 참을 수 없는 고통을 견디는 일이야. 이를테면 어깨나 팔뚝의 살가죽을 들어 올려 뾰족한 나무꼬챙이를 찔러 관통시키기도 했고, 가시나무를 꺾어와 피가 줄줄 흐르도록 등이나 배를 긁기도 했어. 아무리 아파도 소리 지르면 안 돼."

"소리 지르면?"

"무효야. 다음 해 성인식까지 1년 기다려야 돼. 성인식 날 그냥 고통만 주는 게 아냐. 그들은 참혹한 고통을 견디며 맹세해야 돼. 뭐라고 맹세할 것 같니?"

"뭐라고 맹세하는데?"

"공동체 구성원들에게 어떠한 권력도 행사하지 않을 것이며, 공동체의 어떠한 권력에도 복종하지 않겠다고 맹세해야 돼. 그게 인디언들의 성인식이야. 그렇다면 인디언들은 성인이 되는 사람들에게 왜 고통을 주려 했을까?"

"성인이 되는 사람들은 어떠한 권력도 행사하지 않을 것이며 어떠한 권력에도 복종하지 않겠다고 맹세한다고 했잖아. 말로만 맹세하는 것보다 고통을 참으며 맹세하는 것이 기억 속에 더 강력하게 각인될 테니까."

"맞아. 정확히 그거야."

용팔은 흐뭇한 표정을 지으며 말했다. 웃고 있는 용팔에게 동현이 말했다.

"그래도 성인식 방법이 너무 잔인하잖아. 굳이 고통을 당해야만 깨닫는 것도 아닌데……."

"동현이 네 말도 일리가 있지만 성인식 날 고통을 주는 것은 일종의 예방주사를 놓는 거야. 훗날 그들이 누군가에게 폭력을 행사했을 때 겪게 될 고통을, 그리고 누군가에게 복종했을 때 겪게 될 고통을 성인식 날 미리 체험하라는 뜻이야. 그가 겪는 성인식 날의 고통을 통해 미래에 다가올 수도 있는 더 참혹한 고통을 사전에 막겠다는 거였거든."

"그러니까 성인이 되는 사람들에게 고통을 미리 체험시켜 권력과 복종을 욕망하는 인간 내면의 싹을 사전에 자른 건가?"

"그렇지. 그놈 똑똑하네. 근데 그게 전부는 아냐. 성인식 날의 고통은 그것으로 끝나는 게 아니거든. 고통이 지나면 상처가 아물지만 흉터는 평생 동안 남잖아. 자신의 몸에 새겨진 흉터를 바라보며 그들이 무슨 생각을 했을까?"

"성인식 날 겪었던 고통과 고통 가운데 자신이 맹세했던 다짐을 생각하겠지."

"그렇지. 몸에 새겨진 흉터를 바라보며 사람들은 성인식 날 했던 맹세를 살아가는 내내 떠올릴 수 있잖아. 몸에 새겨진 성인식 날의 맹세가 권력이나 복종의 유혹으로부터 자신을 지킬 수 있는 방패가 돼주는 거야. 근사하지 않냐? 예외도 있긴 했지만 실제로 인디언 사회는 부조리한 권력도 없었고 부조리한 복종도 없었어. 그래서 프랑스 정치인류학자 피에르 클라스트르Pierre Clastres는 '신체에 새겨진 법法은 망각할 수 없는 기억이 된다.'고 말한 거야. 신체에 새겨진 고통의 기억은 망각할 수 없는 기억이 된다는 뜻이겠지. 어때? 의미심장하지?"

"인디언들에겐 추장이 있었잖아. 추장은 권력 아닌가?"

"인디언들의 추장은 권력이 아니었어. 추장은 늘 자신이 가진 것들을 공동체 사람들에게 나누어줘야 했거든. 공동체 사람들에게 잘 보이려고 늘 애써야 했고. 공동체 구성원이 추장에게 재물을 요구하면 추장은 자신의 재물을 그들에게 줘야 돼. 추장은 재물을 마련하기 위해 고된 노동까지도 감수해야 했어."

"추장이 그렇게 하지 않으면?"

"추장 자격이 박탈돼. 인디언 사회의 추장은 갑보다 을에 가까웠던 셈이지. 오늘날 문명국가의 권력은 선거 때만 되면 대통령이고 국회의원이고 허리 굽혀 유권자들에게 잘 보이려하는데 선거 끝나면 유권자들은 찬밥이잖아. 인디언들의 성인식을 야만이라고 함부로 폄하할 수 있겠니? 아무런 맹세도 없이 나이가 차면 향수도 받고 꽃다발도 받는 문명국들의 성인식이 인디언들의 성인식보다 더 낫다고 말할 수 없잖아."

"그래도 선물 받는 게 고통당하는 것보다 훨씬 낫잖아."

"당장은 그렇지. 향수와 꽃다발, 로맨틱하잖아. 그런데 향수 받고 꽃다발 받으면 뭐 하니? 성인이 된 그가 살아갈 세상은 권력과 복종을 욕망하고 때로는 복종을 강요하며 강자가 약자를 무참히 짓밟는 야만이 판을 치는데. 그런 사회에서 사람들은 죽을 때까지 힘들지 않겠나?"

용팔의 말에 동현은 더 이상 할 말이 없었다. 잠시 후 용팔이 말했다.

"우리 집에도 피에르 클라스트르의 책이 있어.『국가에 대항하는 사회』라는 책인데 시간 내서 한번 읽어봐. 인디언 사회는 우리가 사는 세상처럼 강자가 약자를 함부로 짓밟는 사회는 아니었어. 인디언들은 자신들의 성인식을 야만이 아니라 문명이라고 자부했대. 클라스트르의 책을 읽으면서 아빠도 참 많은 생각을 했다."

잠시 침묵이 흘렀다. 용팔이 장난스런 눈빛으로 동현에게 물었다.

"동현아, 요즘도 러브스토리 진행 중?"

용팔의 물음에 동현은 민망한 표정을 지으며 고개를 끄덕였다.

"좋을 때다. 눈 떠도 그립고 눈 감아도 그리운 사람이 있으니 얼마나 좋을 때냐? 장동현, 용감해라. 쫄지 말고……."

용팔은 따뜻한 눈빛으로 동현을 바라보았다. 공부는 못했

지만 조금씩 깊어지는 동현의 눈빛이 용팔은 믿음직스러웠
다. 동현이 방으로 들어간 뒤 용팔은 윗주머니에 있는 스프
링 수첩과 볼펜을 꺼냈다. 용팔은 마음이 불러주는 대로 수
첩 위에 써내려갔다.

　　엄마는 아무렇지도 않게 큰 소리로 트림을 했다. 아이
　는 그런 엄마를 잠시 경멸의 눈빛으로 바라보았다. 엄마
　는 그 뒤로 큰 소리로 트림을 하고는 아이를 향해 "미안."
　이라고 말했다. 어느 날부터인가 아이도 큰 소리로 트림
　을 했다. 아이는 엄마를 향해 "미안."이라는 말도 빼먹지
　않았다.

30

인하가 웃으며 정인에게 물었다.

"'이우환 공간' 가보셨어요?"

"부산시립미술관에 있죠? 가보고 싶었는데 아직 못 갔어요."

"저는 두 번 갔어요. 눈으로 볼 수 있을 때 한 번 갔고 볼 수 없을 때 또 한 번 갔어요. 그의 작품을 처음 보았던 날 전시실을 빠져나와 잔디를 걷는데 눈물이 나왔습니다."

"왜요?"

"왜 눈물이 나왔는지 모르겠어요. 저도 설명할 수가 없어요."

잠시 후 인하가 말했다.

"첫 번째 갔을 때 전시장에서 마지막으로 본 작품이 인상적이었어요."

"어떤 작품인지 설명해주실 수 있나요?"

정인의 물음에 인하는 잠시 머뭇거렸다.

"설명이요?"

"어떤 작품인지 궁금해서요."

"설명이라기보다는 제 느낌을 편히 말씀드릴게요. 굉장히 두꺼운 유리판 위에 커다란 바위를 올려놓은 작품이었어요. 유리판은 바위의 크기보다 훨씬 넓었습니다. 유리판은 바위의 엄청난 무게를 못 이겨 중심에 거미줄보다 훨씬 복잡한 금이 가 있었어요. 바위는 자신의 질서로 유리판을 짓밟고 있었지만 유리판은 유리판의 질서로 자신의 고유한 무늬를 만들었습니다. 깨어지지 않으려고, 깨어지지 않으려고, 안간힘 쓴 모습이 유리판에 가득했습니다. 비정한 세상에서 어떻게든 살아보려고 애쓰는 인간의 모습이 보였습니다. 저의 모습이기도 했어요. 밥 먹고 살려면 더럽고 치사할 때 많잖아요."

정인은 가만가만 고개를 끄덕였다. 인하가 다시 말했다.

"서슬 퍼런 독재 정권에 짓밟힐 때도 우리나라 사람들은 아무런 저항 없이 무력하게 짓밟히지 않았습니다. 바위에 짓밟힌 이우환의 유리판처럼 그들은 완강히 버티면서 자신들의 선명한 무늬를 만들었습니다. 그렇게 만들어진 무늬가 지금의 대한민국입니다."

"이우환의 작품 속에서 대한민국의 무늬를 볼 수 있는 사람은 많지 않을 거예요."

"어쩌면 분열된 저의 자아를 본 것인지도 모릅니다."

인하가 웃으며 말했다. 잠시 후 정인이 인하에게 물었다.

"이우환 전시회 두 번 가셨다고 했잖아요. 두 번째 느낌은 어떠셨어요?"

"눈으로 볼 수 있을 때가 좋았어요. 비교되지 않을 만큼이요."

"볼 수도 없는데 왜 또 가셨어요?"

"눈으로 볼 수 없을 때 이우환의 작품은 어떻게 다가올지 궁금했습니다. 무언가 다른 깨달음이 있을 거라고 막연히 생각했어요. 그런데 아무 느낌이 없었습니다. 이전보다 공간도 훨씬 넓게 느껴졌습니다. 눈앞이 천 리였으니까요. 솔직히 말씀드리면 버림받은 느낌이었습니다."

"그곳엔 바위와 철판으로 구성된 이우환의 설치미술도 있는 것으로 알고 있는데 손으로라도 만져보시지 그랬어요."

"설치미술도 여러 작품 전시돼 있었지만 가까이 다가갈 수 없게 철선으로 막아놓았습니다. 손으로 만질 수 없으니 설치미술 또한 저에겐 없는 거나 마찬가지였습니다. 앞을 볼 수 있을 땐 볼 수 있다는 것이 그렇게 소중한 건지 몰랐습니다."

"그런데 왜 또 가셨어요?"

"그럴 줄 알았나요?"

"굳이 가지 않아도 알 수 있는 거잖아요."

"그건 그냥 알고 있다고 생각하는 것입니다. 무엇이든 해봐야 제대로 압니다."

인하는 웃으며 말했다. 정인은 아무 말도 하지 않았다. 잠시 후 인하가 조심스럽게 말했다.

"정인 씨, 그림도 그리면서 시각장애인들도 만지며 느낄 수 있는 설치미술 작업도 함께 하시면 어떨까요?"

"인하 씨, 지금 밖에 눈 오는 거 알아요?"

"네? 정말이요?"

인하가 깜짝 놀란 눈빛으로 물었다.

"정말로 눈 와요."

"그런데 정인 씨는 눈 오는 걸 어떻게 아세요?"

"왜 몰라요? 금세 알 수 있죠."

"귀는 눈보다 빠르다. 또 이런 말 하실 거 아니죠?"

인하의 말이 끝나기가 무섭게 정인이 대답했다.

"귀는 눈보다 빠릅니다."

"설마 눈 내리는 소리가 들린다는 말씀인가요?"

"네. 눈 내리는 소리 들립니다. 가만히 귀 기울여보세요."

정인의 목소리는 단호했다.

"말도 안 돼. 눈 오는 소리를 어떻게 들어요?"

인하는 어이없다는 눈빛으로 물었다. 정인이 나직이 말했다.

"비 내리는 소리는 누구에게나 들리잖아요?"

"네. 그렇습니다."

"오늘 비 내리는 소리 들으셨어요?"

"아니요. 못 들었습니다."

"또 자동차 달리는 소리도 누구에게나 들리잖아요?"

"네. 그렇습니다."

인하는 또렷한 목소리로 대답했다. 정인이 웃으며 인하에게 다시 물었다.

"마른 도로 위를 달리는 자동차 소리와 젖은 도로 위를 달리는 자동차 소리는 같을까요, 다를까요?"

"분명히 다릅니다."

인하는 더욱 또렷한 목소리로 대답했다.

"인하 씨, 우린 지금 창문이 활짝 열린 창가에 앉아 있어요. 인하 씨 앉아 있는 자리에서 왼쪽이 거리입니다. 그건 아시죠?"

"당연히 알죠."

"귀를 기울여 자동차 달리는 소리 가만히 들어보세요. 자동차 달리는 소리 들리시죠?"

"네. 희미하지만 들립니다."

"마른 도로 위를 달리는 자동차 소리인가요? 젖은 도로 위를 달리는 자동차 소리인가요?"

정인의 물음에 인하는 거리 쪽을 향해 더욱 귀를 쫑긋 세웠다. 잠시 후 인하가 말했다.

"자동차들은 지금 젖은 도로 위를 달리고 있습니다."

"그렇죠? 분명히 자동차들은 젖은 도로 위를 달리고 있어요. 비가 오거나 눈이 온다는 뜻입니다. 저하고 함께 여기 있는 동안 비 오는 소리 들으셨어요?"

"아니요. 못 들었습니다."

"도로는 물에 흠뻑 젖었는데 비 오는 소리가 안 들린다면 눈이 온다는 뜻입니다."

"아아, 그렇구나!"

인하는 그제야 환하게 웃었다. 잠시 후 고개를 갸웃거리며 인하가 물었다.

"그런데 이슬비 내리는 소리는 안 들리잖아요. 눈이 아니라 이슬비 내리는 소리면 어쩌죠?"

"들어보면 알지요. 자동차 달리는 소리가 이슬비 밟고 지나가는 소리가 아닙니다. 지금 틀림없이 눈 내리고 있어요. 밖으로 나가 확인해보세요. 제 말이 틀리면 읍내에서 가장 비싼 술집 가서 밤새도록 술 살게요. 제 말이 맞으면 어떻게 하실래요?"

"제가 사겠습니다. 밖에 나가서 확인하고 올게요."

"출입구는 왼쪽이에요. 조심하세요."

인하는 자리에서 일어나 한 걸음 한 걸음 출구를 향해 걸어갔다. 인하의 귓가로 앳된 여자의 목소리가 들려왔다.

"와아, 저거 봐! 눈이 점점 더 많이 와!"

인하는 못 들은 척 웃으며 출구를 향해 느릿느릿 걸어갔다. 정인이 보고 싶었다.

31

용팔이 뉴스를 보다 말고 영선을 향해 호들갑스럽게 말했다.

"우리나라는 유난히 성범죄가 많아. 큰일이다. 큰일이야."

"딸 가진 부모들은 잠도 편히 못 자겠어. 세상이 왜 이렇게 사나워졌는지 몰라."

영선이 불평 섞인 목소리로 말했다.

"우리나라도 유럽처럼 어릴 때부터 성교육을 철저히 해야 돼. 어릴 때부터 성교육을 제대로 받지 않아서 우리나라에 자꾸만 저런 일들이 생기는 거야. 하루가 멀다 하고 성범죄 일어나잖아."

"우리나라 초등학생들도 성교육은 받아."

영선이 말했다. 영선의 말에 용팔이 매몰차게 말했다.

"그 정도로는 안 돼. 성교육은 형식적으로 몇 번 한다고 되는 게 아냐. 유럽의 성교육은 초등학생들에게도 구체적이고 현실적이더라고. 얼마 전에 김누리 교수의 강연을 들었는데 독일의 성교육에 관한 이야기가 매우 인상 깊었어. 성은 윤리와 무관한 것이며 도덕적 기준을 가지고 성을 비판해서는 안 된다고 독일은 가르치더라고. 성은 자연스러운 인간의 본능이므로 죄의식을 느낄 필요가 없다고 아이들에게 가르치는 거야. 다만 성은 인권과 관련된 것이고 궁극적으로 인간의 생명과 관련되어 있으므로 방종한 성은 옳지 않으며 법적인 처벌을 받는다고 독일은 엄격히 가르쳤어. 우리나라 사람들은 성충동을 느낀 것만으로도 죄의식을 느끼잖아. 안 그래?"

"그렇지. 사람들이 느끼는 죄의식의 대부분은 성 때문일 거야. 한국 사람들은 성에 대한 이야기만 꺼내도 음탕하다고 생각하잖아."

영선이 공감의 눈빛으로 말했다.

"유럽의 성교육은 민주 시민을 기르기 위한 프로젝트의 일부래."

"그건 또 뭔 말이야? 성교육과 민주 시민이 무슨 상관이래?"

"나도 몰랐던 이야기야. 김누리 교수 강의를 들어보니 선뜻 공감이 되더라고. 성 때문에 죄의식을 느끼면 자아가 약해지고, 약한 자아를 가진 사람은 불의한 지배 세력에 쉽게 굴복한다는 거야. 그래서 성 때문에 죄의식을 많이 느낀 사람일수록 불의한 지배 세력의 하수인이 되기 쉽다는 거지. 자아가 약하니까 쉽게 악惡의 똘마니가 되는 거겠지……. 그러니까 성교육을 잘 받은 아이들이 민주 시민이 될 가능성이 훨씬 크다는 말이었어. 이해되지?"

"정말 그렇겠네. 우리 똥빼도 성교육 제대로 받고 있는지 한번 물어봐야겠다."

"당신이 묻는다고 똥빼가 말할까? 내 생각엔 안 할 것 같은데……. 우리나라 성교육은 그래서 문제인 거야. 성에 대한 이야기 자체를 저급하다고 생각하거든."

바로 그때 출입문이 열리고 손님이 들어왔다.

"어서 오세요."

반갑게 손님을 맞은 영선이 깜짝 놀란 눈빛으로 손님을 향해 물었다.

"서연이 아니니? 서연이 맞지?"

"네. 안녕하세요?"

"와아, 서연이 많이 컸구나. 어쩌면 이렇게 예쁘게 컸니?"

서연은 민망한 표정으로 웃었다. 용팔이 앞치마에 손을 닦으며 주방에서 나왔다.

"안녕하세요?"

서연이 용팔에게 공손히 인사했다.

"아아, 네……."

용팔은 한 손으로 서연을 가리키며 영선에게 물었다.

"최 대표님 따님 맞지?"

"맞아. 초등학교 때 우리 집에도 왔었잖아. 동현이 생일날."

"반갑습니다."

용팔은 환하게 웃으며 서연을 향해 다정히 말했다.

"말씀 낮추세요. 동현이랑 같은 반 친구입니다."

서연은 공손하게 그러나 또렷한 목소리로 말했다. 영선이 맞장구쳤다.

"그래. 서연이 말이 맞네. 아들하고 같은 반 친구인데 말 편하게 해도 돼. 서연아, 이리 좀 앉아. 정말 오랜만이다. 서연이 너 전교 1등이라면서. 동현이가 말해주더라."

"지난번 시험엔 그랬고요. 이번엔 꼴찌예요."

서연은 조금의 망설임도 없이 당당하게 말했다. 영선과 용팔은 순간 당황했지만 더 이상 묻지 않았다. 서연이 영선에게 물었다.

"동현이 집에 없어요?"

"응. 학교에서 아직 안 왔어. 동현이한테 연락해볼까?"

"아니요. 집에 빨리 가야 해서요."

서연은 손에 들고 있던 것을 영선에게 건네며 말했다.

"이거 동현이한테 전해주실 수 있나요? 부탁드립니다."

"그럼. 전해줄 수 있지."

영선은 서연이 건네준 것을 유심히 살폈다. 정성스럽게 포장된 선물이었다. 영선이 서연에게 말했다.

"서연아, 아줌마도 부탁이 있는데 들어줄 수 있니?"

뜬금없는 영선의 말에 서연은 어색하게 웃으며 고개를 끄덕였다.

"그럼 약속한 거다? 아줌마가 짜장면 빨리 만들어줄 테니까 한 그릇 먹고 가. 너 옛날에 우리 집에 왔을 때 짜장면 맛있다고 했잖아."

영선은 서연의 손을 잡고 테이블로 안내했다.

"괜찮은데요……."

손사래 치는 서연을 아랑곳하지 않고 용팔이 달뜬 얼굴로 영선에게 말했다.

"당신은 빨리 짜장면 만들어. 나는 탕수육 만들게."

서연은 용팔을 향해 말했다.

"아니에요. 짜장면이면 충분해요."

"동현이랑 같은 반 친군데 맛난 탕수육도 해줘야지요."

용팔은 히죽 웃으며 서연에게 말했다.

"그게 좋겠다. 서연아, 탕수육도 먹고 가. 양을 좀 적게 하면 두 개 다 먹을 수 있어. 조금만 기다려. 빨리 해다 줄 테니까."

영선은 용팔을 따라 서둘러 주방으로 들어갔다.

영선은 손 빠르게 짜장면을 만들었고 용팔은 탕수육을 만들었다. 손을 바삐 움직이며 용팔이 영선에게 물었다.

"딸내미는 아버지하고 다른 것 같지?"

"얼굴 보니까 아버지 닮았네. 서연이는 옛날에도 착했어. 공부를 그렇게 잘해도 공부 잘한다는 티 안 내고 자기 집이 그렇게 부잣집인데도 부자인 티 안 냈어. 동현이 말 들어보니까 지금도 그렇대. 공부 잘하는 티도 전혀 안 내고 부자인 티도 전혀 안 낸대. 고등학생 아이가 그러기 쉽지 않잖아."

"최대출하고 아주 딴판이네. 그 새낀 더럽게 폼 잡거든."

용팔이 눈을 동그랗게 뜨고 말했다.

"서연이 바깥에 있는데 서연이 이야기 이제 그만하자."

"뭘 그만해. 내가 없는 말했어? 그 새끼 생각만 하면 분통이 터져서 그래."

"그만하라니까! 딸내미 바깥에 있잖아!"

영선은 솟구쳐 오르는 말을 억지로 누르며 말했다. 영선의 부라린 눈빛을 보고 용팔은 더 이상 아무 말도 하지 않았다. 양파의 매운 냄새가 영선의 얼굴로 훅 끼쳤다. 영선은 얼른 고개를 돌렸다. 잠시 후 영선이 용팔에게 말했다.

"서연이 초등학생 때 우리 집에 두 번 왔어."

"한 번 아니고?"

"두 번이야. 우리 집에 온 아이들 중에 나는 서연이에게 제일 마음이 갔어."

"왜? 최대출 딸이라서?"

용팔의 물음이 못마땅하다는 듯 영선이 용팔을 흘겨보았다. 영선이 감정 섞인 목소리로 물었다.

"꼭 그렇게 말하고 싶냐? 내가 당신처럼 속물인 줄 알아?"

"속물이 뭐 어때서? 속물근성은 인간의 본성이야."

"잘도 둘러대네."

잠시 침묵이 흐른 뒤 영선이 다시 말했다.

"서연이 엄마 없잖아. 그래서 자꾸만 마음이 가더라고."

"서연이 엄마 죽은 거야?"

"아니. 서연이 초등학교 때 이혼했잖아. 최 대표가 무지하게 폭력적이었나 봐. 엄마가 못 견디고 떠났으니 어린애 상처가 얼마나 컸겠어. 서연이 이야기 정말 그만하자. 아이 바깥에 앉혀놓고 어른들이 무슨 짓 하고 있는 거니?"

영선은 그런 자신이 싫다는 듯 고개를 절레절레 흔들었다.

서연이 가고 난 뒤 용팔은 주방 뒷문을 열고 밖으로 나갔다. 이곳저곳을 둘러보아도 고양이들은 보이지 않았다. 산수유나무 숲속을 유심히 살펴보았지만 그곳에도 고양이들은 없었다. 주방 뒷문으로 걸어오는데 가까운 곳에서 고양이 울음소리가 들렸다. 옥상으로 올라가는 녹슨 철 계단 위에 고양이 두 마리가 나란히 앉아 있었다. 용팔이 방긋 웃으며 철계단 위로 한 발을 올리자 고양이들은 저만큼 멀어졌다. 용팔이 다시 한 발을 올리자 고양이들은 더 먼 곳으로 재빠르게 도망쳤다. 용팔은 계단 아래로 발을 내리며 고양이들을 향해 퉁명스럽게 말했다.

"이제 좀 친해질 때도 되지 않았냐?"

용팔은 그렇게 말하고 뒤도 돌아보지 않았다. 먼 곳에서 고양이 울음소리가 다시 들려왔지만 용팔은 들은 척도 하지 않았다. 용팔은 우두커니 서서 하늘을 바라보았다. 용팔의 가슴속으로 한 줄기 바람이 지나갔다.

용팔은 윗주머니에 있는 스프링 수첩과 볼펜을 꺼냈다. 용팔은 바람이 들려준 이야기를 한 줄 한 줄 수첩 위에 써내려 갔다.

그늘을 만드는 나무의 전략은 인간의 전략을 닮았다. 그늘을 만들어 자기보다 웃자랄 수 있는 주변 식물의 광합성을 막아야 나무는 살아남을 수 있다. 직원을 채용하는 기업의 면접관들은 아무리 유능해도 자신과 비슷한 역량을 가진 사람들을 뽑지 않는다. 나무가 인간보다 먼저 태어났으니 인간이 나무의 전략을 배운 것이다.

함부로 폄하하지 말자. 무엇을 해야 하는지 알고 있는

DNA와, DNA의 지시를 수행하는 RNA를 모두 갖춘 생명
체들만 수행할 수 있는 엄숙한 일을 내가 무엇으로 폄하
할 수 있단 말인가.

32

　용팔은 미간을 잔뜩 찌푸린 채 손가락 마디를 꺾으며 계산대 앞에 서 있는 사내를 향해 말했다.

　"돈도 없이 음식을 드셨단 말입니까?"

　계산대 앞에 서 있는 남루한 차림의 사내는 용팔의 물음에 아무런 대답이 없었다.

　"말씀해보세요. 그래야 저도 경찰에 신고를 하든지 말든지 결정을 내리죠. 소주도 한 병 드셨네요."

　용팔은 사내가 앉았던 테이블을 유심히 살피며 말했다. 용팔의 다그치는 말에도 사내는 여전히 말이 없었다.

　"말씀을 하셔야지요. 계속 아무 말씀 안 하시면 무전취식으로 곧바로 경찰 부르겠습니다."

　용팔의 말은 단호했다. 사내는 그제야 기어들어가는 목소리로 말했다.

　"사실은 돈이 있는 줄 알았습니다. 배가 고파 허겁지겁 먹다가 지갑을 열어보니 1,000원짜리 세 장밖에 없네요. 공짜로 음식 먹을 생각은 없었습니다. 3,000원이면 소주 한 병에 빵 한 봉지는 먹을 수 있는데 제가 왜 여길 들어왔겠습니까? 정말 죄송합니다. 제 사정을 한 번만 헤아려주시면 나머지 돈은 내일이나 모레 와서 꼭 드리겠습니다."

사내는 1,000원짜리 세 장을 손에 들고 있었다.

"그렇게 하세요."

영선이 빠른 걸음으로 계산대 앞으로 걸어오며 말했다. 용팔이 영선에게 다그치듯 말했다.

"당신은 빠져! 이 사람이 정신이 있는 거야, 없는 거야! 돈이 없으면 음식을 먹지 말아야지. 내 말이 틀렸어?"

"지갑에 돈이 없는 줄 모르셨다고 하잖아요."

"지갑 열어보면 아는 거지 그게 모를 일이야?"

"모를 수도 있어요. 지갑에 얼마 있는지 항상 알고 다니는 사람 없잖아요."

영선은 달래듯이 그렇게 말하고 용팔을 바라보았다. 용팔은 어이없다는 표정으로 영선에게 말했다.

"한두 번도 아니고 이 사람이 나를 아주 병신으로 만드네. 당신 도대체 누구 편이야?"

용팔의 물음에 영선은 아무 말도 하지 않았다. 영선은 슬며시 사내의 등을 떠밀며 말했다.

"더 시끄러워지기 전에 있는 돈 주시고 얼른 가세요."

"가긴 어딜 가. 돈 다 받기 전엔 못 가."

용팔은 성난 표정으로 영선을 향해 큰 소리로 말했다. 바로 그때 테이블 끝에 앉아 있던 노인이 계산대 앞으로 걸어왔다.

"얼마예요?"

"짜장면 드셨죠? 소주 한 병까지 해서 1만 1,000원입니다."

"이분이 드신 것까지 함께 계산해줘요."

노인은 용팔에게 카드를 건네며 말했다. 용팔이 고개를 갸웃하며 노인에게 물었다.

"이분이 드신 음식값을 어르신께서 대신 내신다는 말씀이신가요?"

"네. 보아하니 사정이 딱하신 분 같은데 함께 계산해주세요."

"지난번에도 이런 일 있을 때 어르신이 음식값 대신 내주셨잖아요."

용팔이 난감한 표정으로 노인에게 말했다. 노인이 잠시 사내를 바라보더니 용팔에게 물었다.

"그때랑 다른 손님 같은데요. 맞죠?"

"네, 맞습니다. 그때랑 다른 손님입니다."

용팔 앞에 죄인처럼 서 있던 사내는 난감한 표정을 지으며 노인을 향해 머리를 조아렸다. 사내는 손에 들고 있던 1,000원짜리 세 장을 노인에게 건넸다.

"됐습니다. 그냥 넣어두세요."

용팔은 노인이 건넨 카드를 손에 들고 이러지도 저러지도 못했다. 3,000원을 받고 사내를 보내주는 편이 더 나았겠다는 생각이 들었지만 이미 때는 늦었다. 용팔이 노인에게 정중히 말했다.

"어르신, 아닙니다. 이러실 필요 없습니다. 저희 집에 손님으로 오신 어르신께 한 번도 아니고 두 번씩이나 이런 식으로 폐를 끼칠 수는 없습니다. 이 문제는 제가 해결하겠습니다."

용팔은 그렇게 말하고는 카드 단말기에 카드를 넣었다. 잠시 후 용팔은 노인에게 카드와 영수증을 건네주었다. 용팔이 실랑이를 벌이던 사내를 향해 나직이 말했다.

"있는 돈 주시고 가세요. 다음에 또 이러시면 안 됩니다."

"죄송합니다. 나머지는 내일이나 모레 와서 꼭 드리겠습니다."

"오시면 감사할 텐데 아저씨처럼 말씀하시는 분들이 대부분 안 오세요."

용팔은 그렇게 말하고 나서 더 이상 말하고 싶지 않다는 듯 빠른 걸음으로 주방 안으로 걸어 들어갔다.

"감사합니다. 안녕히 가세요."

영선은 출입문을 빠져나가는 노인과 사내를 향해 다정히

인사했다. 용팔이 식식거리며 주방에서 걸어 나왔다.

"딱 보면 상습범인 거 몰라? 저놈, 똑같은 수법으로 이 집 저 집 다니는 놈이라고."

"딱 보면 나도 알지, 난들 왜 모르겠어. 그렇다고 경찰 부를 거야?"

"경찰 불러야지. 바보처럼 만날 당하기만 할래?"

"당신은 마음 약해서 경찰 못 불러. 경찰을 불러야 한다면 내가 불러야지."

"내가 왜 못 불러? 당신 같은 사람이 있으니까 저런 놈들 배 짱이 두둑해지는 거야."

"저런 이상한 놈들이 먹은 음식값 대신 내주겠다는 할아버 지도 있잖아. 그 할아버지 참 멋있더라."

"멋있긴 개뿔이 멋있어. 번번이 내 입장만 난처하게 만드 는데."

"저 할아버지, 예전에 초등학교 교장이었대."

"누가 그래?"

"상천시장에 있는 정육점 여자가 그러던데. 딱 봐도 기품 이 있잖아."

"기품은 개뿔."

용팔은 못마땅한 표정으로 사내가 먹고 간 테이블을 치우 며 말했다. 잠시 후 분이 풀리지 않은 듯 용팔이 다시 말했다.

"그놈 내일이나 모레까지 돈 가지고 다시 온다고 했지? 그놈이 다시 오면 내 열 손가락에 장 지진다. 당신, 나하고 내기 할까?"

"장 지질 필요 없어. 그 사람 안 와. 절대로 안 와."

"당신이 어떻게 알아? 그럴 리 없겠지만 그 사람이 올 수도 있잖아."

"척 보면 알지. 안 와."

"척 보면 알아?"

"그럼. 알지."

용팔은 우두커니 서서 알다가도 모르겠다는 눈빛으로 영선을 바라보았다. 잠시 후 용팔이 나긋한 목소리로 말했다.

"오영선, 상천시장 국밥집 앞에 가면 활짝 웃고 있는 돼지머리들 놓여 있잖아. 나중에 지나가게 되면 유심히 살펴봐. 유난히 활짝 웃는 돼지가 있을 거야. 가장 비싼 값에 팔릴 돼지야. 활짝 웃는 돼지가 더 비싸다는 건 알고 있지?"

"정말?"

"기왕이면 활짝 웃는 돼지가 보기 좋잖아."

"활짝 웃는 돼지가 더 비싸?"

"그렇대. 국밥집 주인한테 들었으니까 사실이겠지."

용팔은 잠시 사이를 두고 말을 이었다.

"죽은 돼지를 웃기기 위해 사람들은 무슨 짓을 했을까? 단한 번도 배고픈 적이 없었던 행복한 생_生에 대한 감사로 돼지가 주인에게 웃음을 선물한 걸까? 당신, 사람 너무 믿지 마. 발등 찍혀."

"사람이 사람을 믿지 않으면 누가 사람을 믿어? 지나가는 개가 사람 믿겠어? 사람에게 많이 속은 사람이 사람 안 믿을 것 같지? 그렇지 않아. 사람을 많이 속인 사람이 사람 안 믿어. 속고 또 속아도 나는 사람 믿을 거야. 나쁜 놈들보다 좋은 사람들이 더 많아. 나도 예전에 세상에 믿을 놈 하나도 없다고 말한 적 있어. 그렇게 말하는 나를 믿을 사람이 하나라도 있겠어?"

영선의 말은 단호했다. 용팔은 어이없다는 표정을 지으며 영선에게 말했다.

"그래. 당신 말대로 이놈 저놈 다 믿어라. 세상을 그렇게도 모르냐?"

"당신만 세상 아는 것 같지?"

영선은 그렇게 말하고 주방으로 쏙 들어가버렸다. 용팔은 약이 올랐지만 어쩔 도리가 없었다. 용팔은 잠시 후 윗주머니에서 스프링 수첩과 볼펜을 꺼냈다. 용팔은 조금 전 떠오른 생각을 수첩 위에 써내려갔다.

인간의 생각을 결정하는 것은 이성이나 의지가 아니

었다. 내가 가진 물질적 토대가 내 생각을 결정한다고 카를 마르크스는 말했다. 어째서 그의 말이 온종일 머릿속을 맴돌았을까?

33

"대표님, 1년만 시간을 더 주세요."

최대출에게 분식집 여자가 간절한 눈빛으로 말했다.

"아주머니, 건축을 1년 미뤄달라는 말씀입니까? 조감도까지 나왔어요. 시간 충분히 드렸습니다."

최대출의 고압적인 말에 그녀는 주눅 들어 아무 말도 하지 못했다.

"아주머니, 이러시면 정말 곤란합니다. 그동안 사정 많이 봐드렸습니다."

"대표님, 꼭 건물을 세우셔야 한다면 작은 평수라도 좋으니 새로 짓는 건물에 제가 입주할 순 없을까요? 부탁드립니다. 생판 다른 곳으로 가게를 옮기면 5년 동안 모은 단골들 모두 잃습니다. 작은 평수라도 부탁드립니다."

"새로 짓는 건물엔 작은 평수가 없습니다. 종합병원 규모의 큰 병원이 들어오고 약국도 들어옵니다. 1층엔 스타벅스가 들어와요."

"지하 귀퉁이라도 좋습니다."

"지하에도 자리가 없습니다. 지하는 전체를 통으로 임대할 예정입니다. 이런 말씀드려 죄송합니다만, 병원과 약국과 스타벅스가 있는 건물에 떡볶이나 순대를 파는 분식집은 어울리지 않습니다."

잠시 후 그녀가 조심스럽게 말했다.

"저희 가게가 지하로 들어가면 밖에선 보이지 않습니다. 인테리어도 신경 쓰겠습니다."

"안 됩니다. 보이는 곳보다 보이지 않는 곳이 더 중요합니다. 제 경영 철학입니다."

잠시 침묵이 이어졌다. 최대출이 냉랭한 목소리로 말했다.

"연암 박지원의 『열하일기熱河日記』 아시죠? 그 책을 읽어보면 청나라 백성들은 자기 사는 곳을 더럽히지 않았습니다. 가난한 사람들이 사는 길가에도 말똥 하나 굴러다니지 않았고 깨진 기와 조각 하나 버려지지 않았습니다. 청나라 사람들은 눈에 보이는 곳이든 보이지 않는 곳이든 깨끗이 정돈하며 자신의 존엄을 지켰습니다. 이번에 세워질 건물은 프랑스 유학을 다녀온 유명한 건축가가 디자인했어요. 떡볶이, 순대가 어울릴 수 있는 건물이 아닙니다."

바로 그때 사무실 출입문이 빼꼼히 열렸다. 최대출은 자리에서 벌떡 일어나 깜짝 놀란 눈빛으로 손님을 맞았다.

"아이고! 의원님께서 웬일이십니까?"

"최 대표님 보려고 지나가는 길에 들렀습니다."

국회의원이 보좌관을 앞세우고 사무실 안으로 들어왔다.

"의원님, 잘 오셨습니다. 양 비서, 의원님 정중히 내 방으로 안내해드려요."

양희원은 손님들을 최대출 방으로 안내했다. 잠시 후 최대출은 표정을 바꾸고 작은 목소리로 분식집 여자에게 말했다.

"그렇게 알고 돌아가세요."

"대표님, 한 번만 더 생각해주세요."

"더 이상 드릴 말씀 없습니다."

최대출은 매몰차게 말하고 자기 방으로 들어갔다. 그녀는 쓸쓸한 낯빛으로 사무실을 빠져나갔다. 잠시 후 양희원이 종종걸음으로 그녀를 따라 나갔다. 양희원은 분식집 여자에게 조심스럽게 말했다.

"저, 아주머니. 한 번 더 오셔서 부탁드려보세요. 제가 이런 이야기 드렸다는 건 말씀하진 마시고요."

"네. 잘 알겠습니다. 감사합니다. 내일 다시 오면 될까요?"

"모레 오세요. 오후에요."

"정말 감사합니다. 모레 오겠습니다."

그녀는 양희원에게 허리 굽혀 정중히 인사했다. 양희원은 사무실로 다시 들어왔다. 최대출의 달뜬 목소리가 방 안에서 들렸다.

"의원님, 읍내에 생고기 식당이 새로 오픈했습니다. 가보셨나요?"

"아니오. 새로 오픈한 집이 있었나요?"

"꽃등심이 기막힙니다. 오늘 그 집으로 모시겠습니다."

"아닙니다. 그냥 최 대표님과 커피 한잔하려고 왔어요."

"의원님과 식사할 수 있는 사람이 대한민국에 몇이나 있겠습니까? 영광으로 알겠습니다."

최대출은 두 손을 겸손히 모으고 말했다. 잠시 후 최대출이 방을 빠져나와 양 비서에게 명함 한 장을 건넸다.

"양 비서, 빨리 전화해서 룸으로 예약해. 내 이름 말하면 알 거야. 꽃등심 중에서도 최상급 부위로 넉넉히 준비시켜."

"네. 알겠습니다."

최대출은 자신의 방으로 서둘러 들어갔다. 과장된 웃음소리와 함께 최대출의 목소리가 다시 들렸다.

"의원님, 예약 끝났습니다. 가셔야 합니다."

최대출의 말이 끝나자마자 웃음 터지는 소리가 들렸다. 잠시 후 국회의원의 늘쩡늘쩡한 목소리가 들렸다.

"대표님, 커피나 한 잔 주세요. 저는 이른 저녁을 먹었습니다."

"아아, 그러셨군요. 그러면 말이죠. 이렇게 하면 어떨까요? 저녁은 드셨으니까 지난번에 저랑 가셨던 '장 폴 샤르트르' 어 떻습니까? 의원님은 코냑 좋아하시니까 정 마담한테 전화 걸 어 '헤네시' 준비시키겠습니다."

"코냑은 헤네시XO가 최곱니다."

"당연하죠. 헤네시XO 신형으로 준비시키겠습니다. 정 마 담, 여직원 고르는 안목이 탁월합니다."

또다시 웃음소리가 터졌다. 잠시 후 최대출이 허둥지둥 방 을 빠져나왔다.

"양 비서, 고깃집 예약했나?"

"네."

"빨리 취소해. 장소가 바뀌었어. 커피 이름 적어놓은 종이 줘봐."

"여기 있습니다."

양희원이 건네준 종이엔 각 대륙의 유명 커피 이름이 빼곡 히 적혀 있었다. 최대출은 작은 목소리로 커피 이름을 하나 씩 하나씩 되뇌고 곧바로 자신의 방으로 들어갔다. 잠시 후 최대출의 목소리가 들렸다.

"의원님, 저희 사무실엔 전 세계 유명 커피 원두가 모두 마 련돼 있습니다. 탄자니아 AA도 있고, 과테말라 안티구아도 있고, 하와이 코나도 있고, 에티오피아 예가체프도 있습니다. 케냐 AA, 인도네시아 만델링, 자메이카 블루마운틴도 있습니다. 인도네시아 사향고양이 똥에서 추출한 루왁도 있고, 코끼리 똥에서 추출한 원두로 만든 블랙 아이보리도 있습니다. 어떤 커피 드시겠습니까?"

"와아, 우리 대표님은 커피 전문가시네요. 바리스타 하셔도 되겠어요."

"커피를 좋아하다 보니 저절로 알게 됐습니다."

"최 대표님이 커피 추천해주세요."

"인도네시아 만델링 어떠신가요? 쌉쌀하지만 살짝 단맛도 있고 바디감도 좋습니다."

"네. 그걸로 주세요."

잠시 후 최대출이 바쁜 걸음으로 자기 방을 빠져나왔다.

"양 비서, 만델링 세 잔 내려줘. 의원님 드실 거니까 정성스럽게, 아주 정성스럽게 내려."

최대출은 자기 방에 있는 국회의원이 들을 수 있도록 최대한 큰 소리로 말했다. 잠시 사이를 두고 최대출은 작은 소리로 다시 말했다.

"양비서, 아까 왔던 분식집 여자 다음 주에 다시 한번 오라고 해."

34

파도 소리에 섞여 갈매기 우는 소리가 들렸다. 안개 때문인지 물빛 때문인지 수평선으로 나뉘어야 할 하늘과 바다의 경계가 지워지고 있었다. 인하가 바다를 바라보며 정인에게 물었다.

"정인 씨, 수평선 보고 싶다고 하셨잖아요?"

"네. 보고 싶었어요."

"수평선 보이시나요?"

"아니요. 안 보여요. 보일 리 없죠."

정인이 성큼 인하에게 되물었다.

"인하 씨는 수평선 보이세요?"

"아니요. 저라고 보이겠습니까?"

두 사람은 소리 없이 웃었다. 잠시 후 인하가 말했다.

"시각보조기 쓰면 흐릿하게나마 수평선을 보실 수 있을 텐데요. 조절만 잘하면 수평선이 선명하게 보일지도 모릅니다.

안 가져오셨어요?"

"네."

"왜 안 가져오셨어요?"

"바다를 그냥 자연스럽게 느끼고 싶었어요. 기억 속에 있는 바다만으로 충분할 것 같아서요."

"저도 안 가져왔어요. 생각해보니까 정인 씨하고 저는 바다에 대한 기억이 있네요. 복지관에서 만난 분들 중엔 바다를 못 본 사람도 여럿 있었어요."

"이제는 바다에 대한 기억만 남았네요."

정인이 긴 숨을 내쉬며 말했다. 정인의 말에 인하는 뭐라 말해야 할지 몰랐다. 잠시 침묵이 이어졌다. 인하가 다시 말했다.

"우리는 수평선이 어떻게 생겼는지, 갈매기는 어떻게 생겼는지, 그리고 파도는 어떻게 밀려오는지 봤잖아요. 귓가로 들려오는 소리만으로도 갈매기를 떠올릴 수 있고 파도를 떠올릴 수도 있으니 그나마 다행 아닌가요?"

인하의 물음에 정인은 아무 말도 하지 않았다. 잠시 후 정인이 말했다.

"수평선이 보고 싶은데 수평선은 소리가 없으니 들을 수 없잖아요. 수평선 너머로 붉게 물들어가는 저녁노을을 보고 싶은데 노을은 아무 말이 없어요. 또 밤바다의 등대는 어쩌죠?"

정인은 담담히 웃으며 말했다. 웃음 속에 담겨 있는 정인의 아픔을 인하는 짐작할 수 있었다. 잠시 후 정인이 쓸쓸한 목소리로 말했다.

"때로는 한 걸음 떨어져 나를 바라볼 수 있어야 삶의 중심을 잡을 수 있을 텐데 그게 정말 어려워요. 눈을 떠도 눈을 감아도 온통 안개와 어둠뿐인데 어떻게 한 걸음 떨어져 나를 바라볼 수 있겠어요. 인하 씨는 제 말 이해되시죠?"

정인의 물음에 인하는 아무 말도 하지 않았다. 잠시 후 인하가 조심스럽게 말했다.

"이런 말씀드려도 될지 모르겠지만 저의 경우는 정반대였습니다. 아무것도 볼 수 없게 된 후로 저는 저의 모습이 더 선명하게 보였습니다. 어둠 저편에 우두커니 서 있는 제 모습이 너무 생생히 보여 두려웠던 적도 있었습니다."

인하의 말이 끝나자마자 정인이 말했다.

"무슨 말씀인지 이해할 수 있어요. 저도 그럴 때 있습니다."

잠시 침묵이 흘렀다. 정인이 인하에게 물었다.

"자연 속에 있을 때 마음이 더 편안해지잖아요. 바닷가를 거닐 때나 나무와 풀꽃들이 많은 숲속을 거닐 때나 개구리 울음소리를 들을 때 마음이 편해지는 것은 왜일까요? 바다가 뿜어내는 음이온이나 나무가 뿜어내는 피톤치드가 사람에게 진정 효과를 준다는 것은 알지만 다른 이유가 있지 않을까요?"

정인의 갑작스러운 물음에 인하는 잠시 침묵했다. 큰 파도가 밀려오는 소리가 인하의 귓가로 가까이 들렸다. 인하가 정인을 바라보며 말했다.

"아주 오래전 호모 사피엔스는 원시의 자연 속에서 멧돼지나 토끼나 노루를 잡았을 테고, 야생 블루베리나 아몬드를 찾아 산이나 들판을 헤매었을 테니 호모 사피엔스의 유전자 속엔 그 옛날 원시림의 자연이 고스란히 담겨 있다고 합니다. 그런 까닭에 자연 속에 있을 때 더 편안함을 느낄 수 있는 거라고 과학자들은 말하기도 합니다. 인간에게도 연어나 뱀장어처럼 회귀 본능이 있으니 그런 추론이 가능하겠지요."

인하는 마른침을 삼키고 나서 말을 이었다.

"그런데 그게 전부는 아니라고 합니다. 저도 책이나 강연을 통해 알게 된 것인데요. 꽃 한 송이도 나무 한 그루도 그냥 서 있는 것이 아니랍니다. 하늘에서 내리는 눈송이도 빗방울도 제멋대로 내리는 것이 아니고요. 지금 저희들 앞으로 밀려오는 파도도 제멋대로 밀려오는 것이 아니고, 시냇물 속의 은빛 물고기들도 제멋대로 헤엄치는 것이 아니랍니다. 바람에 흔들리는 나무 한 그루도 제멋대로 흔들리는 것이 아니라 균형과 조화와 절제와 비례를 맞추며 흔들린다고 과학자들은 말합니다."

인하의 얼굴이 보일 리 없었지만 정인은 인하가 있는 쪽으로 더 가까이 얼굴을 돌렸다. 인하는 잠시 멈칫거리다 말을 이었다.

"모든 자연 속엔 균형과 조화와 절제와 비례가 있대요. 솜사탕 같은 민들레 꽃씨에도, 매화나무에도, 신비를 간직한 수평선에도, 심지어는 푸르디푸른 고등어 등짝 무늬에도 균형과 조화와 절제와 비례가 있다고 합니다. 반딧불이가 공중을 나는 것도 제멋대로 나는 것이 아니래요. 표범의 무늬 하나하나까지도 나름대로의 질서가 있대요. 허리가 잔뜩 굽어 할머니라고 이름 붙여진 할미꽃도 자신의 씨앗을 퍼뜨릴 땐 하늘을 향해 굽은 허리를 일직선으로 편다고 합니다. 그래야 바람을 타고 더 먼 곳까지 씨를 퍼뜨릴 수 있대요. 수직을 그으며 떨어지는 빗방울도, 수직과 수평을 기하학으로 변주하며 나풀나풀 내리는 눈송이도 균형과 조화와 절제와 비례가 있겠지요. 사람들은 그런 자연을 바라보며 의식적으로 혹은 무의식적으로 자신의 헝클어진 마음을 조율한다고 합니다. 자신도 모르게 균형과 조화와 절제와 비례 속으로 자연스럽게 자신을 데려가는 것입니다. 자신을 객관화시킬 수 있다는 것은 그런 것 아닐까요?"

"이해됩니다. 아아, 그런 거였군요."

정인은 가만가만 고개를 끄덕였다. 인하가 정인에게 물었다.

"정인 씨, 벚꽃 좋아하세요?"

"벚꽃 싫어하는 사람도 있나요?"

"제 친구는 벚꽃 싫대요."

"왜요?"

"벚꽃은 금세 지잖아요. 화창한 봄날, 잘난 체하고 쏙 빠져 버리는 것 같아서 재수 없답니다."

인하의 말에 정인이 소리 내어 웃었다. 인하도 함께 웃었다. 잠시 후 인하가 다시 말했다.

"벚꽃이 아무리 그리워도 겨울이 지나야 벚꽃이 핍니다. 벚꽃 지는 것이 아무리 아쉬워도 벚꽃은 시간 속으로 속절없이 사라지고요. 우리 의지와 상관없이 피고 지는 벚꽃을 바라보며 사람들은 기다림을 배우고 그리움과 아쉬움을 견디는 법을 자연스럽게 배운다고 합니다. 그래서 농부의 주름은 갈라진 땅을 닮고 어부의 주름은 파도치는 바다를 닮는다고 합니다."

정인은 고개를 끄덕이며 공감의 눈빛으로 인하를 바라보았다. 잠시 후 정인이 말했다.

"벚꽃은 왜 그렇게 빨리 질까요? 벚꽃 지면 봄도 함께 가버리잖아요. 벚꽃이 일 년 내내 피었으면 좋겠어요."

"벚꽃이 빨리 지는 건 벚꽃의 전략입니다. 벚꽃이 일 년 내내 피어 있으면 사람들은 벚꽃놀이 안 갑니다. 일 년 내내 피어 있는 벚꽃을 사람들이 예쁘다고 말하겠어요? 그걸 알고 벚꽃은 혁명처럼 피었다가 깔끔하게 지는 겁니다."

정인은 가만가만 고개를 끄덕였다. 잠시 후 무언가 생각난 듯 인하가 웃으며 말했다.

"학교에서 근무할 때 저희 반 아이들에게 이런 말 해준 적이 있어요. 엄마에게 무언가 꼭 해야 할 말이 있을 땐 집 안에서 하지 말고 집 밖에서 엄마를 만나 얘기하라고요. 그러면 엄마는 더 진심으로 너의 이야기를 들어줄 거라고요. 집 안에 있을 때 엄마의 어깨 위엔 계급장이 붙습니다. 엄마가 원했든 원하지 않았든 엄마라는 권위가 만들어준 계급장입니다. 그 계급장은 어느 정도 필요한 것이기도 하지만, 계급장이 엄격히 작동되는 집 안에서 자녀에 대한 엄마의 공감력은 떨어질 수밖에 없습니다. 엄마라는 계급장이 준 권위 때문입니다. 집 밖으로 나올 때 엄마는 엄마라는 계급장을 절반쯤 떼고 나올 수 있으니 자식을 위해 더 많이 공감해줄 수 있습니다. 집 안에 있을 때보다 집 밖에 있을 때 엄마는 자기 자신을 더 객관화시킬 수 있으니까요. 엄마는 집 밖으로 나올 때 한 걸음 떨어져 자신을 바라볼 수 있는 엄마로 변신합니다. 실제로 집 밖에 있을 때 엄마는 아이들을 덜 혼냅니다."

"집 밖에서도 아이들 막 혼내고 때리는 엄마 있던데요. 그런 엄마 못 보셨어요?"

"여러 번 봤어요. 그런 엄마는 집 안에서 아이들을 더 혼내고 더 때리는 엄마가 틀림없습니다."

정인은 웃으며 고개를 끄덕였다. 잠시 후 정인이 말했다.

"영화나 연극을 보면서 혹은 미술 작품을 보거나 좋아하는 노래를 들으면서 사람들은 마음을 치유받는다고 하잖아요. 치유받을 때도 있지만 치유는커녕 오히려 마음이 불편해지는 영화나 연극도 얼마든지 있어요. 인하 씨는 어떻게 생각하세요?"

싱그러운 바닷바람이 불어왔다. 인하는 한참을 생각한 뒤 말했다.

"저도 잘 모르겠습니다. 하지만 이런 생각은 들어요. 어떤 영화나 연극은 의도적으로 사람들 마음을 불편하게 만들지 않나요? 불편함을 통해서만 바로 잡히는 균형이 있잖아요. 인류의 지성사는 시간과 공간 속에서 서로 충돌하고 대립하면서 균형을 잡아간다고 생각합니다. 정인 씨, 이제 그만 물어보세요. 제 머리 터지려고 그래요."

인하가 한쪽 손바닥을 머리에 대고 환히 웃으며 말했다. 정인도 소리 내어 웃었다.

"인하 씨는 말씀을 참 잘하시네요. 조금은 재수 없을 만큼이요……."

거침없는 정인의 말에 인하는 조금 당황스러웠지만 아무

말도 하지 않았다. 의기소침해진 인하의 얼굴이 정인에게 보일 리 없었다. 파도 소리가 크게 들려왔다. 인하를 바라보며 정인이 말했다.

"앞을 볼 수 없다는 것이 저는 슬퍼요. 때로는 견딜 수 없을 만큼이요. 왜 슬픈지 아세요? 상대편이 하는 말을 짐작할 순 있지만 상대의 표정까지 볼 순 없잖아요. 조금 전 제가 인하 씨에게 했던 무례한 말과 제 표정은 정반대였는데 인하 씨는 제 표정을 볼 수 없었어요."

인하는 아무 말도 할 수 없었다. 눈물이 나올 것만 같았다. 잠시 후 인하가 정인에게 말했다.

"벌써 캄캄해졌어요."

"그러네요. 저는 낮보다 밤이 더 좋아요. 인하 씨는요?"

"저도요. 밤은 모두에게 평등하잖아요."

"밤이 오면 시각장애인들도 등불을 켠다는 것을 사람들이 알까요?"

"모를 거예요. 사실은 저도 모릅니다. ……농담입니다."

인하는 재빠르게 둘러댔다. 인하가 다시 말했다.

"제가 운전을 못해서 여기까지 오느라 친구분이 오늘 고생 많이 하셨을 거예요. 저는 오픈카 오늘 처음 타봤어요. 친구분 차가 무슨 색이에요?"

"빨간색이래요."

"좋은 친구 두셨네요."

"제가 좋은 친구를 둔 게 아니라 친구가 좋은 아버지를 둔 거죠. 친구 아버지가 어마어마한 부자예요. 부잣집 아이들은 대부분 싸가지가 없는데 제 친구는 달라요."

"근데 친구분은 어디 가셨어요? 제가 오늘 저녁 사기로 했잖아요."

"숙소로 먼저 간댔어요."

"네? 어느 숙소요?"

"저도 모르죠. 내일 오전에 데리러 온대요. 미친년……."

정인은 태연하게 말했다.

"정인 씨는 센스 있는 친구분을 두셨네요."

"네?"

"농담입니다. 친구분께 연락 안 하셔도 되겠어요? 제가 저녁 사기로 했는데……."

"전화 안 받을 거니까 오늘은 전화하지 말래요. 제가 아는데, 걔 진짜로 전화 안 받아요."

정인의 얼굴은 평화로웠다. 인하가 웃으며 말했다.

"조금 전에 깜짝 놀랐어요. 욕도 하시네요?"

"아아, 미친년이요? 그거 욕 아닌데."

"네?"

"제 친구 별명이에요."

"정말요?"

"네."

"별명이 '미친년'이에요?"

"네. 더 만나보시면 아실 거예요."

"저도 그렇게 불러도 되나요?"

"글쎄요. 별명이니까 조금 더 친해진 다음에요."

두 사람은 소리 내어 웃었다. 잠시 후 인하가 말했다.

"욕하는 사람들이 욕먹는 사람들보다 더 오래 산대요. 욕하고 나면 마음이 시원해질 때가 있잖아요."

인하의 말에 정인이 웃으며 고개를 끄덕였다. 파도 소리가 더 크게 들렸다. 가까운 곳에서 아이들 웃는 소리도 들렸다. 정인이 주변을 둘러보며 인하에게 말했다.

"지금 제 친구가 저 보고 있을 거예요. 제가 큰 소리로 부르면 올 수 있는 거리에 있지 않을까요?"

정인은 호텔과 카페와 음식점이 늘어선 거리를 한참동안 바라보았다. 분홍 꽃잎이 바람에 날아와 그녀의 얼굴 위로 나풀나풀 떨어지고 있었다.

35

    고래반점 문 앞에 있는 아름드리 플라타너스 나무에서 매미가 시끄럽게 울어댔다. 파리 날아다니는 소리도 귀에 거슬렸다. 용팔은 파리채를 들고 주방과 객실을 오가며 분주히 파리를 잡았다. 동배는 객실 테이블 한쪽에 앉아 숙제를 하고 있었다.

    "여보, 장마 언제부터 시작이래?"

    용팔이 잔뜩 짜증난 얼굴로 영선에게 물었다.

    "다음 주부터 장마래. 왜?"

    "왜는 왜야? 너무 더워서 그렇지."

    "여름이니까 덥지."

    "이 사람이 또 사람 속 긁네. 여름에 더운 거 누군 몰라? 더워도 너무 더우니까 그렇지."

    용팔은 눈을 동그랗게 뜨고 영선을 바라보았다.

    "덥기는 정말 덥다."

화난 용팔을 달래려는 듯 영선은 다소곳이 말했다. 용팔도 마음을 누그러뜨리며 나직이 말했다.

"좀 꿉꿉해도 장마 땐 이렇게 덥진 않잖아. 얼마나 더우면 저놈의 매미들이 저렇게 짜증난 목소리로 울겠어. 징그럽게 덥다. 징그럽게 더워……."

용팔은 윗옷을 볼록한 배 윗부분까지 걷어붙이고 호들갑스럽게 부채질을 했다. 용팔은 한쪽 테이블에 앉아 잠잠히 숙제를 하고 있는 동배를 바라보았다. 용팔이 동배에게 물었다.

"똥빼야, 너도 덥지?"

"응. 더워."

"똥빼 너도 나 닮아서 더위 많이 타나 보다."

"아빠, 에어컨 틀자."

"자식아, 에어컨은 왜 틀어? 에어컨 틀면 전기세가 얼마나 많이 나오는 줄 알아?"

"아빠는 그렇게 말할 줄 알았어."

동배는 아무렇지도 않은 듯 담담한 표정으로 숙제를 계속했다. 용팔은 우두커니 서서 동배를 바라보았다. 용팔이 동배에게 다시 물었다.

"동배야, 아빠가 퀴즈 낼게. 맞춰볼래?"

"싫어. 나 지금 숙제해야 돼."

"아빠가 낸 퀴즈 맞추면 군만두 해줄게. 열 개, 아니 열다섯 개. 그래도 싫어?"

그 순간 동배 눈이 반짝거렸다.

"아빠, 진짜지? 답 맞추면 군만두 열다섯 개 해줄 거지?"

"그럼. 당연하지."

용팔은 헤죽헤죽 웃으며 말했다.

"여보, 당신도 이리 와서 퀴즈 맞춰봐."

용팔은 영선을 향해 큰 소리로 말했다. 용팔의 제안에 영선이 대뜸 물었다.

"내가 퀴즈 맞추면 나한테는 뭐 해줄 건데? 나는 군만두 싫어해."

"맞추기나 하서. 어차피 못 맞출 테니까."

"그런 게 어딨어? 내가 퀴즈 맞추면 원하는 거 한 가지 해주기. 오케이?"

"오케이. 어차피 못 맞출 테니까."

용팔은 확신에 찬 얼굴로 말했다. 영선과 동배를 번갈아 바라보며 용팔은 진지하게 말했다.

"퀴즈를 내기 전에 주의 사항 있어. 답을 말할 수 있는 기회는 딱 한 번뿐이야. 한 번에 맞추지 못하면 끝장이야. 알았지?"

영선과 동배는 대답 대신 고개만 끄덕였다. 용팔은 원래 내려고 했던 문제를 다른 문제로 바꾸려는 듯 생각에 잠겼다. 잠시 후 용팔이 몸을 곧추세우며 말했다.

"좋았어. 자, 그럼 문제 나간다. 문제를 내기 전에 똥빼에게 먼저 물어볼게. 똥빼야, 너 '장마'가 뭔지 알지?"

"당연히 알지. 6학년이 그것도 모를까 봐 그래? 여름에 여러 날 동안 계속해서 비 내리는 걸 장마라고 하잖아."

"그렇지. 잘 아네. 그럼 문제 들어간다. 잘 들어. 장마 때 가장 행복한 사람은 누구일까요?"

순간 동배의 눈이 반짝거렸다. 영선의 눈도 반짝거렸다. 용팔은 그들이 답을 모를 거라고 확신했다. 용팔은 자신감 어린 눈빛으로 그들을 바라보았다. 동배는 머릿속으로 성큼 다가온 답이 있는 듯 보였지만 함정일지도 모른다는 생각에 망설이는 기색이 역력했다. 영선이 진지한 목소리로 동배에게 말했다.

"동배야, 신중히 답을 말해야 돼. 아빠가 낸 퀴즈는 늘 함정이 있었잖아."

영선과 동배는 답이 떠오르지 않는 듯 고개를 갸웃거렸다. 잠시 후 동배가 조심스럽게 말했다.

"아빠, 장마 때 제일 행복한 사람은 바로 우산 장수야. 장마 땐 만날 만날 비가 오니까 우산 장수가 제일로 행복하잖아. 우산이 많이 팔리니까 우산 장수가 제일 행복해. 정답이지?"

"땡!"

용팔은 경쾌하고 발랄한 목소리로 종을 쳤다. 동배와 영선은 눈을 동그랗게 뜨고 용팔을 바라보았다. 동배가 자신감 어린 목소리로 영선을 향해 말했다.

"엄마, 장마 때 제일 행복한 사람은 우산 장수 맞잖아? 내 말이 맞지. 그치?"

"그러게. 엄마도 장마 땐 우산 장수가 제일로 행복할 것 같은데……."

동배의 말에 영선도 맞장구쳤다. 용팔이 한심스럽다는 눈빛으로 그들을 바라보며 말했다.

"우산 장수 아니라니까. 아무려면 내가 그렇게 쉬운 문제를 냈겠어?"

용팔은 어깨를 추어올리며 피식 웃었다. 용팔의 웃음 속엔 '절대로 못 맞출 거야.'라는 확신이 담겨 있었다. 영선과 동배는 다시 생각에 빠졌다. 잠시 후 영선이 말했다.

"난 모르겠어. 동배야, 생각나는 거 있어?"

영선의 물음에 동배는 절레절레 고개를 흔들었다. 용팔은 기다렸다는 듯 두 사람을 향해 말했다.

"그럼 둘 다 못 맞춘 거다?"

영선과 동배는 고개를 끄덕였다.

"똥빼야, 잘 생각해 봐. 장마 땐 매일매일 비가 오니까 우산이 잘 팔릴 거라고 누구나 생각하지만, 그건 하나만 생각한 거야. 이렇게도 생각할 수 있잖아. 장마 땐 매일 비가 온다는 걸 사람들이 다 알고 있으니까 사람들은 매일 우산을 가지고 다니거든. 그러니까 장마 때 우산이 가장 잘 팔린다고 말할 수는 없어. 어때? 아빠 말이 맞지?

"와아. 정말 그렇겠다. 깜빡 속았네, 깜빡 속았어."

영선은 과장된 몸짓으로 손뼉까지 치며 말했다. 동배는 여전히 불만 가득한 목소리로 용팔에게 물었다.

"그럼 장마 때 제일 행복한 사람은 누군데?"

"장마 때 제일 행복한 사람이 누구냐고?"

용팔은 히죽 웃을 뿐 동배의 물음에 대답하지 않았다. 동배가 여전히 불만 가득한 목소리로 용팔에게 물었다.

"아빠, 장마 때 제일 행복한 사람이 누구냐고?"

"장마 때 제일 행복한 사람은 바로 아빠야. 아빠는 만날 만날 비 왔으면 좋겠거든."

"장마 때 아빠가 왜 행복한데?"

동배는 말도 안 된다는 듯 용팔에게 물었다.

"아빠는 비를 좋아하니까. 특별한 이유는 없어. 그냥 비 오는 게 아빠는 좋아. 일종의 센티멘털리즘이랄까? 우리말로는 감상주의라고 하지."

용팔은 거만한 표정을 짓더니 정신 나간 사람처럼 큰 소리로 웃었다. 동배와 영선은 기가 막힌다는 표정을 지으며 용팔을 빤히 바라보았다.

36

용팔은 계산대 의자에 앉아 호들갑스럽게 부채질을 했다.
잠시 후 자리에서 벌떡 일어서며 용팔이 말했다.

"푹푹 찌는구만, 푹푹 쪄⋯⋯. 동배야, 이 죽일 놈의 날씨는
우리가 만두나 찐빵으로 보이는 모양이야. 무슨 놈의 날씨가
이렇게 덥냐. 땡볕에 나가 있으면 대가리 홀러덩 벗겨지겠다."

동배는 예민해진 용팔을 물끄러미 바라볼 뿐 아무 말이 없
었다. 객실 식탁 위에 있는 식초병에 식초를 따르며 영선이
말했다.

"그러니까 에어컨 좀 틀어. 덥다고만 하지 말고."

"손님도 없는 시간인데 뭔 놈의 에어컨을 틀어. 선풍기 틀
었으면 됐지."

"손님이 없으니까 에어컨을 틀어놔야지. 엊그제 손님 들어
왔다가 덥다고 투덜거리며 그냥 나가는 거 못 봤어?"

"그렇다고 손님도 없는데 온종일 에어컨 틀어놓을 순 없잖

아. 에어컨 틀어서 손님 많이 온다면 하루 종일이라도 틀겠다."

용팔의 말이 끝나기가 무섭게 영선이 말했다.

"날씨 덥다고 그렇게 죽상을 하다가 손님 갑자기 들이닥치면 금방 웃을 수 있어? 에어컨 바람 맞으며 시원하게 있다가 시원하게 손님 맞아야지."

"그건 당신 말이 맞아."

용팔은 말문이 막힌 듯 더 이상 아무 말도 하지 않았다. 영선은 상냥한 목소리로 용팔에게 말했다.

"장용팔 씨, 괜한 고집 부리지 말고 에어컨 틀자. 정말 더워 죽겠어."

"그렇게 에어컨 틀고 싶으면 밖에 나가서 손님들 데리고 오시든지……. 하루 종일이라도 틀어드릴 테니까."

"그게 자기 마누라한테 할 소리냐?"

"할 소리 아니지."

용팔은 미안하다는 표정을 지으며 말했다. 잠시 후 용팔이 영선에게 말했다.

"벌써부터 에어컨 틀어대면 한여름엔 더워서 어떻게 살겠냐. 더워도 좀 참아. 요즘 같은 불경기엔 날씨 더워도 참는 게 돈 버는 거야."

영선이 피식 웃으며 용팔에게 말했다.

"당신처럼 살면 금세 부자 될 것 같은데 왜 사는 게 만날 이 모양인지 모르겠다."

"그래도 나하고 사니까 당신이 이만큼이라도 사는 줄 알아. 전기세 무서워서 선풍기도 제 맘대로 못 쓰는 집도 있으니까. 선풍기라도 하루 종일 틀 수 있으니 호강이지."

용팔이 눈앞에 있는 파리를 파리채로 후려치며 말했다.

"호강은 무슨 얼어 죽을 놈의 호강······."

영선이 빈정대며 말했다. 용팔은 부아 난 얼굴로 영선을 바라보았다. 용팔이 날 선 목소리로 영선에게 말했다.

"근데 보자 보자 하니까 이 사람이 갈수록 말을 험하게 하네. 당신 지금 나한테 싸움 거는 거야?"

"싸움을 이렇게 거는 사람이 어디 있나?"

영선은 팔짱을 낀 채 비아냥거리듯 쓰게 말했다.

"그래도 옛날에 비하면 호강하는 거 아냐? 그런 식으로 남편 모욕하지 마."

용팔은 성난 마음을 꾹꾹 누르며 말했다. 잠시 후 영선이 차분한 목소리로 말했다.

"당신 말이 무슨 말인지 알겠고, 당신 모욕할 생각 없었어. 그렇게 느꼈다면 미안."

영선은 겸연쩍게 웃었다. 잠시 어색한 침묵이 흘렀다. 용팔의 표정 속엔 망설임이 가득했다. 용팔은 영선에게 무언가 말하고 싶었다.

"으흠, 으흠……."

용팔은 할 말을 포기하고 헛기침을 해대며 계산대로 걸어갔다. 오랜 침묵이 흘렀다. 영선은 손님 테이블에 놓인 고춧가루 통에 고춧가루까지 모두 담고 나서 계산대 의자에 앉아 책을 읽고 있는 용팔에게로 다가갔다. 영선은 아무 일도 없었다는 듯 태연히 용팔에게 말했다.

"여보, 그 아이들은 잘 살고 있겠지?"

"누구? 어느 아이들?"

"누군 누구야? 인혜하고 인석이 말하는 거지."

"아아……. 당신 친구 아이들?"

"지금 빈정거리는 거 아니지?"

영선이 빙긋이 웃으며 물었다.

"그럴 리가."

"진짜로 빈정거리는 거 아니지?"

영선의 물음에 용팔은 잔잔히 말했다.

"빈정거리는 거 아니라니까. 당신이 그 아이들에게 그렇게 말했잖아. 당신이 그 애들 엄마 친구라고……."

용팔은 그렇게 말하며 물끄러미 영선을 바라보았다. 영선이 길게 한숨을 내쉬며 용팔에게 말했다.

"아이들이 오랫동안 오질 않네. 지난번에 우리 동배가 놀이터에서 그 아이들 만났다고 하던데. 동배야, 맞지?"

영선은 객실 테이블 한쪽에 앉아 책을 읽고 있는 동배에게 물었다.

"응, 놀이터에서 봤어."

"동배야, 엄마가 부탁이 있는데 들어줄래?"

"뭔데?"

"방에 들어가서 책 읽으면 안 될까?"

"왜? 방엔 창문도 없어서 답답하단 말이야."

"엄마랑 아빠랑 할 말이 있어서 그래. 30분만 방에 들어가서 책 읽어. 부탁이야."

동배는 입을 비죽거리며 방 안으로 들어갔다. 동배가 방으로 들어간 뒤 영선은 조심스럽게 말을 꺼냈다.

"……내가 이런 말하면 당신 마음 언짢을지 몰라 조심스럽네."

"또 무슨 이야기 하려고?"

"아니야. 됐어. 아무래도 오늘은 말하지 않는 게 좋을 것 같아."

"북 치고 장구 치고 다 하시네. 언짢아하지 않을 테니까 어서 말해봐. 그렇게 말해놓고 중간에 그만두면 상대방은 궁금해서 속 터지지. 뭔데? 또 그 아이들 얘기지?"

용팔은 빙긋이 웃으며 물었다.

"여보, 당신은 그 아이들이 우리 집에 왜 안 오는지 알지?"

"알지. 나 때문이겠지. 내가 쌀쌀맞게 대하니까."

용팔은 불편한 마음을 애써 누르며 말했다. 잠시 후 영선이 말했다.

"동배가 얼마 전에 놀이터에서 그 아이들을 만났다고 했잖아. 동배가 자기 먹으려고 산 과자를 그 아이들에게 몽땅 주고 왔더라고. 우리 동배, 정이 참 많은 아이야."

"사내놈이 정 많아서 어디다 쓰게?"

용팔은 동배가 들어도 좋다는 듯 동배가 있는 방 쪽을 바라보며 큰 소리로 말했다.

"좀 작게 말해! 동배 들으면 어쩌려고."

"동배 들으라고 하는 말인데 들으면 어때? 저놈은 도대체 누굴 닮아 마음이 그렇게 여린 거야. 사내놈이 여려 터져가지고……."

용팔은 낭패스러운 표정을 지으며 말했다.

"누굴 닮긴 누굴 닮아. 당신 닮아 그렇지……. 자기 아내한테는 지청구 늘어놓긴 하지만 당신만큼 여린 사람 또 있을까?"

영선의 말에 용팔은 민망한 표정을 지으며 헛기침을 시작했다.

"으흠, 으흠……."

난감해하는 용팔을 바라보며 영선이 말했다.

"그나저나 그 아이들한테 무슨 일이 생긴 건 아닌가 모르겠네. 시골 외삼촌 집으로 간다고 했는데 아직은 서울에 있겠지?"

"그거야 나도 모르지."

용팔은 무심한 듯 말했다. 잠시 후 용팔이 또다시 헛기침을 했다.

"으흠, 으흠……."

"당신 헛기침하는 거 보니까 할 말 있구나?"

영선이 웃으며 말했다. 멀뚱히 영선을 바라보던 용팔이 어렵게 말을 꺼냈다.

"저기…… 저기 말이야……. 으흠……. 아냐, 아냐. 됐어. 다음에 하자. 으흠, 으흠……."

용팔은 겸연쩍게 웃었다.

"장용팔 씨, 그렇게 웃지만 말고 말해봐. 내가 다 들어줄 테니까."

영선을 바라볼 뿐 용팔은 아무 말도 하지 않았다.

"장용팔 씨, 아까 나보고 북 치고 장구 치고 다 한다고 했잖아. 말을 시작해놓고 중간에 그만두면 상대방은 궁금해 속 터져. 그러지 말고 말해보아요."

영선은 다정히 웃으며 말했다.

"하여간에 성질은 급해가지고. 으흠, 으흠……."

용팔은 헛기침을 하며 잠시 머뭇거렸다.

"아 참, 되게 뜸들이네."

"으흠……. 그게 말이야. 별말은 아니고…… 이제 와서 얘기지만…… 당신이 그 아이들을 대하는 거 보면 진짜로 그 아이들의 엄마 친구 같았어……. 당신 배우 해도 되겠더라. 연기가 장난 아냐."

용팔의 말에 영선의 눈엔 금세 눈물이 고였다. 영선이 목 메인 목소리로 말했다.

"그게 연기냐? 진심이지……."

"맞다. 연기가 아니라 진심이다."

용팔은 고개를 끄덕이며 말했다. 용팔의 목소리도 조금씩 떨리고 있었다. 잠시 사이를 두었다가 용팔이 다시 말했다.

"다른 사람을 돕는다는 게 말이 쉬운 거지, 누구나 쉽게 할 수 있는 일은 아니거든. 으흠, 으흠……. 당신한테 말은 안 했지만 담벼락에 동네 꼬맹이들이 써놓은 낙서 있잖아. 그 거……. 으흠, 으흠……. 아냐. 됐어……."

용팔은 다시 말을 멈췄다.

"여보, 우리 오랜만에 술이나 한잔할까? 오케이?"

"오케이!"

용팔은 환하게 웃으며 말했다. 영선은 주방으로 들어가 접시에 안주를 담아왔고 용팔은 술을 가져왔다. 영선이 따라준 술을 용팔은 단숨에 들이켰다.

"캬! 좋다! 그런데 당신이 웬일이야? 당신이 술을 마시자고 해서 깜짝 놀랐어."

"뭔 웬일? 이런 날도 있어야지."

"당신이 말했잖아. 예수 믿는 사람들은 술 같은 거 안 마신 다고."

"장용팔 씨, 그건 내가 그냥 헛소리한 거야. 부아가 치밀 때 마다 술 마셔야 한다면 예수 믿는 사람들이 제일 많이 마셔야 지."

"왜?"

용팔이 놀란 눈빛으로 물었다.

"신앙인으로 살려면 사랑하고 배려하고 희생해야 하는데 그렇게 하다가 복장 터질 일이 얼마나 많겠어. 그게 쉬운 일 이야?"

"그렇지. 화내는 것보다 화를 참는 게 훨씬 더 어렵지."

용팔은 그렇게 말하며 다시 술잔을 들었다. 용팔은 영선에 게 다정히 말했다.

"술이 망가뜨린 사람들도 많지만 술이 화해시킨 사람들도 많을걸. 당신도 한 잔 쭈욱 마셔봐. 오케이?"

"오케이."

영선은 술 한 잔을 단숨에 들이켰다. 순간 영선의 눈동자가 한 바퀴 돌아갔다. 잠시 후 영선이 용팔에게 말했다.

"장용팔 씨! 당신 오늘따라 참 싱겁다."

"왜? 뭐가 싱거워?"

"뭔 말을 하다가 말아. 조금 전에 무슨 말 하려다가 말았잖아."

"별로 하고 싶지 않아서."

"당신이 말 안 해도 당신 마음 알 것 같은데. 당신 마음 내가 왜 모르겠어."

"오영선 씨, 당신이 내 마음을 어떻게 알아? 직장 다니는 한국 남자들을 제일 힘들게 하는 말이 뭔지 알아?"

"뭔데?"

"직장 상사들이 술자리에서 후배들 앉혀놓고 허구한 날 '내 마음 알지?' 이렇게만 말한대. 환장할 노릇 아냐? 지 마음을 후배들이 어떻게 알아? 말을 해야 알지."

용팔의 말에 영선이 히죽 웃었다. 잠시 후 용팔이 다시 말했다.

"오영선 씨, 당신은 내 마음 몰라."

용팔의 얼굴을 한동안 물끄러미 바라보다가 영선이 말했다.

"내가 어떻게 당신 마음을 다 알겠어. 어렴풋이 아는 거지. 당신이 쌀쌀맞게 그 애들을 대해도 본심이 아니라는 거 다 아니까 나도 마음 편히 아이들에게 짜장면 줄 수 있었던 거야. 당신도 나처럼 어려서 부모 잃었는데 그 아이들의 아픈 마음을 모를 리 없잖아."

영선은 다시 술잔을 들어 단숨에 들이켰다. 용팔이 깜짝 놀라며 영선에게 말했다.

"천천히 마셔. 그렇게 빨리 마시면 나처럼 개 돼."

"장용팔 씨, 당신이 누구보다도 마음 따뜻한 사람이라는 거 알아. 그래도 당신한테 조금은 서운했어. 부모 없는 불쌍한 애들한테 말이라도 따뜻하게 해줬으면 좋았잖아. 그랬더라면 아이들이 한 번이라도, 두 번이라도 우리 가게에 더 왔을 거라는 생각이 들어서 속상할 때도 있었어. 하지만 당신한테 말할 수는 없었어. 당신도 내 마음과 다르지 않았을 테니까⋯⋯."

용팔은 처연히 영선을 바라보았을 뿐 아무 말도 하지 않았다. 잠시 침묵이 흘렀다. 용팔이 영선에게 말했다.

"당신 벌써 취했네. 마음에도 없는 소리 하는 걸 보니까."

"마음에 없는 소리 아니라는 거 당신도 알지?"

용팔은 멀뚱히 영선을 바라볼 뿐 아무 말도 하지 않았다. 영선은 다시 술잔을 들어 잔에 가득한 술을 단숨에 들이켰다. 용팔은 깜짝 놀란 눈빛으로 영선을 바라보며 말했다.

"천천히 마시라니까. 당신 정말 괜찮겠어?"

"괜찮지. 당연히 괜찮지. 용팔 씨, 오늘은 마음껏 달려보아요!"

"당신 왜 안 하던 짓을 해. 그러다 정말 나처럼 개 된다니까."

"이제 시작했잖아. 당신 오늘 오버한다."

"오영선 씨, 오버하는 건 내가 아니라 당신 같은데. 당신 오버하는 거 보니까 오늘도 지난번처럼 방 안 가득 빈대떡 부칠 것 같다. 지난번에 그거 치우느라 내가 얼마나 고생했는지 알아? 오늘은 제발 빈대떡 부치지 마라. 오케이?"

용팔은 장난기 가득한 목소리로 영선에게 물었다. 취기 어린 목소리로 영선이 대답했다.

"오케이. 근데 빈대떡이 뭐냐? 빈대떡이……."

"땅바닥에 토하고 있는 사람 옆에서 바라보면 영락없이 빈대떡 부치는 모습이야. 어떤 놈이 그런 말 지어냈는지, 아주 훌륭한 놈이야. 상상력이 몹시 풍부해."

용팔은 헤죽거리며 말했다.

"장용팔 씨! 당신 상상력도 만만치 않아. 근데 당신도 공부는 못했잖아."

"공부 못했지. 근데 공부만 잘한 놈들이 이 나라 말아먹었어. 공부 못하는 놈들이야 말아먹을 것이 애초부터 없었으니까."

용팔은 핏대 올리며 말했다.

"장용팔 씨, 공부 잘한 놈들이 이 나라를 말아먹었다고? 그렇게 말할 순 없지."

"그렇게 말하지 않았어. 내 말 잘 들어봐. 공부 잘한 놈들을 말하는 게 아니고 오직, 공부만 잘한 놈들이 이 나라 말아먹었다고 말했어. 가슴은 텅 비고 대가리만 좋은 놈들이 이 나라 말아먹었잖아. 내가 틀린 말 했어?"

용팔은 따지듯 물었다.

"그 말은 맞는 것 같네. 하여간에 내가 하고 싶은 말은 이거야. 당신은 늘 책을 읽어서 그런지 당신 말하는 거 보고 놀랄 때가 많아. 당신은 오래전부터 소설가가 될 거라고 했잖아. 지금 쓰고 있는 소설 열심히 써. 포기하지 하지 말고."

영선은 그렇게 말하며 술 한 잔을 단숨에 들이켰다. 텅 빈 술잔을 바라보며 영선이 말했다.

"어머, 나 오늘 미쳤나 봐. 벌써 몇 잔째야?"

"조금 전에 당신이 말했잖아. 오늘은 마음껏 달려보자고."

영선은 용팔의 말을 들은 척도 하지 않았다. 잠시 후 영선이 말했다.

"장용팔 씨, 정말 궁금한 거 있는데 한 가지 물어봐도 돼?"

"뭔데? 그런 눈으로 바라보지 마. 무서워."

"내가 술김에 묻는 거야. 당신 왜 그렇게 카스텔라에 집착해? 시장에 가면 1,000원이면 살 수 있는 카스텔라에 당신이 왜 그렇게 집착하는지 모르겠어. 말 나온 김에 한 가지만 더 물을게. 먹지도 않을 카스텔라를 당신이 왜 자꾸만 사오는지 도무지 이해가 안 돼. 당신이 사온 카스텔라에 곰팡이 펴서 내가 버린 적도 몇 번 있어. 당신 몰랐지?"

"모르긴 왜 몰라. 곰팡이 폈다는 거 아니까 안 먹었지."

"안 먹을 거면 쓰레기통에 버려야지. 곰팡이 실험해?"

영선이 따져 물었지만 용팔은 아무 말도 하지 않았다.

"아무튼 이해 안 돼. 허락 없이 카스텔라 먹었다고 어린 아들 혼내기나 하고……. 카스텔라에 무슨 사연 있어? 혹시 첫사랑이 빵집 했어?"

영선은 비틀거리는 목소리로 물었다. 잠시 후 용팔이 잠잠히 말했다.

"내가 왜 카스텔라에 집착하는지 궁금해?"

"응. 궁금해. 말 좀 해봐."

용팔은 영선의 얼굴을 한동안 물끄러미 바라보았다.

"나중에 말해줄게. 별거 아냐."

영선은 무심한 척 자리에서 벌떡 일어나 화장실을 향해 걸어갔다. 비틀거리는 영선을 향해 용팔이 넌지시 물었다.

"오영선, 혼자 갈 수 있겠어?"

"그럼 화장실에 혼자 가지 둘이 가냐? 나 하나도 안 취했거든."

"조심해. 넘어지면 인생 종 쳐."

"술 안 취했다니까 그러네."

영선은 징검다리를 건너듯 폴짝폴짝 뛰며 화장실을 향해 걸어갔다. 용팔은 걱정스러운 눈빛으로 영선을 바라보았다. 카스텔라에 대한 이야기는 영선에게 말할 수 없는 철모르던 시절의 이야기였다.

용팔은 잠시 지난 시절을 회상했다. 시장통에 있는 작은 빵집이었다. 초등학생이었던 용팔은 빵을 사러 빵집으로 들어갔다. 얼굴이 하얀 주인아줌마는 보이지 않았다. 평소엔 모르는 척 지나쳤던 카스텔라가 어린 용팔의 눈에 들어왔다. 살 수 없어 주인 몰래 손가락으로 잠시 눌러보기만 했던 먹음직스러운 카스텔라였다. 어린 용팔은 자신도 모르게 카스텔라 하나를 얼른 가방에 넣고 빵집을 나가려고 출입문을 열었다. 바로 그때 빵집 주인아줌마의 목소리가 들렸다.

"얘, 거기 잠깐만 있어봐."

어린 용팔은 흠칫 놀라 걸음을 멈췄다. 도망치고 싶었지만 몸이 말을 듣지 않았다. 주방 안에서 빵을 굽던 주인아줌마가 용팔을 향해 성큼성큼 걸어왔다. 그녀는 웃으며 용팔에게 카스텔라 한 개를 건네주었다. 카스텔라 온기가 손에 가득 느껴졌다.

"방금 전에 구운 거야. 카스텔라는 막 구웠을 때가 제일로 맛있어. 가방에 있는 거 나 주고 이 카스텔라 가져가렴."

용팔은 그날의 일을 한순간도 잊은 적 없다. 빵집 아줌마의 비밀스러운 말은 여전히 해석되지 않았다. 용팔은 어린 시절을 생각하며 술 한 잔을 단숨에 들이켰다. 그 순간 화장실 문을 쾅 닫고 영선이 걸어왔다. 영선의 걸음걸이가 조금은 위태로워 보였다. 잠시 후 영선이 말했다.

"장용팔, 오늘은 여기까지. 머리 쥐날 것 같아. 이제 그만 암전……."

"암전?"

"있잖아. 연극 무대에 갑자기 불 꺼지는 거."

"끝내자는 말이지?"

"응. 끝내야지."

"난 시작도 안 했는데 끝내?"

영선은 용팔의 물음에 대꾸하지 않았다. 잠시 후 영선이 잔뜩 비틀린 혀로 말했다.

"장용팔, 아까 하려다가 못 한 말 다음에 꼭 해줘. 알았지?"

"응. 알았어."

용팔은 다정히 웃음 지으며 영선을 바라보았다. 영선은 자리에서 일어나 방으로 걸어갔다. 용팔은 영선의 뒷모습을 내내 바라보았다.

잠시 후 용팔은 윗주머니에서 스프링 수첩과 볼펜을 꺼냈다. 용팔은 수첩 위에 한 글자 한 글자 또박또박 써내려갔다.

누군가를 칭찬하기 위해 필요한 것은 칭찬받았던 나의 어린 시절이다. 칭찬받지 못한 아이는 칭찬할 수 없는 어른이 된다.

37

최대출이 갑작스레 서연의 방문을 밀고 들어왔다.

"최서연, 너 오늘 과외 빼먹었다면서? 미쳤어?"

잡아먹을 듯 다그치는 최대출의 기세에 눌려 서연은 아무 말도 하지 못했다.

"너 어디 갔다 왔어?"

"친구네 집."

"친구 이름이 뭐야?"

"재희."

"재희? 재희가 누구야?"

"중학교 친구."

"과외까지 빼먹으면서 친구 집엔 왜 갔어?"

"친구가 울면서 전화했는데 가야 하잖아."

"팔자 좋구나. 네 과외비가 과목당 한 달에 얼만 줄이나 아니?"

"100만 원. 지난번에도 들었어."

"100만 원이 적은 돈이냐?"

"적다고 말한 적 없어."

"씨발, 이게 한 마디도 안지네?"

벼락같은 최대출 목소리에 서연은 눈도 깜짝하지 않았다. 늘 반복되는 레퍼토리였다. 부릅뜬 최대출 눈알이 밖으로 튀어나올 것만 같았다. 움츠러들지 말아야 한다고 서연은 다짐했다. 겁먹은 자신의 모습을 보이는 순간 최대출의 공격은 더욱 거세진다는 것을 서연은 알고 있었다. 금세라도 자신의 뺨 위로 최대출의 두툼한 손바닥이 날아올 수도 있었다. 하지만 우선은 그렇게 대응하는 것이 최선이었다. 잠시 후면 방문 밖으로 나가 고함을 지르며 골프채를 가지고 들어올 것이 뻔했다.

서연의 예상대로 최대출은 방문을 걷어차고 거실로 나가 골프채를 가지고 들어왔다. 골프채를 도끼처럼 들고 서 있는 최대출의 모습이 낯설진 않았지만 서연은 태연할 수 없었다.

"최서연, 전교 1등하니까 눈에 뵈는 게 없니? 이 병신아, 우쭐거리지 마. 너는 기껏해야 지방 읍내 고등학교의 골목대장이야. 서울 가면 날고 기는 애들 천지야. 골목대장인 네가 걔네들 이길 수 있을 것 같아? 너는 못 이겨. 백전백패야. 불을 보듯 뻔하다."

서연은 잠잠히 눈을 내리깔고 최대출의 말을 들었다. 그것
또한 늘 반복되는 레퍼토리였으니 들을 만했다. 최대출의 다
음 말도 서연이 예상대로였다.

"내가 왜 재혼 안 했는지 알아? 너만 아니었으면 벌써 재혼
했을 거야. 최서연, 너를 위해서 하는 말이야. 전교 1등 한다
고 방심하면 너는 끝장이야. 알지? 전교 5등 바깥으로 나가면
미국 유학이고 나발이고 아무 데도 못 가. 너희 학교에서 서
울대 몇 명 보냈니? 연고대는 몇 명이나 보냈냐고? 네 명? 작
년엔 고작 두 명 갔지? 너희 학교에서 전교 1등 해봐야 연고
대도 간신히 들어갈 수 있다는 거잖아. 최서연, 정신 바짝 차
려라. 널 위해서 하는 말이야."

서연도 줄줄이 꿰고 있는 똑같은 레퍼토리였지만 참을 수
없었다.

"제발 부탁인데 나를 위해서라고 말하지 마. 아빠가 나를
위해서 살았던 적이 있어? 나를 위해서 살지 말고 늘 그랬던
것처럼 아빠를 위해서 살아."

그렇게 말하면 어떤 일이 벌어지는지 서연은 알고 있었다.
그런데 그날은 이상했다. 최대출의 대응이 너무 달랐다. 골
프채를 휘두르지도 않았고 거울을 부수지도 않았고 핸드폰
을 부수지도 않았다. 애꿎게 책꽂이를 무너뜨리지도 않았다.
잠시의 정적을 깨고 서연이 들은 말은 최대출이 처음 하는 말

이었다.

"최서연, 네 얼굴을 보면 자꾸만 그년 얼굴이 떠올라. 그 개 같은 년……."

그렇게 말하고 방문을 빠져나가는 최대출을 서연은 계속 노려보았다. 최대출이 말한 '그년'은 자신의 엄마였다.

서연은 그날 새벽 자신의 방 창가에 놓여 있는 제라늄 화분 두 개를 마당으로 던졌다. 조각난 화분의 파편들이 찢어진 붉은 꽃들과 함께 온 마당에 가득했다. 최대출의 폭력과 모욕이 서연에게 던져진 다음날이면 최대출 손에 의해 하나씩 들려온 제라늄 화분이었다.

38

　카페 출입문이 열리고 인하가 들어왔다. 약속 장소에 정인이 먼저 도착해 있었다.

　"카페 찾느라 헤맸어요. 늦어서 죄송합니다."

　"늦지 않았어요. 아직 2시 안 됐어요."

　"그런가요?"

　인하는 얼굴로 흘러내리는 땀을 닦았다. 서빙 직원이 주문을 받기 위해 다가왔다.

　"정인 씨, 뭐 드실래요?"

　"주문했습니다. 마시고 있어요."

　"이 집 커피 맛있나요?"

　인하가 정인에게 물었다.

　"네. 저는 이 집 커피 좋은데 인하 씨는 어떠실지 모르겠어요."

　"그럼 맛있겠네요."

인하는 서빙 직원에게 커피를 주문했다. 잠시 후 인하가 말했다.

"이 카페 자주 오세요? 왠지 근사한 카페 같아요."

"그렇게 근사하지 않아요."

"근사하지 않다는 걸 어떻게 아세요?"

"예전에도 자주 왔어요."

"그렇군요. 정인 씨, 여기 창가 자리 맞죠?"

"네."

"지금도 창가 자리가 좋으세요?"

"그럼요."

"왜 좋은지 물어봐도 돼요?"

"창밖이 보이잖아요. 오고 가는 사람들도 보이고요."

"아, 그렇군요."

창밖의 풍경을 기억하고 있는 사람은 그렇게 말할 수 있다고, 그녀의 말은 거짓이 아니라고 인하는 생각했다. 열린 창문으로 소슬한 바람이 불어왔다. 그녀의 머리 위엔 빨간색 머리핀이 있을까 파란색 머리핀이 있을까, 그녀는 치마를 입었을까 청바지를 입었을까, 인하는 생각했다. 정인이 뚜벅 물었다.

"허브 향기 느껴지세요?"

"네. 근처에서 허브 향기 나는 것 같아요."

"인하 씨 옆에 율마도 있고 라벤더도 있고 로즈마리도 있어요."

"허브 종류까지 어떻게 아세요? 냄새로 아시나요?"

"아니요. 향기로 알아요. 냄새와 향기는 좀 다르죠?"

"그런가요? 정인 씨는 향기만으로 허브의 종류를 아시는 거잖아요. 맞죠?"

"아니요. 그냥 아무렇게나 말했어요. 어차피 확인도 못 하시잖아요."

정인이 환하게 웃으며 말했다. 인하도 함께 웃었다.

"인하 씨, 라벤더 꽃말이 뭔지 아세요?"

"아니요. 뭔가요?"

"라벤더 꽃말은 '변심'입니다. 혹시라도 라벤더 선물 받으시면 버림받으신 거예요."

정인은 장난 섞인 목소리로 말했다. 잠시 후 정인이 다시 물었다.

"제가 마지막으로 본 게 뭔지 아세요?"

"글쎄요."

"엄마 얼굴이요. 제가 마지막으로 선명하게 본 건 울고 있는 엄마였어요."

정인은 쓸쓸하게 말했다. 인하는 아무 말도 할 수 없었다.

잠시 후 정인이 발랄한 목소리로 말했다.

"어? 비 와요."

인하는 긴팔을 뻗어 창문 밖으로 손을 내밀었다.

"진짜로 비 오네요."

"꼭 손을 내밀어야 알아요? 앞 못 보는 사람은 귀로 봐야죠."

정인의 말에 인하는 고개를 갸웃하며 말했다.

"정인 씨, 이상해요."

"뭐가요?"

"방금 전에 저보고 '앞 못 보는 사람은 귀로 봐야죠.'라고 말하셨잖아요. 그런 말 들어도 기분 나쁘지 않네요. 이상해요."

인하는 환하게 웃었다. 인하는 마음 깊은 곳에 있는 것이 무엇인지 몰랐다. 낭만이라고 말하기엔 구체적이었고 사랑이라고 말하기엔 조급했다. 마음이 시키는 대로 가자고, 인하는 자신을 향해 말했다. 잠시 후 인하가 조심스럽게 말했다.

"무엇 때문인지는 모르겠는데 시력을 잃은 뒤로 말이 더 많아졌어요. 열등감 때문인지도 모릅니다. 사실 저는 말하는 것보다 듣는 게 좋아요. 침묵이 편하잖아요."

"인하 씨는 너무 진지해요. 좀 더 편하게 말하셔도 좋을 것 같아요."

"그렇죠? 제가 너무 진지하죠?"

"너무는 아니고 약간이요."

"저를 진지충이라고 말하는 사람들도 있어요."

인하가 빙긋이 웃으며 말했다. 잠시 침묵이 흐른 뒤 정인이 웃으며 말했다.

"진지충이나 관종 같은 단어는 누가 만들어냈을까요? 농담처럼 가벼운 사람도 있고 진지한 사람도 있어야 세상이 돌아가지 않나요? 사람이 관심받고 싶어 하는 것도 정상이라고 생각합니다. 진지충이나 관종이라는 말은 편견과 냉소주의가 만든 거예요. 말 함부로 하는 사람이 저는 싫어요. 할 말 못 할 말 가리지 않고 자기 하고 싶은 말 다 하는 사람도 신뢰하지 않습니다."

정인은 웃으며 그러나 단호하게 말했다.

"정인 씨, 우리 맥주 마시러 갈래요?"

"네?"

인하는 정인의 반문이 낯설게 들렸다. 인하가 조금은 난감한 표정으로 말했다.

"아아, 술 안 좋아하시는구나."

"아니요. 술 좋아해요."

정인의 말을 듣고 인하가 반색하며 정인에게 다시 물었다.

"그럼 우리 술 마시러 가요."

"저 지금 맥주 마시고 있는데……."

"네?"

"인하 씨 오시기 전에 저는 맥주 주문했어요. 모르셨어요?"

"근데 나는 왜 커피 마시고 있죠?"

"인하 씨는 커피 주문하셨잖아요."

"정인 씨가 맥주 마시고 있다고 말씀해주셔야죠. 알았다면 저도 맥주 마셨죠."

"아까 말씀드렸는데."

"언제요?"

"아까 인하 씨 커피 주문하시기 전에요."

"진짜 못 들었어요. 농담하시는 거죠?"

"아니요. 진짜예요. 인하 씨가 저한테 '정인 씨, 뭐 드실래요?'라고 물으셨을 때 '저는 주문했습니다. 마시고 있어요.'라고 분명히 말씀드렸어요. 아아…… 인하 씨는 제가 커피 마시고 있다고 생각하신 거네요. 맞죠?"

"네."

인하는 환하게 웃으며 말했다. 정인도 따라 웃었다. 잠시 후 정인이 물었다.

"인하 씨, 제가 맥주 마시는 거 정말 모르셨어요?"

"안 보이는데 어떻게 알아요?"

"눈보다 코가 빠르지 않나요?"

정인은 장난 섞인 목소리로 물었다. 인하는 대답 대신 큰 소리로 웃었다.

"정인 씨가 마시는 맥주는 어떤 맥주예요?"

"맞춰보세요."

"하이네켄?"

"어? 어떻게 아셨어요?"

"코는 눈보다 빠르다. 냄새가 다릅니다."

인하가 자신 있게 말했다. 인하가 손을 번쩍 들어 알바생을 향해 말했다.

"여기요. 주문 좀 받아주실래요?"

인하의 말이 끝나기가 무섭게 정인이 말했다.

"인하 씨 앞에 맥주 있어요. 아까 제 거 주문할 때 함께 주문했어요."

"정말요?"

"인하 씨 바로 앞에서 오른쪽으로 네 뼘 정도 손을 뻗으면 맥주 있어요."

인하는 오른쪽 손을 탁자 위에 올려 한 뼘을 재고 두 뼘을 재고 세 뼘을 재고 네 뼘을 쟀다. 정확히 그 자리에 물기 가득한 맥주병이 놓여 있었다. 차가운 맥주병이 손에 닿는 순간 인하는 환하게 웃었다. 인하는 아무 말도 할 수 없었다. 앞을 볼 수 없게 된 후로 처음 느껴보는 누군가의 환대였다. 눈물이 나올 것 같았지만 참았다. 귀는 눈보다 빠르다.

39

객실 테이블 위에 놓인 용기에 간장을 따르며 용팔이 영선에게 말했다.

"며칠 전에 소설가 김훈 선생의 강연을 들었어. 그가 살고 있는 동네엔 짬뽕 값이 3,000원인 가게가 있대. 1만 1,000원인 가게도 있고."

"짬뽕 값이 하늘과 땅이네? 3,000원 받아도 남는 게 있을까?"

"남는 게 있으니까 팔겠지. 돈 있는 사람들이야 1만 1,000원짜리 짬뽕 먹으면 그만이지만 3,000원짜리 짬뽕밖에 먹을 수 없는 사람들이 있잖아. 짬뽕 값에 대한 김훈 선생의 이야기가 마음에 사무치더라."

"왜? 뭐가 사무치는데?"

"강제하지 않는 폭력이 더 무섭다고, 아무도 강제하지 않지만 사람들이 스스로 알아서 자기 발목에 알맞은 사슬을 채울 수밖에 없는 불평등한 사회 구조에 대한 문제의식을 우리 사회는 가져야 한다고 김훈 선생이 말했어. 나는 그의 말에 공감해. 그는 인간이 만든 자본주의를 그렇게 볼품없이 끝내지 말자고 말하고 싶었던 것 같아. 자본주의는 나름대로 좋은 시스템이잖아. 당신 생각은 어때?

"3,000원짜리 짬뽕도 이익이 남으니까 파는 거고, 먹는 사람들도 먹을 만하니까 먹는 거잖아. 1만 1,000원짜리 짬뽕 먹을 수 있는 사람은 1만 1,000원짜리 짬뽕 먹으면 되는 거고, 3,000원짜리 짬뽕 먹을 수 있는 사람은 3,000원짜리 짬뽕 먹으면 되는 거잖아. 자본주의가 원래 그런 거 아냐?"

"그렇지. 당신 말대로 자본주의는 원래 그런 거지. 하지만 그렇게 눙치며 넘어갈 수 있는 일은 아니라고 생각해."

용팔은 고개를 절레절레 흔들었다. 잠시 후 용팔은 흥분된 목소리로 말했다.

"자동차나 가방의 값은 하늘과 땅만큼 차이 날 수 있어. 명품 가방도 있고 외제차도 있으니까. 에르메스 가방이나 포르쉐 같은 외제차는 어차피 서민을 위해 만들어진 것들이 아냐. 그래도 짬뽕은 국가대표 서민 음식인데 한 그릇 가격이 8,000원 차이가 난다는 건 문제 아냐? 자본주의는 원래 그런 거지만 그렇게 쉽게 말해버리면, 3,000원짜리 짬뽕을 먹을 수밖에 없는 사람들을 향해, '당신이 3,000원짜리 짬뽕을 먹을 수밖에 없는 이유는 당신의 게으름 때문입니다.'라고 말하는 건지도 몰라. 더 좋은 세상 만들겠다며 인간이 만들어낸 게 자본주의인데 좀 더 고민해서 폼 나게 만들어야 하지 않겠어? 나는 자본주의 반대하는 사람 아냐. 지금보다 더 좋은 자본주의를 만들자는 거지."

"당신 말도 일리 있네."

영선은 공감의 눈빛으로 가만가만 고개를 끄덕였다.

"장용팔 씨, 당신한테 부탁할 게 있는데. 내 부탁 들어줄 거지?"

영선이 발랄한 눈빛으로 용팔에게 말했다.

"뭔데? 말해봐. 겁난다."

용팔은 해죽해죽 웃으며 말했다.

"겁낼 일 아냐."

영선은 잠시 망설이다 말을 이었다.

"장용팔 씨, 당신은 말을 너무 잘해. 당신하고 말싸움하면 이길 사람이 별로 없을 거야. 당신은 질 것 같은 말싸움은 아예 시작도 하지 않을 테니까. 그런데 당신 그거 알아? 당신이 말싸움에서 져줘도 상대방은 당신이 져줬다는 거 다 알아. 때로는 그렇게 져주는 게 사랑이잖아. 당신이 예전에 이런 말 했거든. 싸움에 이기기 위해서는 용기가 필요하지만 싸움에 져주기 위해서는 더 많은 용기가 필요하다고……. 그 말

맞는 것 같아. 나도 잘할 테니까 당신도 동배나 나하고 말싸움할 때 좀 져줘라. 져주는 게 사랑이잖아. 장용팔, 오케이?"

"오케이."

"어째 표정이 떨떠름하네?"

"아냐, 당신 말이 맞아."

용팔은 가만가만 고개를 끄덕였다. 잠시 후 용팔이 말했다.

"어릴 땐 부모 없다고 무시당했고 커서는 못 배웠다고 무시당했어. 이놈 저놈한테 무시당하며 살아서 그런지 누구한테 지기 싫어. 말싸움을 해도 이겨야 직성이 풀리거든. 정말로 마음이 아픈 건 사람들에 대한 믿음이 없다는 거야. 나는 내 가족과 내 친구 영태와 정인하 빼고 사람 안 믿어. 모든 사람들이 그렇지는 않겠지만 키 작은 아이를 놀리는 놈들은 대부분 키 작은 놈들이야. 못생긴 아이를 놀리는 놈들도 대부분 못생긴 놈들이고. 후진 대학 나온 사람 깔보는 사람은 명문대학 나온 사람일 것 같지? 실제로는 그렇지 않대. 후진 대학 나온 사람 깔보는 사람들 중엔 후진 대학 나온 사람들이 더 많다는 거야. 참 웃기는 세상이지? 갑만 을에게 갑질하는 것 같지? 아냐. 을도 을에게 갑질해."

"도대체 왜 그럴까?"

"난들 알겠어. 외모지상주의, 학벌지상주의, 물질만능주의, 권위주의로 가득한 대한민국 사회가 그렇게 만든 거겠지."

용팔이 못마땅하다는 표정을 지으며 말했다. 잠시 침묵이 흐른 뒤 용팔이 말했다.

"며칠 전에 영태 만났잖아. 영태가 하소연을 하더라고. 일하는 것보다 윗사람 비위 맞추는 게 훨씬 힘들대. 걔네 회사는 여전히 군대식 집단주의에 사로잡혀 있대."

"군대식 집단주의?"

"군대식 집단주의 몰라? 모두 하나가 되어 영차 영차 하면 목표 달성할 수 있다고 강요하는 거. 안 되면 되게 하라고 무식한 구호 강요하는 거. 이게 군대식 집단주의거든. 건강한 개인주의가 존중받아야 하는데 개인은 모조리 무시하고 뭉쳐서 하나가 되자고 하면, 그게 지금 시대에 통하겠냐? 그건 옛날에나 통했던 거야. 지난 수십 년 동안 군대식 집단주의로 경제 신화를 만들었으니 아직도 그 집단주의 구호가 통할 거라고 믿는 거겠지. 건강한 개인주의는 이기주의하고 다른 거잖아. 개인이 개인으로 생생하게 살아 있어야 조직도 생생해지는 건데 여전히 집단주의에 매몰되어 있으니 우리 사회가 경직될 수밖에 없지. 도무지 생기가 없어. 이놈의 사회는……."

용팔의 말이 끝나자마자 영선이 말했다.

"장용팔 씨, 당신은 지방 소읍에서 짜장면이나 만들 사람이 아냐. 누가 당신을 고졸이라 그러겠어? 우리 사회를 환히 꿰뚫고 있는데. 대학 나온 사람들도 당신 앞에 서면 꼼짝 못 할

걸. 가끔씩 당신이 부러울 때가 있어. 나도 당신처럼 유식해 지면 좋겠어. 근데 당신처럼 책이나 신문 보는 것보다 드라 마가 더 재밌는 걸 어쩌겠어."

영선은 감탄의 눈빛으로 용팔을 바라보았다. 용팔이 대뜸 영선에게 물었다.

"당신, 나한테 부탁할 거 또 있지? 오늘은 심하게 비행기 태 우네."

"비행기 태운 거 아냐. 내 마음을 그냥 말한 거야."

"영선아, 뭐 먹고 싶냐? 옷 사러 갈까?"

"마음에 없는 소리 하지 마."

"마음에 있는 소리야."

"됐어. 당신 옷이나 하나 사. 만날 똑같은 옷만 입고 다니지 말고. 사람들 만나러 갈 땐 좀 차려입고 나가. 사람들이 나 욕 하겠다."

"내 옷이 어때서? 읍내 나가면 아직도 나 쳐다보는 여자들 많아."

"좋겠다."

"오영선, 질투하는구나?"

"놀고 있네."

영선은 기가 막힌다는 표정으로 용팔을 바라보았다. 잠시 침묵이 흘렀다.

"그나저나 우리 동현이, 동배 잘 키워야 할 텐데. 애들 성격에 모난 부분이 있어. 걱정이야."

영선이 근심스러운 표정으로 말했다.

"내가 볼 땐 우리 애들 특별히 모난 데 없는데. 둥글둥글한 성격은 아니지만 그만하면 성격 괜찮은 거 아냐? 뭐가 문제라는 거야?"

"뭐라고 딱 꼬집어 말할 순 없는데 모가 났어."

"아직 학생인데 그 애들이 반듯하기만 하겠어? 그 나이엔 울퉁불퉁한 게 정상이지."

용팔의 말을 듣고 영선은 고개를 끄덕였다. 용팔이 다시 말했다.

"동배 중학생 되기 전에 나도 마음 고쳐먹을 거야."

"무슨 말이야?"

"동배에게 더 솔직해지려고."

"당신이 동배에게 언제 거짓말했어? 지금처럼만 하면 되지."

"그런 말이 아니고."

"그럼 어떤 말인데?"

"항상 반듯하고 실수 같은 건 절대로 하지 않는 부모는 되지 않을 거야."

용팔은 비장한 표정을 지으며 말했다.

"뭔 개소리?"

영선은 아무렇지도 않게 말했다. 용팔은 자신을 물끄러미 바라보는 영선을 향해 히죽 웃었다. 용팔은 계산대로 걸어가 책을 가져왔다. 용팔이 영선에게 말했다.

"이거 한번 읽어볼래?"

"뭔데?"

"독서 동아리에서 이번 주 토론할 책이 사무엘 베케트의 『고도를 기다리며』야. 이 책은 희곡집이니까 연극 대본이야. 에스트라공과 블라디미르라는 멍청한 주인공 두 명이 나오는데 걔네들이 주고받는 대사가 골 때려. 결말도 골 때리고."

"재밌어?"

"아니. 재미없어. 특별히 마음에 남는 대사도 없어. 주인공들이 뭔 개소리를 하는지 모른다는 생각도 들 거야."

"근데 왜 읽어?"

"글쎄……."

용팔은 고개를 갸웃했다. 잠시 후 용팔이 말했다.

"재미도 없고 마음속에 남는 대사도 없는데 이야기 전체가 묵직한 서사로 남아. 이게 아닌데, 이게 아닌데, 생각하면서도 부조리한 세계를 빠져나올 수 없는 인간의 실존이 사무엘 베케트만의 고유한 방식으로 그려져 있다고 할까? 아무튼 골 때려."

"듣기만 해도 골 아프다. 안 읽을래. 난 들어가 자야겠어. 어제 잠을 설쳤더니 졸음이 쏟아져."

영선이 긴 하품을 하며 말했다. 잠시 후 영선이 자리에서 일어났다.

"당신은 안 들어갈 거야?"

"먼저 들어가. 나는 책 좀 읽다가 자려고."

"당신도 너무 늦게 자지 마. 비 오나 보네."

영선은 길게 하품 소리를 내며 방으로 들어갔다. 사방은 고요했다. 빗소리는 점점 커졌다.

용팔은 윗주머니에서 스프링 수첩과 볼펜을 꺼냈다. 용팔은 수첩 위에 선명하게 썼다.

빨간색과 흰색을 섞으면 분홍이 된다. 정말 그럴까?
문제는 비율이다.

40

동현은 버스를 타고 약속 장소로 향했다. 약속 장소로 가는 내내 설렜다. 서연은 고래반점에 들러 자신의 부모에게 책을 선물로 남기고 갔다. 곤경에 빠진 자신을 도와줘서 고맙다는 내용의 편지도 있었다. 서연은 무엇 때문에 만남을 청했을까 동현은 내내 생각했다.

저 멀리 강둑 위에 앉아 있는 서연이 보였다. 서연은 환하게 불을 밝힌 무지개강 건너편의 아파트를 바라보고 있었다. 동현은 천천히 서연을 향해 걸어갔다. 서연에게 무슨 말을 들을지 동현은 궁금했다. 동현을 발견한 서연이 동현을 향해 손을 흔들었다. 동현은 더 빠른 걸음으로 서연이 있는 곳으로 걸어갔다.

"빨리 왔네."

서연이 웃으며 말했다.

"……언제 왔어?"

"한 시간 전에. 여기 좋지?"

"응……."

동현은 얼떨결에 대답했다. 서연이 발랄한 목소리로 동현에게 물었다.

"이 강 이름 누가 지었을까? 무지개강이란 이름 예쁘지 않니?"

"응. 예뻐."

동현은 머리를 끄덕이며 말했다. 서연이 다시 물었다.

"이 강도 남한강 지류 맞지?"

"응. 그래서 무지개 샛강이잖아."

"동현아, 근데 왜 이 강 이름을 무지개강이라고 이름 지었을까? 나는 여기서 무지개 본 적 한 번도 없는데."

"나는 여기서 무지개 본 적 있어, 초등학교 때. 내 친구들 중에도 여기서 무지개 본 애들 많던데……."

"정말? 근데 나는 왜 한 번도 못 봤지."

서연은 고개를 갸웃했다. 잠시 후 서연이 다시 말했다.

"여기 오면 답답한 마음이 뻥 뚫려. 좋았던 기억들도 떠오르고……. 초등학교 1학년 때 엄마랑 여기 자주 왔거든."

'엄마'를 말하는 서연의 얼굴에 쓸쓸함이 지나갔다. 초등학교 시절에도 서연의 얼굴은 늘 그늘져 있었다. 엄마의 부재가 만든 그늘일 거라고 어릴 적 동현은 단 한 번도 생각해본 적이 없었다. 강변을 타고 시원한 바람이 불어왔다. 강둑에 피어 있는 망초 꽃들과 달맞이꽃들이 바람에 수런거렸다. 동현이 서연에게 물었다.

"기말고사 때 첫날 결석했잖아. 왜 결석한 거야?"

"친구한테 일이 있었어."

"무슨 일이 있었는데?"

"중학교 때 제일 친했던 친군데 그 친구한테 갑자기 일이 생겨서 학교에 못 갔어."

"무슨 일인지 물어도 돼?"

"글쎄……. 다음에 말해줄게."

잠시 후 서연은 멀지 않은 강에서 헤엄치고 있는 새들을 손으로 가리키며 동현에게 물었다.

"저 새 이름 원앙 맞지?"

"응. 이 강에 많아."

"그래? 왜 나만 못 봤지?"

서연은 고개를 갸웃거리며 말했다. 동현은 아무 말도 하지 않았다. 잠시 후 서연이 말했다.

"조금 전에 말한 내 중학교 친구 말이야. 중학교 땐 공부를 참 잘했어. 그 친구한테 지기 싫어서 나도 더 열심히 공부했 거든. 내 친구 아버지는 되게 권위적이야. 자식들한테도 권위적이고 아내한테도 권위적이고……. 내 친구 아버지 직업이 뭔지 아니?"

"뭔데?"

"학교 선생님."

서연은 긴 숨을 내쉬고 다시 말했다.

"내 친구도 중학교 때는 고분고분하게 말 잘 들으니까 아버지와 갈등이 별로 없었어. 내 친구는 아버지한테 잘 보이고 싶어서 열심히 공부했대. 공부를 잘해야 자기가 그 집에서 편히 살아갈 수 있다는 것을 본능적으로 알았던 거야. 공부 못한다고 밥까지 굶기진 않겠지만, 공부 못하면 개무시당한다는 것을 아니까 그냥 열심히 공부한 거야. 책을 좋아하는 아이니까 공부하는 것도 취향에 맞았어. 근데 고등학생 된 뒤로 내 친구 아버지는 더 사나워졌어. 성적 떨어진다고 겁주고, 욕하고, 심지어는 때리기도 했대. 고등학생이 겁준다고 공부하니? 반발심만 커지지. 하루도 집안이 조용한 날이 없었나 봐."

서연은 다시 긴 숨을 내쉬고 말을 이었다.

"기말고사 시험 첫날 새벽에 그 친구 전화를 받았어. 강릉에서 온 전화였어. 죽으려고 약까지 가지고 가출한 거야. 그 친구가 울면서 말을 하는데 마지막 전화일지도 모른다는 생각이 들었어. 사람들은 죽기 전에 신호를 보낸다고 하잖아.

기말고사는 꼭 봐야 하니까 두려움도 있었고 망설임도 있었지만 친구에게 극단적인 일이 생길지도 모르잖아. 어떤 것도 두렵지 않았어. 망설임 없이 그냥 강릉으로 갔어."

"그런 일이 있었구나. 친구는 어떻게 됐는데?"

"무사해. 거기까지만 말할게."

서연은 태연히 말했다. 잠시 침묵이 흘렀다.

"서연아, 내년에 대학 면접 볼 때 혹시라도 면접관이 너한테 고2 기말고사 성적에 대해 물어볼 수 있잖아. 성적 차이가 너무 클 테니까……. 면접관이 물어보면 오늘 나한테 해준 이야기 그대로 해줘."

서연은 아무 말도 하지 않았다. 어둠 내린 강물 위로 악기를 연주하듯 오리 떼가 내려앉고 있었다. 동현이 강물을 바라보며 서연에게 물었다.

"기말고사 끝난 다음 날에도 학교 안 왔잖아."

"그날도 일이 있었어."

서연은 길게 한숨을 내쉬며 말했다.

"죽여버릴 거야."

순간 동현은 서연의 집 앞에서 만난 고등학생들이 생각났다. 동현이 조심스럽게 물었다.

"누구?"

"아빠."

동현이 자신의 귀를 의심하지 않을 만큼 서연의 목소리는 선명했다. 동현은 아무 말도 할 수 없었다.

"기말고사 끝나는 날 아빠가 술에 잔뜩 취해가지고 내 방으로 들어왔어. 다짜고짜 내 물건들을 골프채로 부쉈어. 핸드폰도 부쉈고."

"왜?"

"시험 첫날 학교에 안 갔으니까. 고1 때까진 나도 많이 맞았어. 아동학대가 어린이집에서만 일어나는 것 같지만 85퍼센트는 가정에서 일어난대. 대한민국 어린아이들은 부모가 화풀이할 수 있는 동네북이잖아. 너도 맞은 적 있지?"

"응. 많지. 나는 엄마한테 많이 맞았어."

"그랬구나. 요즘은 내가 사납게 대드니까 나는 못 때리고 내 물건 때려 부수더라. 아빠라는 사람이 허구한 날 술 먹고 엄마를 때리더니 결국 엄마를 떠나게 했어. 내가 엄마라도 그랬을 거야. 아빠라는 사람을 생각하면 지금도 내 안에서 불덩어리가 올라와. 죽여버릴 거야……."

서연의 목소리에는 망설임도 흔들림도 없었다.

어둠 속에서도 바다는 푸르다 1

ⓒ 이철환, 2021

초판 1쇄 인쇄일 2021년 3월 2일
초판 1쇄 발행일 2021년 3월 15일

지은이 이철환
펴낸이 사태희
편 집 최민혜
디자인 권수정
마케팅 장민영
제작인 이승욱 이대성

펴낸곳 (주)특별한서재
출판등록 제2018-000085호
주 소 04037 서울시 마포구 양화로 59, 703호 (서교동, 화승리버스텔)
전 화 02-3273-7878
팩 스 0505-832-0042
e-mail specialbooks@naver.com
ISBN 979-11-88912-00-1 (03810)
      979-11-6703-001-6(세트)